DAS GROSSE

ENWOR

ROLLENSPIELBUCH

Wolfgang Hohlbeins ENWOR-SAGA
im Goldmann Verlag

Der wandernde Wald · 23827
Die brennende Stadt (Der Stein der Macht 1) · 23838
Das tote Land (Der Stein der Macht 2) · 23839
Der steinerne Wolf (Der Stein der Macht 3) · 23840
Das schwarze Schiff · 23850
Die Rückkehr der Götter · 23908
Das schweigende Netz · 23909
Der flüsternde Turm · 23910
Das vergessene Heer · 23911
Die verbotenen Inseln · 23912

Wolfgang Hohlbein in Zusammenarbeit mit
Dieter Winkler und Frank Rehfeld

GARTH UND TORIAN

Die Stadt der schwarzen Krieger · 23877
Die Tochter des Magiers · 23922
Die Katakomben der letzten Nacht · 23923
Die Straße der Ungeheuer · 23924
Die Arena des Todes · 23925
Der Tempel der verbotenen Träume · 23926

WOLFGANG HOHLBEIN
KARL-ULRICH BURGDORF

DAS GROSSE

ENWOR

ROLLENSPIELBUCH

DIE INSEL DER STERNENBESTIE

GOLDMANN VERLAG

Originalausgabe

Die Karte von Enwor wurde gezeichnet
von Wilhelm Schaberich, Herne

Die Innenillustrationen wurden gezeichnet
von Steffi Rung, München

Der Goldmann Verlag
ist ein Unternehmen der Verlagsgruppe Bertelsmann

Made in Germany · 7/91 · 1. Auflage

Umschlagentwurf: Design Team München
Umschlagillustration: Schlück/Berni, Garbsen
Satz: IBV Satz- und Datentechnik GmbH, Berlin
Druck: Presse-Druck Augsburg
Verlagsnummer: 24522
Lektorat: Hermann Urbanek/SN
Herstellung: Peter Papenbrok
ISBN 3-442-24522-2

Die Vorgeschichte

Im Osten Enwors, in Besh-Ikne, liegt Larton, ein kleiner Küstenort mit kaum mehr als zweihundert Einwohnern. Dort bist du als Sohn eines Fischers aufgewachsen. Von klein auf hast du dieses Handwerk erlernt, bist oft mit deinem Vater aufs Meer hinausgefahren. Er hat dir beigebracht, ein Boot zu segeln und mit den Netzen umzugehen, auch hat er dir verraten, wo die besten Fischgründe sind. Mittlerweile bist du zu einem stattlichen jungen Mann herangewachsen.

Aber das Nebelmeer ist tückisch. Eines Tages, als dein Vater in aller Frühe hinaussegelte, kehrte er nicht mehr zurück. Nur das leere Boot wurde gegen Abend an Land gespült. Deine Mutter ist über diesen Verlust nie richtig hinweggekommen, sie starb kaum zwei Monate später an gebrochenem Herzen. Das liegt nun zwei Jahre zurück.

Du führst ein zwar hartes, aber auch beschauliches und einigermaßen glückliches Leben. Die anderen Fischer haben dich trotz deiner Jugend längst als einen der ihren akzeptiert. Im Wirtshaus bist du ein gerngesehener Gast, und so manches Mädchen bekommt beim Tanz mit dir weiche Knie.

Eigentlich kannst du ganz zufrieden mit dir und deinem Leben sein, wenn nicht... ja, wenn nicht deine Träume wären. Oft setzt du dich bei Sonnenuntergang auf die höchste Klippe und starrst in die Ferne. Dabei träumst du

EN
Zur Eisinsel des Drunte
CALGAR
Thbarg
TONOPAH
SPOKANE
EUREKA
Kohon-West
DULUTH
AMARI-SEE
RIAMOND
DIE GROSSE EBENE
VALKO
DENWAR
TAL DER DRACHEN
TORMON-GEBIRGE
Orkala
EDAMOR
Drachenland
ELAY
WESTLICHE WÜSTE
KOOR-EYL
TUSCO
SANANG
ANCHOR
Larn
Sora
ARETTO
Freiberland
IRAPUANO
Westmeer

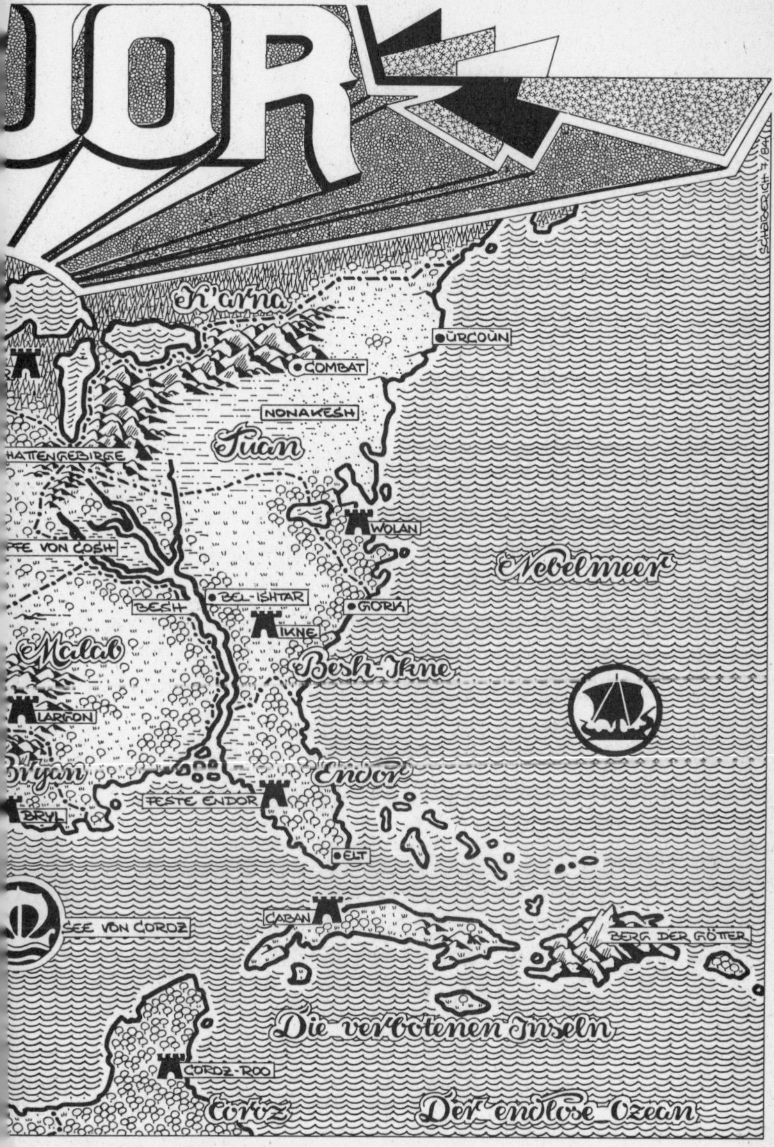

UOR
SCHROEDERICH 7/84
h'arna
ÜRÇOÙN
COMBAT
NONAKESH
Tuan
HATTENGEBIRGE
WOLAN
PFE VON GOSH
Nebelmeer
BEL-ISHTAR
BESH
GORK
IKNE
Malab
Besh-Ikne
LARGON
Bryan
Endor
FESTE ENDOR
BRYL
ELT
CABAN
SEE VON GORDZ
BERG DER GÖTTER
Die verbotenen Inseln
CORDZ-ROO
Coroz
Der endlose Ozean

von fremden Ländern, die du gerne erforschen würdest, unbekannten Gefahren (die du in deinen Träumen natürlich alle meisterst), von Ruhm und Reichtum. Dann erscheint dir Larton weniger wie eine glückliche Heimat, in der du dein ganzes Leben verbringen möchtest, sondern vielmehr wie ein Gefängnis. So wie du kaum etwas von der Welt weißt, hat auch diese die Existenz deines Dorfes fast vergessen. Nur selten kommen einmal Fremde hierher. Gebannt lauschst du dann stets den Geschichten, die sie zu erzählen wissen. Geschichten von den Errish, den Ehrwürdigen Frauen Elays und ihrer magischen Heilkunst, von den Satai, den nahezu unbezwingbaren Kriegern, von schönen Königstöchtern, kühnen Piraten und unerschrockenen Abenteurern, von tödlichen Wüsten, Sümpfen und den Eisinseln hoch im Norden. Besonders faszinieren dich die Erzählungen von den Quorrl, echsenartigen Kreaturen von nahezu unbändiger Kraft, die Angst und Schrecken verbreiten. Ha, das wären endlich mal würdige Gegner für dich. Eine dieser Echsen sollte sich mal hier blicken lassen, dann würdest du ihr schon zeigen, was es heißt, sich mit einem waschechten Fischer anzulegen. Nicht umsonst übst du gelegentlich im heldenhaften Kampf gegen den abgestorbenen Baum hinter deinem Haus, mit dem alten Familienschwert umzugehen.

Etwas Abwechslung gibt es in deinem Leben, als sich eines Tages eine sonderbare Gruppe von Reisenden deinem Dorf nähert. An ihrer Spitze reitet ein wahrer Hüne von Mann. Er trägt einen schwarzen Umhang und ein Stirnband mit einem fünfstrahligen Stern darauf. Unwillkürlich schlägt dein Herz schneller. Du erkennst sofort, daß es sich bei dem Mann um einen Satai handelt. Auch seine sechs Begleiter sehen kaum weniger beeindruckend aus. Um Händler und Kaufleute handelt es sich bei ihnen bestimmt nicht. Sie sind ebenfalls von hünenhafter Statur und machen einen verwegenen Eindruck. Zahlreiche Narben beweisen, daß sie schon mehr als einen Kampf siegreich bestritten haben. Vor allem eine besonders große Gestalt fällt dir auf, die von Kopf bis Fuß in einen grauen Umhang gekleidet ist. Sie trägt Handschuhe, und selbst ihr Gesicht liegt im Schatten der weit vorgezogenen Kapuze völlig verborgen. Es handelt sich um einen Giganten, der selbst den Satai um mindestens einen Kopf überragt.

Leider hast du keine Zeit, dich näher mit den Ankömmlingen zu beschäftigen, da du dich dringend um den Verkauf deiner Fische kümmern mußt. Erst abends ergibt sich eine Gelegenheit dazu. Sobald du das Wirtshaus betrittst, fällt dir die gereizte Stimmung auf. Weitab von den anderen sitzen die Reisenden in einer Ecke des Raumes. Scheinbar will niemand etwas mit ihnen zu tun haben. Verwundert wendest du dich an Baarm, einen alten, erfahrenen Fischer, und fragst ihn, was denn los wäre.

»Die sind verrückt«, brummt er. »Sie wollen ... Ach was, sprechen wir lieber gar nicht darüber.«

Das macht dich natürlich erst recht neugierig. Du gehst zu dem Ecktisch hinüber. Dabei fällt dir auf, daß sich der graugekleidete Gigant nicht bei den anderen aufhält. Mit aller gebotenen Ehrerbietung begrüßt du den Satai. Er stellt sich dir als Lorn vor und bietet dir einen Platz an.

»Ich suche ein Boot«, kommt er direkt zur Sache. »Ein Boot und jemanden, der mich zur Nebelinsel hinüberbringen kann.«

Du erschrickst und wirst blaß. Plötzlich begreifst du,

warum niemand etwas mit den Fremden zu tun haben will. Ausgerechnet die Nebelinsel! Schon der bloße Klang treibt dir eine Gänsehaut über den Rücken. Zwar träumst du manchmal von Abenteuern, aber *das* muß es ja nun nicht gerade sein! Die Nebelinsel liegt weit draußen vor der Küste. Ihren Namen erhielt sie, weil sie meist von einem dichten Ring aus Nebel umgeben ist. Angeblich soll er von den Göttern selbst geschaffen worden sein, weil sie die Insel vor dem Antlitz der Welt verbergen wollten, und es heißt, daß es gefährlich wäre, ihren Namen nur laut auszusprechen. Niemand, den du kennst, hat sie je betreten, jedenfalls niemand, den du je wiedergesehen hast. Zwar gibt es einige Legenden, die von geheimen Schätzen auf der Nebelinsel berichten, aber auch mindestens zehnmal so viele Legenden über unermeßliche Gefahren: mörderische Raubtiere, Fallen und Monster, die so schrecklich sind, daß ihr bloßer Anblick ausreicht, einen Menschen in den Wahnsinn zu treiben. Und was nutzen einem die tollsten Schätze, wenn sie verflucht sind, und dieser Fluch jeden tötet, der auch nur in ihre Nähe gelangt?
»Wie gesagt, wir suchen jemanden, der uns zu der Insel hinüberfährt, dort absetzt und in ein paar Tagen wieder abholt«, reißt dich die Stimme des Satai aus deinen Gedanken.
Wie entscheidest du dich?

Hörst du auf deine innere Stimme, die dir rät, lieber ein lebender Fischer zu bleiben, als ein recht bald vermutlich toter Abenteurer zu werden? Bestimmt wird sich in der nächsten Zeit einmal eine andere Gelegenheit ergeben, etwas Aufregendes zu erleben. Es muß ja nicht gleich so ein Selbstmordkommando sein.
In diesem Fall lies weiter bei: **357**

Oder wirfst du alle Bedenken über Bord und ergreifst die Chance, endlich einmal ein richtiges Abenteuer zu erleben, auch wenn deine Freunde in Zukunft vermutlich nichts mehr von dir wissen wollen – natürlich vorausgesetzt, du überlebst überhaupt?
Falls du dich so entscheidest, lies weiter bei: **1**

1

Recht hast du! Wen kümmern schon ein paar Legenden, die sich wahrscheinlich ohnehin nur einige alte Waschweiber ausgedacht haben? Was du über die Nebelinsel gehört hast, hat dein Abenteurerblut erst richtig in Wallung gebracht, zu sehr, als daß du das Gesuch des Satai so ohne weiteres abschlagen kannst.
Interessiert erkundigst du dich, was er überhaupt auf der Insel wolle, und erfährst, daß auch er Legenden über die dort vermutlich versteckten Schätze gehört hat, die er mit seinen Begleitern erbeuten will. Er bietet dir für die Überfahrt zehn Goldstücke; mehr, als du mit dem Fischfang in fünf Jahren verdienst. Das hört sich doch schon recht verlockend an, und da du der einzige bist, der überhaupt zu diesem Handel bereit ist, kannst du den Preis sogar auf zwölf Goldstücke hochtreiben.
Da kann es dir egal sein, ob deine bisherigen Freunde dich anschließend schneiden. Du wirst problemlos in eine andere Stadt ziehen und dir ein viel schöneres und größeres Boot kaufen können. Zwölf Goldstücke sind ein hübscher Batzen Geld, zumal du die Nebelinsel nicht mal selbst zu betreten brauchst. Außerdem wirst du ja nicht allein se-

geln. Ganz abgesehen von den sechs anderen befindet sich schließlich ein leibhaftiger Satai bei dir.
Und überhaupt, wer will schon ewig leben?
Ihr werdet euch schnell einig. Die Hälfte des Geldes bekommst du sofort, den Rest wirst du erhalten, wenn du Lorn wieder abgeholt hast. Es wird auf dem Boot zwar etwas eng werden, aber für eine Weile dürfte es sich aushalten lassen. Schließlich handelt es sich um eines der größten und schönsten Boote in Larton. Schon am nächsten Tag soll es losgehen.
Verfolgt von den finsteren Blicken deiner – jetzt wohl ehemaligen – Freunde verläßt du schließlich das Gasthaus, zwar mit einem etwas mulmigen Gefühl, aber auch voller Vorfreude auf die Reise am nächsten Tag.
Bevor es allerdings soweit ist, mußt du dich noch mit den Spielregeln vertraut machen. Keine Bange – dazu wirst du in dieser Nacht genug Gelegenheit haben, da du vor Aufregung wohl ohnehin nicht wirst schlafen können.

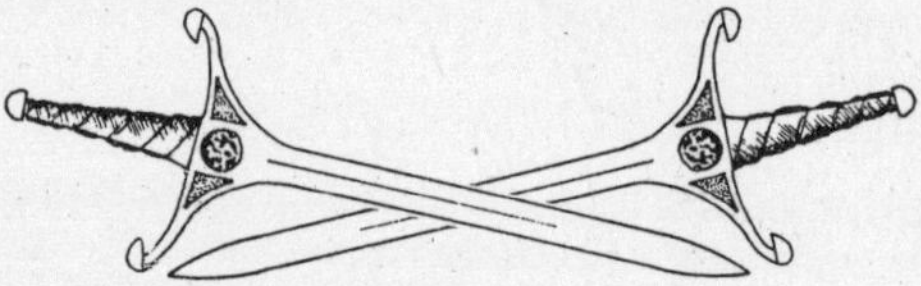

Verständlicherweise wirst du dich fragen, was dieser ganze Aufwand überhaupt soll, denn du hast ja nur vor, Lorn und seine Begleiter zur Insel hinüberzusegeln und wieder abzuholen. Allerdings: man kann ja nie ganz sicher sein, was alles auf einen zukommt. Schließlich hast du keine Ahnung, was passieren wird, wenn du der Nebelinsel auch nur nahekommst. Da ist es schon besser, auf alle Eventualitäten so gut wie möglich vorbereitet zu sein.

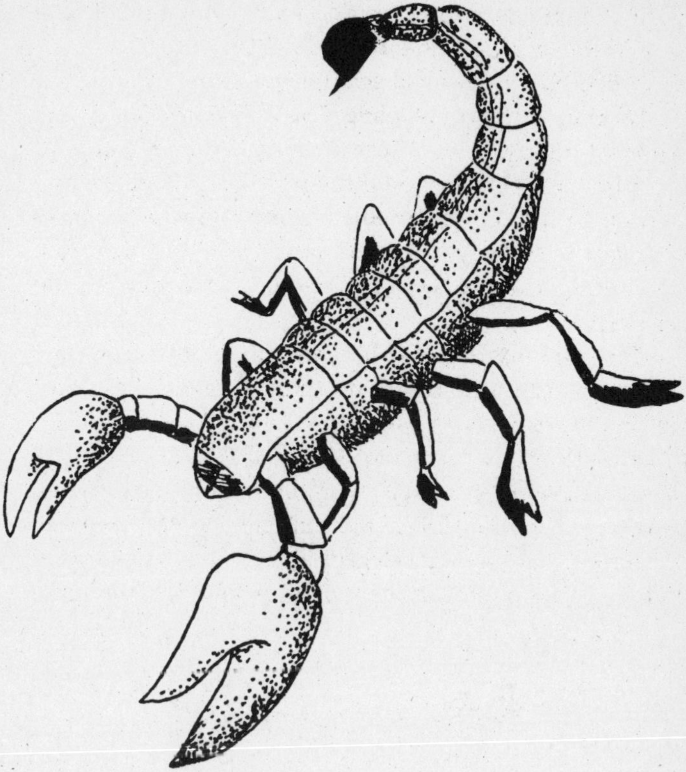

Besonders wichtig hierbei ist dein **Abenteuertagebuch**, in das du alle Ereignisse einträgst, die dir zustoßen, aber auch deine besonderen Fähigkeiten, die Gegenstände, die du mit dir führst etc. Wenn du dieses Buch mehrmals spielen möchtest, empfehlen wir dir, die folgenden Doppelseiten ein paarmal zu fotokopieren – in einem Rutsch wirst du das Buch sowieso nicht schaffen, also ist es ganz gut, einen Vorrat an Abenteuertagebüchern zu haben.

Das Abenteuertagebuch

KAMPFKRAFT: ____________________

GESCHICKLICHKEIT: ____________________

NERVENKRAFT: ____________________

Das Abenteuertagebuch

ACHTUNG: SOLLTE DEINE NERVENKRAFT JEMALS AUF >O< SINKEN, BITTE SOFORT IN KAPITEL 13 WEITERLESEN!

MAGISCHE FÄHIGKEITEN:

BESONDERE EIGENSCHAFTEN:

1

2

3

Das Abenteuertagebuch

AUSRÜSTUNGSGEGENSTÄNDE, DIE DU BEI DIR FÜHRST

(MAXIMAL 5): ______________________

1 ______________________

2 ______________________

3 ______________________

4 ______________________

5 ______________________

ANZAHL DER PFEILE (WENN EIN KÖCHER ZU DEINER AUSRÜSTUNG GEHÖRT)

1 2 3 4 5 6

SCHLUCKE GEWÜRZWEIN (WENN EINE FLASCHE GEWÜRZWEIN ZU DEINER AUSRÜSTUNG GEHÖRT)

1 2 3 4 5 6 7 8 9 10 11 12

BISSEN STOCKFISCH (WENN DER PROVIANTBEUTEL MIT STOCKFISCH ZU DEINER AUSRÜSTUNG GEHÖRT)

1 2 3 4 5 6 7 8 9 10 11 12

Das Abenteuertagebuch

HALTBARKEIT DES FLOSSES: ______________________________

____

DEIN LICHTVORRAT (MAXIMAL 5 FACKELN á 12 FLÄMMCHEN)

1

2

3

4

5

ACHTUNG: WENN DU KEIN LICHT MEHR HAST, SOFORT IN KAPITEL 66 WEITERLESEN!

Die Spielregeln

DIE GRUNDEIGENSCHAFTEN

Kampfkraft, Geschicklichkeit, Nervenkraft

Diese drei Eigenschaften wirst du allesamt bitter nötig haben – aber über wieviel Kampfkraft, Geschicklichkeit und Nervenkraft verfügst du zu Beginn deines Abenteuers? Das kannst du jetzt selbst entscheiden. Du hast 50 Punkte, die du (fast) nach Gutdünken auf die drei Eigenschaften verteilen kannst. Einzige Einschränkung: In keiner Kategorie darfst du anfangs über mehr als 20 Punkte verfügen.

Kampfkraft
Sie entscheidet wesentlich über den Ausgang aller Duelle und Proben, die irgend etwas mit Kraft zu tun haben, d. h. nicht nur bei Zweikämpfen Mann gegen (nun ja...) Mann, sondern z. B. auch bei Kämpfen gegen Naturgewalten o. ä. Wie du einen solchen Kampf durchzuführen hast, erfährst du weiter unten in den Kampfregeln. Im Verlauf deines Abenteuers kannst du Kampfkraftpunkte dazugewinnen oder verlieren. Auch manche Gegenstände, die du für deine Ausrüstung wählst, können dir generell oder nur in bestimmten Situationen zusätzliche

Kampfkraftpunkte bringen. Gleiches gilt für die besonderen Eigenschaften, die du zu Beginn des Abenteuers wählen kannst.
Jede Veränderung deiner Kampfkraft notiere bitte immer sofort in deinem Abenteuertagebuch!

Geschicklichkeit

Auch mit ihrer Hilfe kannst du manchmal Duelle und Proben bestehen. Im Verlauf deines Abenteuers kannst du Geschicklichkeitspunkte gewinnen oder verlieren. Auch manche Gegenstände, die du für deine Ausrüstung wählst, können dir generell oder nur in bestimmten Situationen zusätzliche Geschicklichkeitspunkte bringen. Gleiches gilt für die besonderen Eigenschaften, die du zu Beginn des Abenteuers wählen kannst. Im übrigen gelten die gleichen Kampfregeln wie bei »Kampfkraft«.
Achtung: Sinkt deine Punktzahl in auch nur einer dieser beiden Kategorien auf »0«, stirbst du auf der Stelle. Das Spiel ist dann für dich zu Ende...

Nervenkraft

Sie ist es, die du bei deinen Abenteuern wohl am bittersten nötig haben wirst – deshalb wäre es vielleicht ganz ratsam, wenn du dir in dieser Kategorie zu Anfang nicht zu wenig Punkte gutschreibst...
Du gewinnst weder Duelle noch Kraftproben mit Hilfe deiner Nervenkraft, aber du brauchst sie dringend, um mit den gräßlichen Überraschungen fertig zu werden, die dir im Laufe deiner Abenteuer begegnen können. In solchen Fällen wirst du dir nämlich Nervenkraftpunkte abziehen müssen, und je mehr du dann hast, desto besser...

Auch hier gilt übrigens die Regel, daß eine geeignete Auswahl deiner Ausrüstungsgegenstände deine Nervenkraft positiv beeinflussen kann. Vielleicht wäre es nicht so dumm, von dieser Möglichkeit Gebrauch zu machen.
Achtung: Sollte deine Nervenkraft jemals auf »0« sinken, bitte sofort in Kapitel 13 weiterlesen!

Magische Fähigkeiten
Die hast du zu Anfang deines Abenteuers noch nicht, schließlich bist du Fischer, kein Zauberer. Aber es könnte sein, daß du sie im Verlauf der Handlung erwirbst. Wenn, dann kommen sie ganz von selbst – ob du willst oder nicht...

BESONDERE FÄHIGKEITEN

Zusätzlich zu den vier oben schon genannten Fähigkeiten verfügst du zu Beginn über maximal drei weitere besondere Fähigkeiten, die dir in bestimmten Situationen nützlich sein könnten (z. B. wenn es darum geht, am Leben zu bleiben) und die du aus der untenstehenden Liste auswählen darfst. Aber Vorsicht: Eine einmal getroffene Wahl ist nicht wieder rückgängig zu machen! Was nutzt es dir, gut zu schießen, wenn du auf einen Berg klettern

mußt? Oder ein guter Bergsteiger zu sein, wenn es unter Umständen darum geht, von der Nebelinsel aus die läppischen vierzig oder fünfzig Meilen nach Larton zurückzuschwimmen... Drum prüfe, wer sich ewig bindet.
Achtung: Zwei der genannten Fähigkeiten – nämlich »guter Schwertkämpfer« und »guter Bogenschütze« – haben sozusagen doppelte Wertigkeit, d. h. sie zählen ebensoviel wie zwei andere Fähigkeiten. Anders ausgedrückt: Willst du ein guter Schwertkämpfer oder ein guter Bogenschütze sein, darfst du nur noch eine weitere Fähigkeit dazuwählen.
Ebenfalls wichtig: Im Verlauf deines Abenteuers kannst du möglicherweise über die drei anfänglichen besonderen Fähigkeiten hinaus noch weitere hinzuerwerben – eine Gelegenheit, die man nicht ungenutzt verstreichen lassen sollte.

Hier deine Auswahlmöglichkeiten:

- **Mittelmäßiger Schwertkämpfer**

Will heißen: Du weißt schon ein bißchen mehr als bloß, wie man ein Schwert zu halten hat, aber gegen einen halbwegs professionellen Gegner wie etwa einen Söldner kommst du mit deinen Künsten wohl kaum an. Allerdings: Schon wenn du ein **mittelmäßiger Schwertkämpfer** bist, kannst du bei allen Schwertkämpfen (aber nur bei diesen und nur, wenn du auch ein Schwert dabei hast!) deine Kampfkraft um **1 Punkt** erhöhen.

- **Guter Schwertkämpfer** (zählt als 2 Eigenschaften)

Wenn du ein **guter Schwertkämpfer** bist, der sich mit dem

Schwert sehr wohl seiner Haut zu erwehren weiß, kannst du bei allen Schwertkämpfen (aber nur bei diesen und nur, wenn du auch ein Schwert dabei hast!) deine Kampfkraft um **3 Punkte** erhöhen.

- **Mittelmäßiger Bogenschütze**

Will heißen: Deine Hand ist immerhin ruhig genug, um eine Zielscheibe oder ein anderes unbewegliches Ziel mit einer guten Trefferquote zu treffen. Schon wenn du ein **mittelmäßiger Bogenschütze** bist, kannst du bei allen Kämpfen mit Pfeil und Bogen (aber nur bei diesen und nur, wenn du sowohl einen Bogen als auch genügend Pfeile dabei hast!) deine Kampfkraft um **1 Punkt** erhöhen.

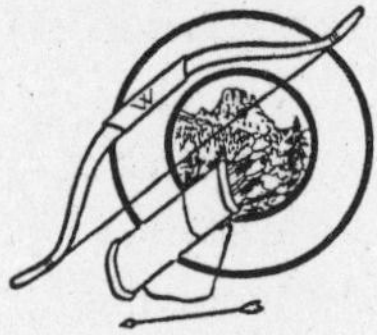

- **Guter Bogenschütze** (zählt als 2 Eigenschaften)

Wenn du ein **guter Bogenschütze** bist, der auch in der Lage ist, ein bewegliches Ziel zu treffen, kannst du bei allen Kämpfen mit Pfeil und Bogen (aber nur bei diesen und nur, wenn du sowohl einen Bogen als auch genügend Pfeile dabei hast!) deine Kampfkraft um **3 Punkte** erhöhen.

- **Guter Schwimmer**

Daß du dich einigermaßen über Wasser halten kannst, dürfte bei deinem Beruf selbstverständlich sein, aber das bedeutet noch lange nicht, daß du auch automatisch ein guter Schwimmer bist! Und da dein Abenteuer dich weit übers Meer führen wird, könnte sich diese Fähigkeit als sehr nützlich erweisen.

- **Guter Bergsteiger**

Was das Bergsteigen betrifft, so gibt es in der Umgebung deines Dorfes zwar höchstens ein paar kleine Hügel, dafür allerdings einige recht steile Klippen, wo du schon als junger Bursche die Gelegenheit hattest, klettern zu lernen – sei es aus Abenteuerlust oder weil du den kärglichen Speiseplan deiner Familie um ein paar Möweneier aufbessern wolltest. Und Klettern ist schließlich Klettern...

- **Schneller Läufer**

Unter den Jünglingen von Larton ist es üblich, sich an den sandigen Stränden des Nebelmeeres in der edlen Kunst des Wettlaufs zu üben. Vielleicht hast du in früheren Jahren ja regelmäßig an diesen Laufwettbewerben teilgenommen und dich dadurch zu einem schnellen Läufer entwikkelt?

- **Geschickter Handwerker**

Als Fischer sollte man nicht nur auf See, sondern ebensogut auch an Land handwerklich geschickt sein – z. B., wenn es gilt, Taue zu drehen, Reusen zu flechten, Segel zu flicken oder Harpunen zu schmieden. Hast du auch gut aufgepaßt, als dein Vater dich seinerzeit in all diesen Künsten unterwies?

- **Des Lesens und Schreibens kundig**

In einem abgelegenen Fischerdorf ist diese Fähigkeit alles andere als selbstverständlich. Du könntest sie auch nur erworben haben, wenn du aufmerksam deinem alten Onkel zugehört hättest, der als junger Mann in einer großen Stadt gelebt und dort als Gehilfe eines Kaufmanns Lesen und Schreiben (und natürlich auch ein bißchen Rechnen) gelernt hat. Und woher willst du wissen, ob du nicht auf der Nebelinsel auf irgendwelche geheimnisvollen Inschriften stößt, die es zu entziffern gilt?

- **Guter Kartenleser**

Natürlich dürftest du wissen, wie herum man eine Karte hält, aber kannst du dich auch wirklich danach orientieren, falls du mal eine in die Hand bekommen solltest? Ein wichtiger Hinweis: Ein guter Kartenleser kannst du nur sein, wenn du bereits des Lesens und Schreibens kundig bist, d. h. diese Fähigkeit darfst du nur dann auswählen, wenn du auch die vorige gewählt hast.

- **Guter Zeichner**

Und wozu man unter Umständen ein Zeichentalent brauchen kann, kann man nie wissen.

- **Gutes Aussehen**

Zwar keine erlernte Fähigkeit, sondern eine Eigenschaft, die dir womöglich mit in die Wiege gelegt worden ist, aber so genau wollen wir das hier nicht nehmen. Gut auszusehen und charmant im Umgang mit den Damen zu sein, kann jedenfalls nie schaden – vielleicht erwartet dich ja auf der Nebelinsel die Liebe deines Lebens?

DEINE AUSRÜSTUNG

Wenn nicht im Text irgend etwas anderes angegeben ist, kannst du maximal 5 Gegenstände gleichzeitig bei dir tragen. Bist du bereits vollbeladen, willst aber z. B. ein gefundenes Schatzkästchen aus unerfindlichen Gründen unbedingt mitnehmen, mußt du einen anderen Gegenstand dafür ablegen. Überlege dir also sorgfältig, was dir im Verlauf des Abenteuers noch nützlich sein kann, und was nicht. Und vergiß nicht, jede Veränderung sofort in deinem Abenteuertagebuch einzutragen!

- **Dein Familienschwert**

Dein Familienschwert – ebenfalls ein Mitbringsel jenes Onkels, der in seiner Jugend in einer großen Stadt gelebt hat – ist natürlich schon ein bißchen angerostet, aber trotzdem noch eine mächtige Waffe. Wenn du es bei einem Schwertkampf einsetzt, vergrößert es deine Kampfkraft um 3 Punkte. Bei jeder anderen Art von Kraftprobe aber nützt es dir natürlich nichts.

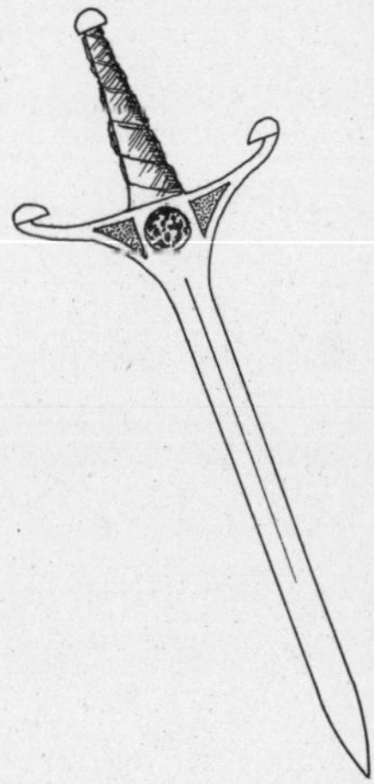

Falls du im Laufe deines Abenteuers ein anderes Schwert an dich nehmen solltest, so laß dafür das Familienschwert zurück und vermerke in deinem Abenteuertagebuch, um was für eine Waffe es sich handelt und welche Auswirkungen sie auf deine Kampfkraft hat.

● **Messer**

Ein Messer gehört eigentlich zur Standardausrüstung eines jeden Fischers, denn wie sollte man ohne ein gutes Messer Fische ausnehmen, Taue kappen oder unliebsame Widersacher still und heimlich um die Ecke bringen? In einem solchen Fall erhöht es deine Kampfkraft übrigens um 2 Punkte.

● **Flasche mit Gewürzwein**

Fischen ist bei stürmischer See ein ganz schön gefährliches Geschäft. Und wenn man bei kritischen Gelegenheiten besondere Nervenkraft braucht, greift man in Larton gerne auf Gewürzwein zurück – eine schmeichelhafte Umschreibung für

eine leichte Droge aus allerhand mysteriösen Kräutern, die die alten Frauen des Dorfes bei Vollmond an geheimen Stellen hoch droben in den Klippen pflücken. Eine Flasche enthält 12 Schluck. Wenn du am Ende eines Kapitels einen Schluck nimmst, bist du während der nächsten drei Kapitel (nicht jedoch während des Kapitels, in dem du den Schluck nimmst!) gegen einen Verlust von Nervenkraftpunkten, egal in welcher Höhe, gefeit. Sobald der Schluck Wein einen solchen drohenden Punktabzug verhindert hat, verliert er auf der Stelle seine Wirkung, auch wenn erst ein oder zwei Kapitel verstrichen sind. In diesem Falle kannst du natürlich sofort einen neuen Schluck nehmen.
Allerdings hat der Gewürzwein auch eine unangenehme Nebenwirkung: Für die gleiche Anzahl von Kapiteln verringert er deine Kampfkraft und deine Geschicklichkeit um jeweils 1 Punkt. Auch diese Nebenwirkung verschwindet, wenn der Schluck Wein einen drohenden Punktabzug verhindert hat.
Hast du den letzten der 12 Schlucke Gewürzwein getrunken, solltest du die nun leere Flasche wegwerfen und sie von der Liste deiner Ausrüstungsgegenstände streichen.

- **Ein Beil**

Es ist zwar keine Streitaxt und viel zu unhandlich, um es im Kampf einzusetzen, es kann dir aber beispielsweise nützlich sein, wenn es darum geht, ein Floß zu bauen oder eine Hütte zu errichten.

- **Bogen**

Wenn du den Bogen als einen deiner Ausrüstungsgegenstände wählst, mußt du zwangsläufig auch den Köcher mit den 6 Pfeilen dazunehmen, denn der eine ist ohne den anderen logischerweise völlig nutzlos.

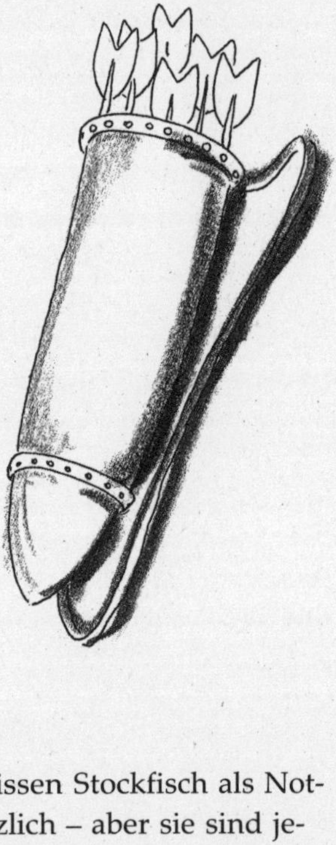

- **Köcher mit 6 Pfeilen**

Umgekehrt gilt das gleiche: Den Köcher kannst du nur mitnehmen, wenn du auch den Bogen gewählt hast!

- **Proviantbeutel**

Ein Proviantbeutel enthält 12 Bissen Stockfisch als Notrationen. Sie schmecken entsetzlich – aber sie sind jedenfalls nahrhafter als Steine, und wenn du am Ende eines Kapitels einen Bissen nimmst, erhöhen sich für die nächsten drei Kapitel deine Kampfkraft und deine Geschicklichkeit um jeweils 1 Punkt. (Nebenbei bemerkt, kannst du auf diese Weise also auch die Neben-

wirkungen des Gewürzweins ausgleichen.) Da der Stockfisch so schwer verdaulich ist, darfst du allerdings immer nur einen Bissen zur gleichen Zeit zu dir nehmen – und den nächsten auch erst dann wieder, wenn du den vorigen verdaut hast, also frühestens nach Ablauf der drei Kapitel. Du kannst sie zu jedem beliebigen Zeitpunkt zu dir nehmen – außer natürlich unmittelbar vor oder gar während eines Kampfes oder einer Geschicklichkeitsprobe. Oder hast du gedacht, deine Gegner warten, bis du fertig gegessen hast?
Ist der letzte Bissen Stockfisch verzehrt, solltest du den nun leeren Proviantbeutel ablegen und ihn von der Liste deiner Ausrüstungsgegenstände streichen.

- **Feuerstein**

Eine sehr hilfreiche Erfindung, wenn man etwas gegen rohe Fische oder stockfinstere Nächte hat.

- **Taschentuch**

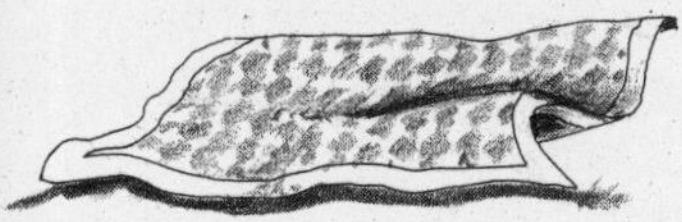

Für einen Fischerjungen ein ziemlicher Luxusgegenstand; normalerweise schneuzt man sich am Nebelmeer ganz einfach mit den Fingern.

● **Fischreuse**

Da das erste, womit man dich nach der Entwöhnung von der Mutterbrust gefüttert hat, Fisch war (kein Wunder, schließlich lebst du in einem Fischerdorf), hast du eine ziemliche Vorliebe für Frischfisch. Vielleicht möchtest du ja keinen Proviantbeutel mitnehmen, oder du kommst im Verlauf dieses Abenteuers mal in eine Lage, wo du den ewigen Stockfisch aus der Notration schlicht und einfach leid bist. Für einen solchen Fall wäre eine Fischreuse vielleicht gar nicht unpraktisch?

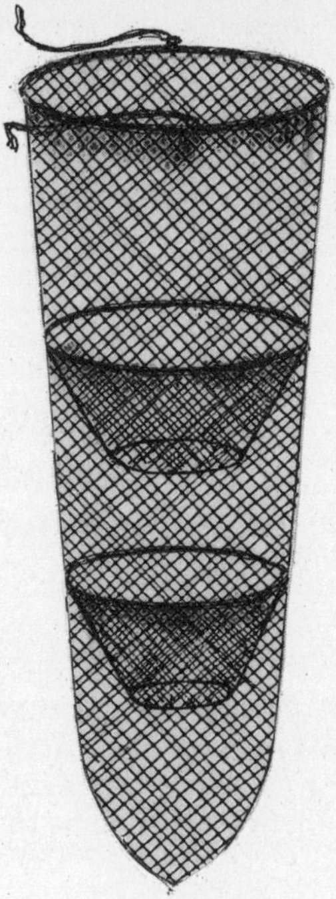

● **10 m bestes Hanfseil**

In Larton werden gute Taue geflochten, das ist in den umliegenden Fischerdörfern an der Küste des Nebelmeeres allgemein bekannt. Auch an Land lassen sich solche Taue vielseitig verwenden. Man kann damit z. B. Gefangene fesseln, Wildpferde einfangen und wie Tarzan an der Liane Schluchten überbrücken. Wenn die Lage allzu verzweifelt wird, kann man sich natürlich auch damit aufhängen.

● **Schreibzeug**

Diesen Gegenstand darfst du nur auswählen, wenn du des Lesens und Schreibens kundig bist. Eine nützliche Sache, um beispielsweise an bestimmten Orten für deine Gefährten Nachrichten zu hinterlassen.

DAS WÜRFELN

Ja – und jetzt kommt der Haken an der Geschichte: wie im wirklichen Leben entscheiden nicht nur Kraft und Geschicklichkeit über den Ausgang von Duellen und Kraft- oder Geschicklichkeitsproben, sondern leider nur allzuoft pures Glück. Schließlich – was nutzt es dir schon, Lartons ungeschlagener Favorit im jährlichen Strandrennen zu sein, wenn du auf einer Bananenschale ausrutschst und dir zwei Meter vor dem Ziel die Rübe einschlägst? Also – wie es aussieht, wirst du nicht ganz ohne Glück (sprich: den Würfel) auskommen. Solltest du allerdings gerade keinen haben, kannst du dieses Buch trotzdem spielen, und zwar, indem du einfach die Augen schließt, deine Bleistift ein bißchen über nachfolgender **Zufallstabelle** kreisen läßt und dann blindlings auf die Seite tippst. Die Zahl, die der Bleistift dabei berührt, entspricht den normalerweise erzielten Würfelaugen.

2	5	6
3	6	4
4	5	1
5	1	3
6	2	4
3	4	1
2	5	4
4	6	5
2	1	5
5	2	1
3	5	4
1	6	3

1	5	1	5	2	3	6	2
3	4	3	6	2	4	1	1
4	2	6	1	3	6	5	5
2	5	4	2	1	5	2	6
3	1	5	3	6	4	1	3
5	4	5	6	2	3	1	5
6	3	1	3	4	2	6	3
2	1	4	6	1	3	2	2
6	3	5	3	2	6	4	6
3	6	4	1	1	5	3	2
1	4	2	3	5	6	1	1
1	3	4	6	2	1	3	6

KAMPFREGELN

Wie bereits mehrfach erwähnt, wird es in deinem Abenteuer Gelegenheiten geben, bei denen du gegen einen Gegner kämpfen mußt. Bei diesem Gegner kann es sich nicht nur um menschliche oder nichtmenschliche Feinde handeln, sondern beispielsweise auch um Naturerscheinungen – der Begriff »Kampf« ist hier also etwas weiter zu fassen, aber als kreativem Menschen wird dir das sicherlich keine Mühe bereiten.
Die **Kampfstärke** deines Gegners wird an der jeweiligen Stelle im Text genannt; deine eigene kann je nachdem, was du bisher während deines Abenteuers erlebt hast, sehr unterschiedlich sein. Deshalb ist es wichtig, deine **Kampfkraft-** bzw. **Geschicklichkeitspunkte** regelmäßig im Abenteuertagebuch nachzutragen; das enthebt dich unter Umständen der Peinlichkeit, deinen Gegner um eine zweistündige Vertagung des Kampfes zu bitten, bis du dir klargeworden bist, ob du noch genug Puste hast, es mit ihm aufzunehmen. (Es könnte natürlich auch sein, daß er dir die linke Hand abbeißt, während du mit der rechten noch rechnest.)
Alle Kämpfe werden anhand der nachstehenden **Duelltabelle** abgewickelt. Grundlage ist dabei zum einen die Augenzahl eines Würfels, zum anderen die Differenz zwischen deinem Fähigkeitsniveau (Kampfkraft / Geschicklichkeit / Magische Fähigkeiten) und dem deines Gegners.

Und so läuft ein Kampf ab:

(1) Du zählst zu deiner eigenen Kampfkraft oder Geschicklichkeit diejenigen Zusatzpunkte hinzu, die dir bestimmte Waffen oder Fähigkeiten verleihen (welche das sind, erfährst du an der jeweiligen Stelle im Text).

(2) Du nimmst deine so ermittelte Gesamtstärke und ziehst davon die Stärke deines Gegners ab. Bist du stärker als dein Gegner, erhältst du eine positive Zahl (+1, +2, +3...). Seid ihr gleichstark, erhältst du eine »0«. Ist dein Gegner stärker als du, erhältst du eine negative Zahl (−1, −2, −3...).

(3) Du gehst in die entsprechende Spalte.

(4) Du würfelst einmal und stellst fest, welche Angabe sich für die gewürfelte Zahl in dieser Spalte findet.

(5) Du befolgst diese Angabe und stellst fest, in welcher Spalte das Duell nun weitergeht.

(6) Das geht so weiter, bis du durch einen Wurf entweder auf ein S-Feld (= Sieg) oder ein N-Feld (= Niederlage) kommst. Dann ist das Duell beendet.

(7) Wenn es im Text gefordert wird, merkst du dir außerdem die Zahl der Würfelrunden bis zum Abschluß des Duells.

Alles verstanden? Nein? Gut, dann hier noch ein paar Beispiele.

Beispiel 1: Zu Anfang eines Kampfes mit Schwertern beträgt deine Kampfkraft 17, aber da du über dein Familien-

DUELLTABELLE

	−9	−8	−7	−6	−5	−4	−3	−2	−1	0	+1	+2	+3	+4	+5	+6	+7	+8	+9
1	N	N	N	N	N	N	N	N	N	«	«	‹	‹	U	›	›	»	»	S
2	N	N	N	N	N	N	N	N	«	«	‹	‹	U	›	›	»	»	S	S
3	N	N	N	N	N	N	«	«	‹	‹	U	›	›	»	»	S	S	S	S
4	N	N	N	N	«	«	‹	‹	U	›	›	»	»	S	S	S	S	S	S
5	N	N	«	«	‹	‹	U	›	›	»	»	S	S	S	S	S	S	S	S
6	N	«	«	‹	‹	U	›	›	»	»	S	S	S	S	S	S	S	S	S

Duellergebnisse

S = steht für Sieg – sobald es dir gelingt, auf eines dieser Felder zu kommen, ist das Duell aus, und du hast gewonnen.

» = Die nächste Würfelrunde findet zwei Spalten weiter rechts statt.

› = Die nächste Würfelrunde findet eine Spalte weiter rechts statt.

U = steht für Unentschieden. Keine Wirkung – das Duell geht auf der gleichen Stufe weiter.

« = Die nächste Würfelrunde findet zwei Spalten weiter links statt.

‹ = Die nächste Würfelrunde findet eine Spalte weiter links statt.

N = steht für Niederlage – sobald du auf eines dieser Felder kommst, ist das Duell aus, und du hast verloren.

schwert (3 Zusatzpunkte) verfügst und außerdem ein guter Schwertkämpfer (ebenfalls 3 Zusatzpunkte) bist, beträgt deine Kampfkraft bei diesem Duell insgesamt 23 Punkte. Die Kampfkraft deines Gegners beträgt laut Angabe im Buch 21. Die Differenz ist demnach + 2. Die erste Kampfrunde wird also in der + 2-Spalte ausgetragen. Du würfelst nun und siehst nach, welche Angabe in dieser Spalte gilt. Hast du beispielsweise eine 3 gewürfelt, ist das ›. Die zweite Kampfrunde wird demnach eine Spalte weiter rechts (in der + 3-Spalte) ausgetragen. Diesmal würfelst du z. B. eine 6. Glückwunsch, du bist auf ein S-Feld (= Sieg) gekommen. Damit ist das Duell erfolgreich beendet.

Beispiel 2: Deine Geschicklichkeit beträgt 15, die deines Gegners 20; irgendwelche Zusatzpunkte hast du nicht aufzubieten. Die Differenz ist demnach − 5. Würfelst du nun eine 2, lautet das Ergebnis bereits N (Niederlage). Du hast schon in der ersten Würfelrunde verloren.

Endlich aber ist es soweit: Der Morgen graut, und wuchtige Faustschläge gegen die Tür reißen dich aus dem Schlummer, in den du doch noch gesunken bist. Lorn steht mit seinen Begleitern vor deiner Tür und wartet darauf, daß du öffnest. Vor dir liegt das bisher größte Abenteuer deines Lebens!

Ihr könntet aufbrechen, wenn nicht...

Lies weiter bei **2**

2

...ja, wenn euch nicht das Wetter einen Strich durch die Rechnung machen würde. Über Nacht ist es windig geworden, doch das ist nur ein kleiner Vorgeschmack auf den Sturm, der sich draußen auf See zusammenballt. Wenn du nach Osten schaust, siehst du nur noch schwarz – und das im wahrsten Sinne des Wortes. Eine finstere Gewitterfront schiebt sich langsam auf die Küste zu.

Völlig unmöglich, bei einem solchen Unwetter auszulaufen. Selbst der legendäre Dronte würde es sich bei solchem Sturm gut überlegen, in See zu stechen. Dein kleines Fischerboot würde kentern, bevor ihr die schützende Hafenbucht auch nur verlassen hättet.

Das kannst du auch Lorn klarmachen. Er ist zwar alles an-

dere als begeistert, sieht aber schließlich ein, daß du recht hast, zumal einer seiner Begleiter, der offenbar etwas von der Seefahrt versteht, deine Worte bestätigt.
Da man ihnen im Wirtshaus deutlich gemacht hat, daß man sie nur ungern weiterhin als Gäste haben würde, bietest du den Reisenden an, bei dir zu bleiben, bis sich der Sturm gelegt hat. Nicht ganz ohne Hintergedanken, versteht sich. Zunächst einmal hoffst du natürlich, noch die eine oder andere spannende Geschichte erzählt zu bekommen, und andererseits gibt es da noch etwas, worüber du dringend mit Lorn sprechen willst.
Bevor es dazu kommt, streift jedoch die geheimnisvolle Gestalt im grauen Umhang ihre Kapuze zurück. Vor Schreck schreist du unwillkürlich auf. Was du zu sehen bekommst, ist nicht etwa ein menschliches Antlitz, sondern ein schuppiges, flaches Reptiliengesicht. Sofort begreifst du, daß du einen Quorrl vor dir hast, eine jener schrecklichen Kreaturen, die zu den Urfeinden der Menschen zählen. Hast du ein Schwert dabei?
Wenn ja, lies weiter bei **11**
Wenn nein, lies weiter bei **43**

3

Du bittest Marlik, dir den Beutel zu geben, doch er weigert sich, sich von seinem kostbaren Besitz zu trennen. Es nutzt auch nichts, als du ihn darauf aufmerksam machst, daß Lorn den Beutel eigentlich dir zugedacht hatte. Erst als du deinen Verdacht äußerst, die Rubine könnten für sein Schicksal verantwortlich sein und auch jeden anderen, der sie eine gewisse Zeitlang bei sich trägt, verderben, ist Marlik widerwillig bereit, sich von ihnen zu trennen.
Lies weiter bei **90**

4

Es bleibt dir nur noch der Weg nach vorne. Irgendeinen Ausgang wird dieser verdammte Stollen doch wohl irgendwo haben! (Hoffentlich...)
Ebenfalls bleibt nur zu hoffen, daß du ihn findest, bevor deine Fackeln abgebrannt sind. Deutlicher noch als sonst irgendwo auf der Insel kannst du hier die Anwesenheit von etwas Bösem spüren, das nur durch das grelle Licht der Fackel abgeschreckt wird. Du lachst, weil du die mickrige Flamme keineswegs als grell empfindest? Dann laß dich mal ein paar hunderttausend Jahre in völliger Dunkelheit einsperren; anschließend wirst du deine Meinung vielleicht ändern. Jedenfalls marschierst du erst einmal los.
Allerdings nicht sehr weit, denn schon nach einem kurzen Stück Weg siehst du dich einem Hindernis gegenüber. Der Gang ist an dieser Stelle eingebrochen; Tonnen von Fels- und Erdmassen blockieren deinen Weg.
Was tust du?
Das Hindernis genauer in Augenschein nehmen? Weiter bei **26**
Du kehrst um und versuchst, einen anderen Ausgang zu finden. Weiter bei **249**

5

Kaum hast du den Mund geöffnet und ein paarmal laut »Hallo!« gerufen, ertönt plötzlich ein Geräusch, das dir einen eisigen Schauer den Rücken hinunterrinnen läßt: das leise Quietschen von Türangeln. Abrupt bleibst du stehen und blickst wie erstarrt auf die Tür der Hütte, die sich ganz, ganz langsam zu öffnen beginnt, wie von Geisterhand bewegt. Oder etwas anderem...
Auf einmal schwingt die Tür ganz auf, und ein hünenhaf-

tes, geschupptes Reptilienwesen kommt mit seltsam steifen Schritten aus der Hütte: ein Quorrl! Vor Entsetzen bist du im ersten Moment wie gelähmt, aber gleich darauf entspannst du dich ein wenig, denn plötzlich erkennst du, daß es sich um Duc handelt!

Also ist auch er den Gnomen entkommen; kein Wunder, bei seiner unbändigen Kraft hatte er wohl die größten Aussichten. In seiner Begleitung dürfte auch für dich alles viel einfacher werden. Duc ist offenbar nicht ganz ungeschoren davongekommen, sondern scheint ziemlich schwer verletzt zu sein, so steif, wie er sich bewegt.

Was tust du?

Du gehst auf ihn zu, um ihm zu helfen: **252**

Du bleibst erst einmal stehen und wartest ab: **268**

Du willst lieber so schnell wie möglich fliehen: **314**

6

Zwar knarrt und ächzt dein Floß in den Unterströmungen ganz erbärmlich, aber du hast es so solide gebaut, daß es auch diese letzte große Prüfung übersteht. Immer weiter trägt es dich, und alsbald entdeckst du auch den Grund für das seltsame Auftreten der Unterströmungen. Ein Stück voraus gabelt sich der Fluß in vier gleich aussehende Arme. Jetzt kannst du nur noch nach gut Glück entscheiden. Welchen der vier Arme willst du wählen?

Den linken: **102**

Den zweiten von links: **138**

Den zweiten von rechts: **168**

Den rechten: **156**

Du hast eine Karte, die dir zeigen könnte, welcher Arm der richtige ist: **34**

7

Du suchst dir ein halbwegs sicheres Versteck in einem hohlen Dschungelbaum und machst es dir darin bequem, nachdem du erst einmal sichergestellt hast, daß kein anderer unerwünschter Mitmieter darin wohnt. Von den Strapazen der letzten Stunden bist du derart erschöpft, daß du auf der Stelle einschläfst.
Ein seltsames Geräusch läßt dich mit einem Mal wieder hochfahren. Du weißt nicht, ob es Stunden oder nur Minuten sind, seit du eingenickt bist. Als du die Augen aufschlägst, ist das erste, was du siehst, eine ganze Menge Spitzen, die zu ebensovielen Pfeilen gehören und auf dich gerichtet sind, und dahinter noch mehr grinsende Gesichter, die zu dir hereinlugen. Anscheinend kennen die Gnome den Dschungel doch ein bißchen besser als du... dein Versteck haben sie jedenfalls ohne größere Mühe aufgespürt.
Was machst du?
Du versuchst dich zu wehren: weiter bei **160**
Du ergibst dich auf Gnade und Ungnade: weiter bei **352**

8

Was für eine entsetzliche Quälerei! Aber endlich hast du es nach oben geschafft, auch wenn dein Atem keuchend geht und deine Fingernägel halb abgerissen sind und bluten. Schwer atmend ruhst du dich eine Weile aus, dann nimmst du deine Umgebung in Augenschein.
Lies weiter bei **91**

9

Der Durst wird immer schlimmer, und schließlich hältst du es wirklich nicht mehr länger aus. Gierig trinkst du das Salzwasser, das so köstlich und kühl schmeckt wie nichts, was du je zuvor getrunken hast.
Im ersten Moment.
Dann klärt sich dein Denken noch einmal, und du begreifst, was du gerade getan hast. Aber leider ein wenig zu spät. Das ist das **ENDE**

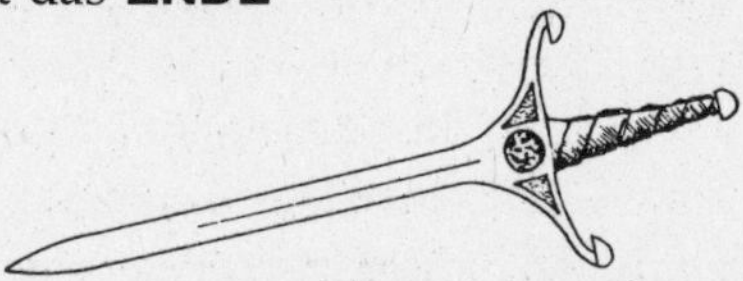

10

Du hebst dein Schwert auf und steckst es in die Scheide zurück. »Nein«, erklärst du mit fester Stimme. »Es wäre Frevel, das Relief erneut zu zerstören. Etwas ist hier wirklich nicht geheuer, und ich habe nicht die Absicht, Lorns Schicksal zu teilen. Die Rubine mögen wertvoll sein, aber sie sind auch gefährlich. Wenn ihr wollt, dann holt sie euch selbst.«
Dazu ist nun allerdings auch keiner der Männer bereit. Deine Worte haben Eindruck auf sie gemacht, und sie sind nun noch entschlossener, sofort zu gehen.
Wenn du dich ihnen anschließt, dann geh mit ihnen nach **157**
Wenn du hierbleiben willst, geht es weiter bei **183**

11

Was tust du?
Du fackelst nicht lange, sondern ziehst sofort dein Schwert, um diese gefährliche Mißgeburt der Natur zu töten, wie du es dir schon so oft erträumt hast: weiter bei **33**

Du verläßt dich darauf, daß schon alles in bester Ordnung sein wird und Fischer nicht auf der heutigen Speisekarte des Quorrl stehen. Vielleicht ist ja auch alles nur ein schlechter Traum, aus dem du bald aufwachen wirst. Das stellst du fest bei **43**

12

In deiner neuen Existenz verspürst du keine so profanen Bedürfnisse wie Müdigkeit, Durst oder Hunger mehr. Jedenfalls keinen Hunger auf normales Essen, höchstens noch auf so appetitliche kleine Geschöpfe mit nur zwei Armen und zwei Beinen, wie du mal eins gewesen bist...
Außerdem bereitet es dir kein Problem, die Strömung so zu beeinflussen, daß du wieder auf die Küste zugetrieben wirst, und einige Tage später wirst du von einem Fischerboot gesichtet, das aus einem der Nachbardörfer Lartons stammt. Du erzählst irgendeine Geschichte, wie du in Seenot geraten bist, nur von der Nebelinsel erwähnst du sicherheitshalber nichts.
Während der ganzen Rückfahrt stehst du reglos an der Reling und starrst auf das Meer hinaus, damit niemand das böse Lächeln sieht, das sich in deinem Gesicht eingegraben hat. Voller Erwartung freut sich die Bestie in dir schon auf Ikne, das Land der unbegrenzten Möglichkeiten – und des unbegrenzten Futters... **ENDE**

13

Du bist mit deinen Nerven völlig am Ende, Phantasien nehmen in deinem Hirn bedrohliche Gestalt an.
Aber sind es wirklich Phantasien?
Was ist das – diese leichte Berührung an deinem Fuß...?
Das Rascheln und Schaben da hinter dir...?
Kann das noch eine Phantasie sein – oder gibt es Ratten

und Asseln hier unten, möglicherweise auch giftige Spinnen und Schlangen?
Und da, wieder eine Berührung!
Aber diesmal ist sie so unirdisch, so fremd und furchtbar, daß dir schlagartig klar wird: das ist weder eine Assel noch eine Spinne, sondern...
Die Sternenbestie!
Sie ist hier, nur noch wenige Zentimeter von dir entfernt, und gleich wird sie nach dir greifen, dich zerfetzen, verschlingen, besudeln, vollschleimen; dir erst dein Leben und dann noch deine Seele nehmen, und zum Schluß sogar noch dieses Buch!
Du schreist so gellend, daß deine Kehle zu zerreißen scheint, und schlägst in der Dunkelheit blindlings um dich. Da ist auch etwas, das du triffst – aber nur einmal, denn deine Faust versinkt in einem unsichtbaren Etwas wie in schwarzem, klebrigem Sumpf, und dieses *Etwas* dringt, fast ohne daß du Schmerzen verspürst, in deinen Körper, beginnt sich auszubreiten, wie finsteres Blut in deinen Adern zu pulsieren, erreicht dein Herz, deine Lungen, schließlich dein Gehirn... **ENDE**

14

Pech gehabt – halb geschafft reicht diesmal nicht! Denn was nützen dir Kopf und Arme auf der einen, Beine und Füße aber auf der anderen Seite eines tonnenschweren

Steinblocks – und vor allem: dein Körper genau darunter?
Der grausame Rest ist Schweigen – und dein **ENDE**

15

Entschlossen verläßt du den Tempel wieder und trittst nach draußen. Dein Erscheinen wird von den dort lauernden Gnomen mit einem wilden Triumphgeschrei begrüßt. Schwerter und Bögen rucken hoch, silbern spiegelt sich Mondlicht auf Klingen und metallenen Pfeilspitzen – und bevor du auch nur einen Ton sagen oder eine Bewegung machen kannst, bist du auch schon überwältigt.
Lies weiter bei **352**

16

Pech gehabt. Obwohl du mit aller Kraft und Geschicklichkeit gegen die Vision ankämpfst, gelingt es dir nicht, sie abzuschütteln. Offenbar hast du schon zu viele Punkte verloren. Vielleicht hättest du schon früher versuchen sollen, dich aus ihr zu lösen? Vielleicht hättest du sie aber auch bis zum Ende verfolgen sollen, nachdem du schon so weit gegangen bist? Wer weiß...
Eines immerhin hast du bewirkt, daß nämlich der Ablauf der Vision durcheinandergerät. Die Schwärze um dich herum weicht, doch die Ruinen sind verschwunden, und du stehst wieder auf der Lichtung vor dem Tempel.

Mit Entsetzen stellst du fest, daß die Vision wieder von vorne beginnt...
Gehe erneut zu **25**

17

Du wanderst und wanderst, was ganz schön an deiner Kraft zehrt – vor allem, da das Flußufer immer felsiger wird und du nur mühsam in dem unwegsamen Gelände vorankommst. Ziehe dir deshalb 4 Punkte von deiner Kampfkraft ab.
Aber die Anstrengung hat sich gelohnt. Schließlich erreichst du die Küste, einen ebenso paradiesisch anmutenden Sandstrand wie auf der anderen Seite, nur sind ihm hier glücklicherweise keine Riffe vorgelagert.
Lies weiter bei **70**

18

Gemeinsam macht ihr euch auf den Rückweg und erreicht nach einiger Zeit unbeschadet das Lager, in dessen Mitte ihr ein Feuer entzündet, da es inzwischen recht kühl geworden ist. Marlik holt aus seinem Gepäck eine Flasche Wein, die ihr zwischen euch kreisen laßt. Die Wärme und der Alkohol helfen euch, das Unheimliche abzuschütteln, das sich seit dem Aufenthalt in der Kammer in euren Seelen eingenistet hat.
Angesichts der Gefahren, die hier lauern, geht ihr anschließend natürlich nicht einfach alle schlafen. Jemand muß die Wache übernehmen. Von den drei Männern, die ihr befreit habt, kommt keiner in Frage, dafür sind sie viel zu erschöpft. Bleiben also noch Marlik, Duc und du selbst übrig. Ihr würfelt untereinander aus, wer die erste Wache übernimmt.

Wenn du eine 1 oder 2 würfelst, bist du als erster an der Reihe. Tritt deine Wache an bei **40**
Wenn du eine 3 oder 4 würfelst, ist Marlik der Unglückliche: weiter bei **93**
Wenn du eine 5 oder 6 würfelst, bedeutet das, daß Duc die erste Wache übernimmt: weiter bei **145**

19

Natürlich hängt es von deiner Geschicklichkeit ab, ob die Skorpione auf dich aufmerksam werden oder nicht. Setze die Wachsamkeit der Skorpione mit 18 Punkten an und lege auf dieser Grundlage ein Geschicklichkeitsduell gegen sie ab.
Du bestehst die Probe **117**
Du bestehst sie leider nicht **346**

20

Kaum bist du ein paar Schritte weit gekommen, ertönt plötzlich ein Geräusch, das dir einen eisigen Schauer den Rücken hinunterrinnen läßt: das leise Quietschen der Türangeln. Abrupt bleibst du stehen, drehst dich um und blickst wie erstarrt zur Tür der Hütte, die sich ganz, ganz langsam zu öffnen beginnt, wie von Geisterhand bewegt. Oder etwas anderem...
Auf einmal schwingt die Tür ganz auf, und ein hünenhaftes, geschupptes Reptilienwesen kommt mit seltsam steifen Schritten aus der Hütte: ein Quorrl! Vor Entsetzen bist du im ersten Moment wie gelähmt, aber gleich darauf entspannst du dich ein wenig, denn plötzlich erkennst du, daß es sich um Duc handelt!
Also ist auch er den Gnomen entkommen; kein Wunder, bei seiner unbändigen Kraft hatte er wohl die größten

Aussichten. In seiner Begleitung dürfte auch für dich alles viel einfacher werden. Aber Duc ist offenbar nicht ganz ungeschoren davongekommen, sondern scheint ziemlich schwer verletzt zu ein, so steif, wie er sich bewegt.
Was tust du?
Du gehst auf ihn zu, um ihm zu helfen: **252**
Du bleibst erst einmal stehen und wartest ab: **268**
Dir ist völlig egal, ob Duc vielleicht Hilfe braucht. Ohne dich um ihn zu kümmern, rennst du so schnell du nur kannst am Flußufer entlang, direkt nach **178**

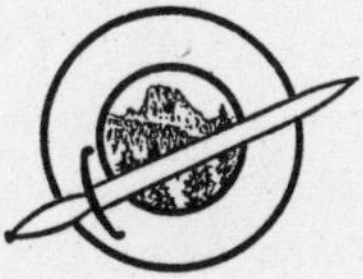

21

Ob du ganz allgemein ein ungeschickter Tolpatsch bist oder heute nur einen Pechtag (oder sollte man besser sagen eine Pechnacht?) hast, sei einmal dahingestellt. Jedenfalls entdecken dich die Gnome, noch bevor du deine Hütte erreichst. Triumphierend wirst du von ihnen davongeschleppt.
In der Tat ist dies ein ganz ausgesprochener Pechtag für dich. Und er ist noch längst nicht vorbei.
Weiter geht er bei **352**

22

Du mußt es ja wissen – hoffentlich hast du dir nicht zuviel zugetraut. Wenn du deine Ausrüstung also unbedingt behalten willst, wirst du nicht umhin kommen, gegen eine Strömung anzukämpfen, die einer Kampfkraft von 20 entspricht, um zu sehen, ob du das rettende Ufer erreichst.

Du schaffst es: weiter bei **319**

Du schaffst es nicht: weiter bei **285**

23

Hast du ein Messer gezogen?

Wenn ja, lies weiter bei **333**

Wenn nein, lies weiter bei **345**

24

Wieder näherst du dich dem Nebelring und den gefährlichen Riffen, die darin verborgen liegen. Diesmal jedoch kennst du die Fahrrinne, und unbeladen ist dein Boot viel leichter zu manövrieren. Deine Geschicklichkeit reicht auch ohne Prüfung aus, es an den Riffen vorbei in die Bucht zu steuern. Am Strand stehen mehrere notdürftig aus Zweigen und Gras errichtete Hütten. An der gleichen Stelle wie beim letzten Mal legst du an. Auch diesmal spürst du sofort die Aura des Bösen, die über der Nebelinsel liegt. Diesmal allerdings kommt sie dir noch viel stärker vor als vor vier Tagen. Du bist dir nicht ganz sicher, ob es nur Einbildung ist, oder ob wirklich...

Im Grunde genommen willst du es auch gar nicht wissen. Viel mehr Sorgen bereitet es dir, daß niemand kommt, um dich zu begrüßen. Insgeheim hast du gehofft, daß man deiner Rückkehr bereits sehnsuchtsvoll entgegenharren und mit entsprechendem Jubel darauf reagieren würde. Statt dessen ist niemand zu sehen.

Du näherst dich zögernd der ersten Hütte. Als du das Tuch vor dem Eingang zurückschlägst, fährt Duc mit seinem Schwert in der Hand herum, läßt es aber sofort wieder sinken, als er dich erkennt. Außer ihm hält sich nur

noch ein weiterer von Lorns Begleitern in der Hütte auf, ein rothaariger Bursche, der kaum älter als du ist. Soweit du dich erinnerst, hat er sich dir als Marlik vorgestellt.
»Was ist passiert?« fragst du alarmiert. »Wo sind die anderen?«
»Tot«, antwortet Marlik. Ein Unterton von Hysterie schwingt in seiner Stimme mit. »Sie sind alle tot!«
Ein gequältes Stöhnen erklingt. Erst jetzt bemerkst du die Gestalt, die zwischen den beiden auf einem behelfsmäßigen Lager liegt. Es handelt sich um Lorn – aber wie hat er sich verändert! Sein Gesicht ist eingefallen und wirkt ausgezehrt wie das eines uralten Mannes. Namenloses Entsetzen hat sich in seine Züge eingegraben. Sein Blick flakkert unstet wie der eines Wahnsinnigen.
Du widerstehst dem Impuls, herumzufahren und aus der Hütte zu stürmen, sondern kniest neben ihm nieder. Mit Schrecken erkennst du, daß Lorn bereits dem Tode geweiht ist. Er hat höchstens noch wenige Stunden zu leben, vielleicht sogar nur noch Minuten, obwohl du keinerlei Verletzung erkennen kannst.
»Was ist passiert?« fragst du noch einmal.
»Genau weiß ich es auch nicht«, erwidert Marlik. »Wir haben uns in zwei Gruppen aufgeteilt, um die nähere Umgebung zu erforschen. Ich war mit Duc und Nolan zusammen. Nolan wurde von einer Schlange gebissen und starb. Die anderen blieben verschwunden. Erst einen Tag später kehrte Lorn als einziger zurück. Er war am Ende seiner Kräfte. Seither phantasiert er im Fieberdelirium. Vielleicht hat er sich an einem giftigen Dorn gestochen. Es wird immer schlimmer, und wir können nichts für ihn tun.«
»Der Tempel«, stöhnt Lorn. Du beugst dich über ihn, um

ihn besser verstehen zu können. »Der Tempel«, wiederholt er. Der fiebrige Glanz seiner Augen verschwindet, und kurzzeitig ist sein Blick ganz klar. »Die Bestie von den Sternen... Sie erwacht... Ihr müßt... fliehen! Die Augen... im Beutel... Ihr müßt...« Lorn holt einen Beutel unter seinem Wams hervor, der an einem Lederband um seinen Hals hängt, und zerreißt das Band. Er versucht, dir den Beutel zu geben, schafft es jedoch nicht mehr. Mit einem gellenden Schrei bäumt er sich auf und sinkt zurück.

Er ist tot.

Es dauert ein paar Sekunden, bis du dich von deinem Schrecken erholst. »Was hat er damit gemeint?« fragst du unsicher.

Marlik zuckt mit den Schultern. »Er hat schon seit seiner Rückkehr unverständliches Zeug geredet, hauptsächlich von einem Monster, einer Sternenbestie. Und davon, daß die anderen alle tot wären.«

Du greifst nach dem unscheinbaren grauen Beutel, der Lorn aus der Hand gefallen ist. Unschlüssig drehst du ihn in den Händen. Der Beutel ist mit einem einfachen Band verschlossen.

Was wirst du tun?

Es widerstrebt dir, in den Besitztümern eines Toten herumzuschnüffeln. So steckst du Lorn den Beutel wieder unter das Wams, ohne dich weiter für den Inhalt zu interessieren. *Lies weiter bei* **51**

Du hältst dir vor Augen, daß Lorn dir den Beutel geben wollte, und du also nur seinen letzten Wunsch erfüllst, wenn du ihn an dich nimmst. Mit leicht zitternden Fingern öffnest du ihn. Was du darin findest, erfährst du bei **84**

25

Die Umgebung um dich herum verändert sich in atemberaubendem Tempo. Immer mehr der Ruinen lösen sich in Nichts auf, schließlich ist die ganze Stadt verschwunden und hat einer Lichtung Platz gemacht, auf der nur noch der Tempel steht. Die anderen Bauwerke und Trümmer sind einfach nicht mehr da, als hätte es sie nie gegeben. Nie gegeben...
Du begreifst, daß du etwas siehst, das vor langer, langer Zeit stattgefunden hat, und du spürst, daß du das alles nur sehen kannst, weil du das Amulett aus dem Steinsarg in der Tasche hast. Und noch etwas spürst du: Jeder Augenblick, den du in dieser Vision verhaftet bleibst, kostet dich etwas von deiner (Lebens-)Kraft, denn es ist eine sehr unheilige Magie, die durch das Amulett wirkt... sie zehrt von deiner Lebensenergie!

Für jedes Kapitel, das du in der Vision bleibst, mußt du dir abwechselnd einen Punkt Kampfkraft bzw. Geschicklichkeit abziehen.
Ziehe dir deshalb jetzt gleich einen Punkt von deiner Geschicklichkeit ab!

Mehr noch: Innerhalb der Vision kannst du Dingen begegnen, die dich auch an den Rand deiner geistigen Gesundheit bringen können (Abzug von Nervenkraftpunkten!) – das weißt du einfach, denn über der ganzen Szene liegt

ein Hauch absoluten Grauens. *Und während der Vision kannst du keinen Schluck Gewürzwein trinken und keinen Stockfisch zu dir nehmen.*
Aber immerhin mußt du nicht in der Vision bleiben – mit einer Kraftanstrengung könntest du dich losreißen und der Vision entfliehen...
Falls du das allerdings einmal willst, dann merke dir jeweils das Kapitel, von dem aus du es versuchst (nur für den Fall, daß es dir nicht gelingt, der Vision zu entkommen, denn ganz einfach ist es nicht...)
Du bleibst weiter in der Vision, weil du hoffst, etwas zu erfahren, was dir weiterhelfen kann: **50**
Du versuchst dich aus der Vision zu lösen: **350**

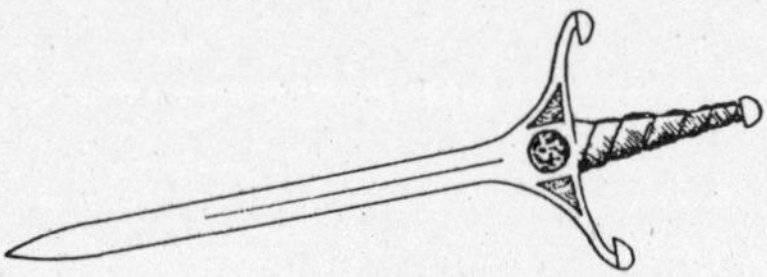

26

Nachdem du dich wieder gefaßt hast, siehst du dir das Hindernis ein wenig näher an. Als du es mit deiner Fackel ausleuchtest, siehst du, daß oben, am oberen Ende einer einigermaßen steilen, aus lockerem Geröll gebildeten Halde so etwas wie ein Loch – womöglich ein Durchgang? – zu sehen ist. Aber um dir Gewißheit zu verschaffen, daß es dort weitergeht, müßtest du die Halde erklettern. Eine höchst anstrengende Sache! Und jetzt wird dir auch die bleierne Müdigkeit in deinen Gliedern bewußt. Du fragst dich, ob es nicht besser wäre, erst etwas zu schlafen und frische Kräfte zu sammeln, was besonders zu empfehlen wäre, wenn deine Punkte für Kampfkraft und/oder Nervenkraft auf einen recht niedrigen Wert gesunken sind.

Du willst wirklich eine Pause machen und dich ausruhen: weiter bei **37**
Du willst direkt mit dem Klettern beginnen, und zwar nach **32**

27

Um über die deckungslose Fläche drüber zu kommen, bevor die Gnome in Sichtweite sind, springst du blitzschnell auf und spurtest los. Wer wird schneller sein, die Gnome oder du? Stelle das fest, indem du ein Duell auf der Basis deiner Kampfkraft (aber natürlich ohne Bonuspunkte für Waffen oder Ähnliches – das kennst du ja mittlerweile...) austrägst. Die Gnome mußt du dabei mit 25 Punkten ansetzen, denn sie rücken rasch näher.
Falls du ein *schneller Läufer* bist, steigen deine Chancen natürlich. In diesem Fall darfst du deiner Geschicklichkeit beim Laufen 3 Punkte hinzuzählen.
Du schaffst es in 4 Runden oder weniger: **329**
Du brauchst mehr als 4 Runden: **335**

28

Nach nur einigen Minuten Fahrt – zu Fuß hättest du in dem unwegsamen Gelände am Ufer für die gleiche Strecke Stunden gebraucht – schreckst du so heftig zusammen, daß dein kleines Floß gefährlich ins Schwanken gerät. Ein Stück entfernt steht – im Dunst der hereinbrechenden Morgendämmerung nur als Schemen erkennbar – am Ufer eine Gestalt und winkt dir mit beiden Armen zu. Sonst ist keine Menschenseele zu erblicken.
Fieberhaft beginnen deine Gedanken zu arbeiten. Eine Falle der Gnome? Zwar kannst du die Gestalt nur vage erkennen, aber sie ist viel zu groß, um selbst einer der Gnome sein zu können.

Vielleicht eher schon einer deiner Begleiter, der genauso wie du aus der Ruinenstadt entkommen ist?
Die Gestalt winkt immer weiter. Du mußt dich jetzt entscheiden, ob du hinüberstaken und anlegen willst, sonst wird dich die Strömung an der Stelle vorbeitragen.
Du läßt dich weitertreiben: **86**
Du versuchst anzulegen: **353**

29

Du scheinst das Glück wirklich gepachtet zu haben. Wahrscheinlich handelt es sich bei der Raubkatze um ein älteres oder besonders ungeschicktes Tier, denn es gelingt dir, sie zu besiegen, bevor du ernsthafte Verletzungen davonträgst. Während die Raubkatze auf dem morastigen Boden ihr Leben verröchelt, richtest du dich stöhnend auf und tastest deinen Körper ab. Nichts, nur ein paar unbedeutende Schrammen und Kratzer. Glück gehabt.
Aber wie lange noch?
Na ja, bis **347** *wird's wohl reichen…*

30

Nein, dir ist klar, daß es Selbstmord wäre, hinauszugehen und dich der Vielzahl deiner Verfolger zu stellen. Natürlich mag es auch Selbstmord sein, in die Tiefe hinabzusteigen (du hast ja nicht die geringste Ahnung, was dich dort unten erwartet), aber dann ist es wenigstens ein verzögerter Selbstmord…

Ein kleiner Tip:
Sollte dir jemals in dem unterirdischen Labyrinth, das auf dich wartet, das Licht ausgehen, sieht es ziemlich übel für dich aus.
Es ist also von zentraler Bedeutung, einen Ausweg aus dem Labyrinth gefunden zu haben, bevor deine sämtlichen Fackeln erloschen sind!!!
Sollte dies jedoch geschehen und du plötzlich im Dunkeln stehen, so lies (wie auch im Abenteuertagebuch angegeben) *sofort bei* **66** weiter, gleichgültig, was sonst in dem Kapitel für Entscheidungsmöglichkeiten angeboten werden. Diese gelten alle nur unter der Voraussetzung, daß du noch Licht hast.
Lies weiter bei **155**

31

Die Kräfte des Amuletts und die der Sternenbestie prallen aufeinander, und ein lautloses und unsichtbares, trotzdem jedoch von beiden Seiten mit aller Verbissenheit geführtes Ringen entbrennt.
Schließlich jedoch kannst du dich durchsetzen. Die schattenartigen Tentakel ziehen sich zurück, das Bild der Bestie im Wasser verschwimmt und löst sich auf, macht schließlich wieder deinem eigenen Spiegelbild Platz.
Du sinkst zusammen, durch den Kampf völlig erschöpft. Du hast es tatsächlich geschafft, die Bestie zu besiegen!
Wie es weitergeht, erfährst du bei **213**

32

Hast du eigentlich ein Seil dabei?
Wenn ja: **42**
Wenn nein, mußt du leider nach **68**

33

Könnte es eventuell sein, daß du ein klein bißchen an Selbstüberschätzung leidest, dich auf ein Wesen zu stürzen, das anzugreifen sich selbst ein Satai gründlich überlegen würde? Verständlich ist deine Reaktion beim Anblick des geschuppten Giganten ja, aber auch klug? Bestimmt würde Lorn keine Bestie in seiner Begleitung dulden, die nichts besseres vorhat, als die Überbevölkerung Enwors zu mildern, schließlich ist er selbst ein Mensch. Außerdem: wenn der Quorrl nur auf Mord aus wäre, hätte er schon am vergangenen Abend im Wirtshaus genügend Opfer finden können.
Nun ist es für solche Überlegungen jedoch schon zu spät. Du hast dein Schwert bereits gezogen und schlägst damit nach dem Quorrl. Dieser stößt ein dumpfes Grollen aus. Bevor du überhaupt begreifst, wie dir geschieht, hat er deinen Schwertarm bereits abgefangen und versetzt dir einen Stoß, der dich durch den halben Raum schleudert. Ein scharfer Schmerz durchzuckt deine rechte Hand, als du zu Boden stürzt. Offenbar ist sie verstaucht, oder zumindest gezerrt.
Du verlierst zwei Kampfkraftpunkte! Trage diese Änderung in deinem Abenteuertagebuch ein.
Dabei kannst du noch von Glück sagen, daß du dich nicht ernsthaft verletzt hast, sondern der Quorrl dich für seine Verhältnisse nur sanft getätschelt hat. Wenn es ihm darauf angekommen wäre, hätte er dich so mühelos töten können, wie du eine Ameise zertrittst. Merk dir für das nächste Mal: gegen einen echten Quorrl zu kämpfen, ist doch schwieriger, als gegen einen Baum, von dem du dir nur vorstellst, daß er ein Quorrl wäre...
Lies weiter bei **52**

34

Du glaubst doch nicht ernsthaft, mit so einem billigen Trick durchzukommen? Wenn du eine Karte hast, so ist sie offensichtlich mit purer Phantasie selbst gezeichnet, und entsprechend wird auch keinerlei Gewähr für die Richtigkeit übernommen. Aber wenn du sie betrachtest und tatsächlich vier Flußläufe darauf eingezeichnet haben solltest, darfst du dich gerne danach richten.
Das entbindet dich jedoch keineswegs der Pflicht, jetzt einen der vier Arme zu wählen. Für welchen entscheidest du dich auf der Grundlage deiner famosen Karte:
Den linken: **102**
Den zweiten von links: **138**
Den zweiten von rechts: **168**
Den rechten: **156**

35

Zwischen Wachen und Schlafen taumelst du dahin, von seltsamen Visionen geplagt, die aber für dich keinen Sinn ergeben, so vage und fiebertraumähnlich sind sie. Mit einem Mal enden die Visionen, und dir wird bewußt, daß deine Schritte in diesem seltsamen Dämmerzustand dich an den Ort geführt haben, wo du als allerletztes hingewollt hast: den Platz vor dem Eingang der unheimlichen Grabkammer, in der ihr am Abend gewesen seid. Schwer atmend bleibst du stehen und wischst dir den Schweiß von der Stirn.
Lies weiter bei **73**

36

Du bist in einen Teil der labyrinthischen Ruinenstadt gelangt, wo du bisher noch nie gewesen bist. Überall rings um dich herum ragen Gebäude in die Höhe, schwarze drohende Schatten in der Nacht, an denen du trotzdem gräßliche Statuen und Reliefarbeiten erkennen kannst. Langsam wird dir mehr als nur mulmig zumute. Aber zurück? Lächerlich! Ein Stück hinter dir hörst du das unverständliche Geschnatter der Gnome, die offenbar Menschenjagd spielen wollen. Und wie um deine letzten Bedenken zu zerstreuen, siehst du den flackernden Lichtschein ihrer Fackeln näher kommen.
Du beginnst zu laufen, stolperst aber in der Dunkelheit und rollst kopfüber in ein Gestrüpp hinein.
Dahinter befindet sich eine niedrige, dunkel gähnende Höhlenöffnung, die du ohne deinen Sturz niemals gefunden hättest – ein geradezu ideales Versteck!
Entschlossen kriechst du hinein: **137**
Das finstere Loch gefällt dir nicht. Du denkst an Raubtiere und Schlangen und giftige Spinnen und versuchst lieber, den Gnomen auf andere Weise zu entgehen – zum Beispiel durch eine schnelle Flucht ins Kapitel **274**

37

Beim Gedanken an Schlaf wird dir innerlich ganz wunderbar wohl zumute. Aber vielleicht solltest du trotzdem vorher noch einen Augenblick nachdenken, denn es gibt da ein kleines Problem: Während du schläfst, kannst du nicht kontrollieren, wann du aufwachst. Wenn du ein Schläfchen halten willst, geht das nämlich so: Du würfelst einmal. Die Augenzahl, die du erreichst, gibt die Schlaflänge an. Für jedes Würfelauge darfst du dir hinterher 1 Punkt

für Nervenkraft und 1 Punkt für Kampfkraft gutschreiben.
Andererseits hat der Schlaf auch seinen Preis: du mußt für jedes Würfelauge 1 Flämmchen streichen, maximal also 6 Flämmchen... und wenn du Pech hast, ist beim Aufwachen deine Fackel auf Null heruntergebrannt!
Wenn du noch eine frische Fackel hast, besteht das Risiko, im Dunkeln aufzuwachen, natürlich nicht. In diesem Fall kannst du die frische Fackel entzünden und den heruntergebrannten Rest der alten wegwerfen. Gefährlicher ist es da schon, wenn du nur noch eine bereits angebrannte Fackel hast. In diesem Fall besteht nicht nur die Gefahr, im Dunkeln aufzuwachen, sondern durch die verlorene Zeit nicht mehr rechtzeitig einen Ausgang zu finden.
Du verzichtest nach diesen Überlegungen lieber auf Schlaf und kletterst sofort die Halde hinauf: **46**
Du willst trotzdem schlafen: **124**

38

Mit viel Glück findest du auch in der Dunkelheit die Fahrrinne zwischen den Klippen hindurch. Kaum hast du die Riffe und den Nebelring erst einmal hinter dir, ist alles weitere ein Kinderspiel. Unbeschadet könnt ihr in Larton anlegen.
Lies weiter bei **120**

39

Im Schweiße deines Angesichts schneidest du die nötigen Lianen. Diese Arbeit kostet dich 2 Punkte deiner Kampfkraft.
Würfele nun mit einem Würfel die Haltbarkeit deiner selbstgebastelten Bindungen aus und trage die entspre-

chende Punktezahl (1 bis 6) ins Abenteuertagebuch ein.
Lies weiter bei **272**

40

Lautlos verfluchst du dein Schicksal. Verständlicherweise hättest du dich viel lieber hingelegt und ausgeruht, aber gegen die Entscheidung der Würfel gibt es keine Auflehnung. Also verabschiedest du dich mißmutig von den anderen, die nach und nach in ihren behelfsmäßigen Hütten verschwinden. Kurz darauf bist du allein.
Eine Weile starrst du in die Flammen des niederbrennenden Feuers. Schließlich drohen dir die Augen zuzufallen. Du legst Feuerholz nach und schlenderst umher.
Und zwar nach **297**

41

So schnell du auch reagierst, dein Widersacher ist auch nicht gerade langsam. So kommt es, daß ihr beide gleichzeitig aufeinander schießt. Aber wer von euch wird getroffen?
Um das festzustellen, schieß zunächst den Pfeil deines Gegners ab, um zu sehen, ob er dich getroffen hat. Würfle!
Du würfelst eine gerade Zahl: **56**
Du würfelst eine ungerade Zahl: **63**

42

Du knotest das Seil zu einer Schlinge und wirfst diese über einen Felsbrocken auf der Spitze der Halde. Ohne allzu große Anstrengung kannst du dich nun hinaufziehen und deine Umgebung in Augenschein nehmen.
Lies weiter bei **91**

43

Der Quorrl macht keine Anstalten, sich auf dich zu stürzen.
»Keine Angst«, sagt Lorn. »Duc ist zwar ein Quorrl, aber er ist harmlos, solange man ihn nicht reizt. Und außerdem ist er mindestens genauso dumm, wie er aussieht. Er kann nicht mal vernünftig sprechen. Manchmal glaube ich, er ist einfach zu blöd, um zu begreifen, daß wir Menschen sind, und er eigentlich unser Feind sein müßte.« Freundschaftlich legt er Duc die Hand auf die Schulter. »Jedenfalls sind wir schon seit Jahren gute Freunde. Da die meisten Menschen auf seinen Anblick jedoch nicht besonders freundlich reagieren, trägt er diese Verkleidung, wenn wir in ein Dorf kommen.«
»Aha«, sagst du, nun wirklich halbwegs beruhigt, trittst aber trotzdem sicherheitshalber einen Schritt vor dem geschuppten Giganten zurück.
»Freunde«, wiederholt Duc und fletscht sein Gebiß, offenbar in der irrigen Annahme, dieses wohl freundlich gemeinte Lächeln würde beruhigend auf dich wirken. »Lorn und Duc Freunde.«
Du tröstest dich damit, daß es dir für zwölf Goldstücke ziemlich egal sein kann, ob du dich in Gesellschaft von Fischen oder einem fischgesichtigen Quorrl befindest.
Da du seine Gegenwart nun zumindest für eine gewisse Zeit ertragen zu müssen scheinst, wäre es allerdings angebracht, dir mal ernsthafte Gedanken darüber zu machen, wodurch sich ein Quorrl gereizt fühlen könnte, und was du somit in seiner Anwesenheit tunlichst unterlassen solltest.
Lies weiter bei **60**

44

Welch ein Pech, daß dein Floß so kurz vor dem Ziel seinen Geist aufgibt. Es bleibt dir nichts anderes übrig, als an Land zu schwimmen, was dir glücklicherweise auch ohne große Schwierigkeiten gelingt. Immerhin bleibt dir der Trost, daß es vermutlich nicht mehr allzu weit bis zu deinem Ziel ist. Entschlossen machst du dich auf den Weg, marschierst immer am Ufer entlang. Aber – welchem Ufer?

Kaum hast du nämlich ein Stück zurückgelegt, gabelt sich plötzlich der Fluß in vier gleichaussehende Arme. Jetzt kannst du nur noch nach gut Glück entscheiden. Welchem der vier Arme willst du folgen?

Dem linken: **201**
Dem zweiten von links: **211**
Dem zweiten von rechts: **230**
Dem rechten: **222**

Du hast eine Karte, die dir zeigen könnte, welcher Arm der richtige ist: **61**

45

In der Hoffnung, daß die Gnome zu abergläubisch sind, um dir bei Nacht an diesen unheimlichen Ort zu folgen, hastest du in die Grabkammer hinein. Es ist stockfinster hier. Du kannst nicht einmal die sprichwörtliche Hand vor Augen sehen.

Hat Duc hier am Abend 5 Fackeln deponiert?

Ja? Dann lies weiter bei **69**
Nein? Dann geh zu **131**

46

Auf welcher Seite der Halde stehst du?

Auf der dem Einstieg, also der Grabkammer zugewandten: weiter bei **32**

Auf der entgegengesetzten Seite: Weiter bei **231**

47

Du folgst dem Verlauf des Flusses, und nach einer Weile stößt du einen leisen Freudenschrei aus. An einer Biegung wurde dein Floß tatsächlich an Land getrieben. Rasch steigst du hinauf. Tief in dir nistet immer noch die Angst, und du willst zusehen, daß du so schnell wie möglich von hier wegkommst. Also stakst du das Floß vom Ufer weg und atmest erleichtert auf, als es wieder Fahrt aufnimmt und weitertreibt.

Auf diese Art gelangst du nach **167**

48

Hals über Kopf rennst du davon, dem Dschungel entgegen, der sich nicht sehr weit entfernt wie eine schwarze Mauer in der Nacht erhebt. Und als du ihn erreichst und die Gnome hinter dir zurückbleiben, empfindest du nichts als eine grenzenlose Erleichterung.

Weiter bei **62**

49

Du trittst tiefer in die Grabkammer und schaust dich um – aber du bist nicht so sicher, ob du wirklich sehen willst, was vor dir ist...

Der tonnenschwere Steinsarkophag, der noch aufrecht stand, als du ihn am Abend das letzte Mal gesehen hast, liegt umgekippt und offen auf der Seite! Nicht einmal ein

tobender Drache hätte die Kräfte dazu gehabt! Was für Gewalten mögen hier getobt haben?
Wer – oder *was* hat das getan?
Du trittst näher. Der Sarkophag ist so gestürzt, daß die darunterliegende Öffnung nun völlig frei ist. Aber er liegt auch so, daß du nicht in ihn hineinsehen kannst. Zufall?
Trotzdem trittst du weiter an die Öffnung im Boden: **83**
Vorsichtshalber beschließt du erst einmal, einen Blick in den Sarkophag zu werfen: **216**

50

Man hat den Einwohnern Lartons nie nachsagen können, daß sie sonderlich neugierig sind, aber durch dein bisheriges Verhalten hast du ja ohnehin schon gezeigt, daß du ziemlich aus der Art geschlagen bist. Und so eine Vision, die scheinbar ohne ersichtlichen Grund über einen hereinbricht, ist tatsächlich verlockend genug, dafür auch ein paar Kraft- und Geschicklichkeitspunkte zu riskieren, nicht wahr?
Aber sei an dieser Stelle noch einmal ausdrücklich gewarnt: allzu große Neugier kann gefährlich sein, schließlich verlierst du mit jedem Kapitel an Kraft oder Geschicklichkeit. Was nutzt es dir, eine möglicherweise noch so interessante Vision zu erleben, wenn du sie mit deinem Leben bezahlen mußt, weil du einfach zu sehr geschwächt wirst? Vor allem solltest du dir vor Augen halten, daß es immer schwieriger werden könnte, dich aus der Vision zu lösen, je schwächer du wirst!
Nun gut, genug der Warnungen, in diesem Moment nimmst du nämlich eine Bewegung am anderen Ende der Lichtung wahr. Das Unterholz bewegt sich, und einige Gestalten treten aus dem Wald. Es handelt sich um wahre

Giganten, gut zwei bis drei Köpfe größer als du, und von Kopf bis Fuß in nachtschwarze Rüstungen gekleidet. Dir wird mit Schrecken bewußt, daß du mitten auf der Lichtung stehst und es für dich keinerlei Möglichkeit gibt, dich zu verstecken.
Ziehe dir einen Punkt von deiner Kampfkraft ab und entscheide, was du tust:
Du bleibst einfach reglos stehen und wartest ab, in der Hoffnung, daß die Fremden dich nicht sehen können: weiter bei **75**
Du versuchst, dich aus der Vision zu lösen: weiter bei **350**

51

Mal ehrlich, das war doch eine faustdicke Lüge. Natürlich interessierst du dich für den Inhalt. Deine Neugier soll auch nicht unbefriedigt bleiben, denn an deiner Stelle nimmt Marlik den Beutel an sich und öffnet ihn. Zwei funkelnde, taubeneigroße Rubine kommen zum Vorschein, und du ärgerst dich jetzt, so leichtfertig auf diesen Schatz verzichtet zu haben. Falls Lorn dir in deinem Haus ein Versprechen gegeben hat, begreifst du, daß er selbst auf dem Sterbebett noch daran gedacht hat, es zu halten, und dein Ärger steigert sich noch.
Ihr – genaugenommen eigentlich hauptsächlich Duc – hebt ein Grab aus, um Lorn mit allen Ehren zu bestatten, die einem Satai zustehen. Abwägend hältst du sein Schwert in den Händen. Das Tschekal ist eine phantastische Waffe, geschmiedet aus unzerstörbarem Sternenstahl, und gleichzeitig so gut ausgewogen, daß du sein Gewicht kaum spürst, als du es ein paarmal durch die Luft pfeifen läßt. Bei dem Beutel war es so eine Sache – aber was ist mit dem Schwert? Es dürfte dir sicherlich noch gute Dienste leisten können. Allerdings hat Lorn dir ge-

genüber bei seinen Erzählungen vor einigen Tagen auch erwähnt, daß – außer einem Satai – niemand bei Strafe des sofortigen Todes befugt ist, ein Tschekal zu führen.
Wenn du das Tschekal trotzdem behältst, geht es weiter bei **109**
Behältst du es nicht, geht es weiter bei **78**

52

Nur mit Mühe gelingt es Lorn, ein Grinsen zu unterdrükken, während er dir aufhilft. »Sehr heldenhaft«, spottet er. »Aber du brauchst vor Duc keine Angst zu haben. Er ist zwar ein Quorrl, aber er ist harmlos, solange man ihn nicht reizt. Und außerdem ist er mindestens genauso dumm, wie er aussieht. Er kann nicht mal vernünftig sprechen. Manchmal glaube ich, er ist einfach zu blöd, um zu begreifen, daß wir Menschen sind und er eigentlich unser Feind sein müßte.« Freundschaftlich legt er Duc die Hand auf die Schulter. »Jedenfalls sind wir schon seit Jahren gute Freunde. Da die meisten Menschen auf seinen Anblick jedoch nicht besonders freundlich reagieren, trägt er diese Verkleidung, wenn wir in ein Dorf kommen.«
»Freunde«, wiederholt Duc und fletscht sein Gebiß, offenbar in der irrigen Annahme, dieses wohl freundlich gemeinte Lächeln würde beruhigend auf dich wirken. »Lorn und Duc Freunde.«
Der Anblick des geschuppten Giganten ist dir zwar noch immer unangenehm, doch du kannst deine Furcht einigermaßen in den Griff bekommen. Wie man Duc reizt, weißt du ja jetzt, und damit auch, was du tunlichst unterlassen solltest.
Lorn untersucht deine Hand. »Nicht weiter schlimm«, sagt er und schmiert eine übelriechende Salbe darauf. »In

ein, zwei Tagen wirst du nichts mehr spüren. Bis dahin allerdings mußt du dich etwas schonen. Und beim nächsten Mal solltest du etwas gründlicher nachdenken, bevor du mit dem Schwert herumfuchtelst.«

Lies weiter bei **60**

53

Offenbar ist es dir nicht gelungen, auch nur einmal zu treffen, denn die Bestie stapft weiter auf dich zu und schlägt dir das Schwert aus der Hand. Was nun?

Du machst endlich, was du gleich hättest tun sollen: du haust ab, und zwar nach **99**

Du stellst dich zum direkten Faustkampf: **351**

54

Während du die Bestie noch vor Grauen wie versteinert anstarrst, scheint sie völlig aus deinem Spiegelbild herauszukriechen und zu eigenem Leben zu erwachen. Ihre Alptraumtentakel beginnen auf dich zuzutasten wie lebende ekelige Schlangen. Direkt vor deiner Brust kommen sie zum Halten, als würden sie einerseits magisch von dir angezogen, andererseits aber auch zugleich von einer unsichtbaren Barriere zurückgehalten... Und da begreifst du: Das, was die Bestie wie durch ein magisches Band an dich fesselt, ist das Amulett, das du trägst. Zugleich ist es aber auch dieses Amulett, das die Macht haben könnte, die Bestie abzuwehren... wenn es dir gelingt, die darin enthaltene Magie wirklich zu beherrschen!

Während das Ungeheuer leise, fast klagende Laute ausstößt und seine Tentakel vor dem Amulett auf deiner Brust hin und her zucken, beginnst du dich mit aller Ener-

gie auf die magische Kraft des Amuletts zu konzentrieren. Und tatsächlich – da spürst du sie, wie einen träge pulsierenden Strom, der im gleichen Rhythmus wie der sackartige Kopfkörper des Monstrums vor dir pulst. Jetzt, da du die Magie des Amuletts spürst, beginnst du damit, sie gegen das Monstrum zu wenden. Die Bestie heult auf, ein Ton, der wahrscheinlich nur in deinem Kopf zu hören ist. Es beginnt ein magisches Duell.
Glücklicherweise ist es nicht die Sternenbestie selbst, gegen die du kämpfst, sondern nur eine Art Ableger, ein Abbild, das in dir steckt und gerade erst beginnt, seine Macht zu entfalten. Aber auch so hat die Bestie schon enorme magische Fähigkeiten – und zwar genau die gleichen wie du selbst, schließlich ist sie nur ein Teil von dir! Trage den Kampf nach den Duellregeln aus!
Du gewinnst: weiter bei **31**
Du verlierst: weiter mit **283**

55

Der Fluß ist ein breites, schmutzigbraunes Band träge sich dahinwälzenden Wassers. Appetitlich sieht es nicht gerade aus, aber es handelt sich um Trinkwasser, und als du deinen Durst stillst, erhältst du auch zwei Punkte an Kampfkraft zurück.
Einige Dutzend Meilen diesen Fluß hinunter wartet möglicherweise die Rettung. Zunächst aber mußt du mal dort hinkommen, das bedeutet, du mußt versuchen, dir aus Baumstämmen und Lianen ein Floß zu bauen, um mit diesem primitiven Gefährt den Fluß hinunterzufahren, denn die Ufer sind zu sumpfig. Dabei kommt es zum einen auf Schnelligkeit an, aber auch darauf, ein möglichst stabiles Floß zu bauen. Schließlich sind da immer noch die

Gnome, von denen du möglichst schnell möglichst weit wegkommen möchtest, aber es nutzt dir auch nichts, wenn dein Floß nach einer Meile auseinanderbricht und du noch einmal eins bauen darfst. Von Krokodilen, Raubfischen und anderen Gefahren, die im Wasser lauern können, ganz zu schweigen.

Leider ist es gar nicht so einfach, ein Floß zu bauen. Bäume gibt es hier zwar genug, aber immerhin mußt du sie zunächst mal fällen, wobei du alles vergißt, was du jemals über Umweltschutz gehört hast.

Hast du eine Axt bei dir?

Wenn ja, weiter bei **67**

Wenn nein, weiter bei **82**

56

Vielleicht hättest du ein bißchen weniger gut würfeln sollen. Du spürst, wie dich der Pfeil deines Gegners trifft und nach hinten wirft. Rings um dich wird alles schwarz – der Pfeil hat dich tödlich erwischt. Unter diesen Umständen kann es dir auch herzlich egal sein, ob du selbst ebenfalls getroffen hast...

Warum hast du auch nicht auf deine Mutter gehört und die Finger von den Würfeln gelassen?

Aber das ist dein letzter Gedanke vor dem **ENDE**

57

Erst als du dich zwischen die mumifizierten Leichen hinaustastest, siehst du, daß sie unterschiedlichster Abstammung sind. Einige sind unverkennbar Menschen, auch einige Gnome befinden sich dazwischen, ferner Angehörige eines Volkes, das eine vage Ähnlichkeit mit den Quorrl hat, deren Schuppen jedoch eine goldene Farbe aufweisen (falls du eine Vision erlebt hast, weißt du ja, um was für ein Volk es sich handelt), aber auch völlig fremdartige Wesen.

Eines haben sie jedoch gemein: sie sind allesamt keines natürlichen Todes gestorben. Die meisten der Leiber sind völlig zerfetzt, zerstört von einer unmenschlichen Gewalt. Die im flackernden Licht grausig anzuschauenden Mumiengesichter sind von einem namenlosen Grauen verzerrt.

Der Anblick ist so entsetzlich, daß du 3 Nervenkraft-Punkte verlierst!

Vor Grauen bebend, erreichst du schließlich den Altar. Und endlich kannst du auch erkennen, was das dunkle Etwas ist, das darauf liegt: ebenfalls eine menschliche Mumie, allerdings ohne Kopf.

An dieser Stelle eine Frage: Hast du ein Amulett?

Ja? Weiter bei **72**

Nein, und du hast im Verlauf dieses Abenteuers auch noch keins gesehen? Dann geh sofort zu **255**

Du hast zwar selbst keins, hast im Verlauf dieses Abenteuers aber schon mal eins gesehen: **203**

58

Nachdem du stundenlang – so scheint es dir jedenfalls – das angestarrt hast, was von dem ehemals mit dir (na ja, mehr oder weniger) befreundeten Duc übriggeblieben ist, hebst du langsam den Kopf und blickst zu der Hütte hinüber. Möglicherweise könntest du wichtige Ausrüstungsgegenstände darin finden, andererseits aber ist der untote Duc aus dieser Hütte gekommen, und du weißt nicht, ob darin nicht noch andere Schrecken auf dich lauern. Vielleicht sogar größere.

Du willst erst einmal in die Hütte hineinschauen? **302**

Du ziehst es vor, lieber so schnell wie möglich von hier zu verschwinden: **215**

59

Eine Fackel allein macht noch längst kein Licht, wie du wohl wissen dürftest. Hast du auch einen Feuerstein dabei?

Wenn ja, dann zünde die Fackel schnellstens an und sieh dich um bei **119**

Nein? Das ist übel. Wie übel, das erfährst du bei **131**

60

Bis zum Mittag hat das Wetter immer noch nicht aufgeklart, und es sieht auch nicht so aus, als ob es sich an diesem Tag noch bessern würde. Man könnte fast glauben, es wäre ein Zeichen der Götter, die euch an der Fahrt hindern wollen... Wenigstens tobt sich der Sturm nur draußen auf See aus, so daß es sich bei dir ganz gut aushalten läßt, zumal Lorn bereitwillig deiner Bitte nachkommt, von seinen Erlebnissen zu erzählen.

Um die Mittagsstunde ergibt sich für dich endlich eine Gelegenheit, die Frage an ihn zu richten, die dir schon die ganze Zeit im Kopf herumschwirrt. Du holst tief Luft und erkundigst dich, ob er bereit wäre, dir während der Zeit, die ihr hier abwarten müßt, etwas von seinen Kampftechniken beizubringen.

Hast du Duc angegriffen, erfährst du die Antwort bei **76**

Anderenfalls bei **92**

61

Du glaubst doch nicht ernsthaft, mit so einem billigen Trick durchzukommen? Wenn du eine Karte hast, so ist sie offensichtlich mit purer Phantasie selbst gezeichnet, und entsprechend wird auch keinerlei Gewähr für die Richtigkeit übernommen. Aber wenn du sie betrachtest und tatsächlich vier Flußläufe darauf eingezeichnet haben solltest, darfst du dich gerne danach richten.

Das entbindet dich jedoch keineswegs der Pflicht, jetzt einen der vier Arme zu wählen. Für welchen entscheidest du dich auf der Grundlage deiner famosen Karte:

Den linken: **201**

Den zweiten von links: **211**

Den zweiten von rechts: **230**

Den rechten: **222**

62

Allerdings nicht sehr lange...

Kaum hat sich dein hämmernder Herzschlag beruhigt, kommen dir erste Zweifel – dieser Dschungel ist auch nicht unbedingt der sicherste Ort... Es gibt hier nicht nur wilde Tiere, die auch einen abenteuerlustigen Fischer als Nachtmahl nicht verabscheuen würden, nicht nur tausenderlei Möglichkeiten, sich ein heimtückisches Fieber zu-

zuziehen, nicht nur tückische Sümpfe, in denen du vielleicht etwas gründlicher verschwinden würdest, als dir lieb ist – nein, auch die Gnome kennen ihn wie ihre Westentasche (nicht, daß sie Westen tragen würden), und wenn sie erst einmal auf den Gedanken kommen, dich *hier* zu suchen... Was tun? Im Süden liegt zwar der Strand, wahrscheinlich aber auch die Gnom-Bande... Es bleiben dir also eigentlich nur folgende Richtungen:

Du gehst nach Norden: weiter bei **71**

Du gehst nach Osten: weiter bei **256**

Du gehst nach Nordosten: weiter bei **223**

Du bleibst lieber zunächst in dieser Gegend, versteckst dich im Dschungel und hoffst einfach, nicht gefunden zu werden: weiter bei **7**

Es besteht auch die Möglichkeit, dich auf den Weg nach Westen zur Ruinenstadt zu machen, aber nur, falls du seit dem Überfall nicht schon in der Grabkammer gewesen bist: weiter bei **80**

63

Glück gehabt! Dein Gegner schießt daneben! Du spürst, daß sein Pfeil kaum eine Handbreit an deinem Kopf vorbeizischt und irgendwo hinter dir harmlos gegen die Steinquader prallt.

Das war knapp! Du verlierst zwar nicht dein Leben, aber 1 Nervenkraft-Punkt.

Aber hast du deinen Gegner getroffen? Um das festzustellen, führe auf der Grundlage deiner Geschicklichkeit (siehe Abenteuertagebuch) eine entsprechende Würfelprobe durch. Dabei kannst du dir als mittelmäßiger Bogenschütze 1 Punkt, als guter Bogenschütze 3 Punkte und als Meisterschütze 5 Punkte dazuaddieren. Dein Gegner hingegen weicht dem Pfeil mit einer Geschicklichkeit von 21 Punkten aus...

Du triffst: **79** *Du schießt daneben:* **85**

64

Es gelingt dir recht leicht, die Männer von dem verrückten Vorhaben abzubringen. Im Dunkeln durch die Klippen zu segeln, wäre bestimmt nicht weniger gefährlich, als hierzubleiben. Um Kräfte für den Rückmarsch zum Lager zu sammeln, sind sie sogar bereit, noch etwas mit dem Aufbruch von hier zu warten.

Da auch dir der Gedanke, daß die unbekannten Angreifer zurückkommen könnten, verständlicherweise gar nicht behagt, bittest du Duc, den Eingang zu bewachen. Dann nimmst du den Sarkophag genauer in Augenschein.

Es ist ein großer Steinsarg, etwa zwei Meter lang, einen Meter breit, eineinhalb Meter hoch. Was dir sofort auffällt ist, daß er auf einer Öffnung steht. Er verdeckt sie nicht ganz, sondern steht so, daß ein winziger schwarzer Spalt an einer Seite frei bleibt. Es scheint sich um eine Art Eingang zu handeln, und irgend etwas in dir erschauert bei diesem Gedanken.

Der Sarkophag ist rundherum völlig schmucklos, aber auf seinem Deckel prangt ein barbarisches Basrelief von morbider Faszination: eine Art Göttergestalt?

Du trittst neugierig näher. Aber als du das Relief anleuchtest, entringt sich deiner Kehle ein entsetzter Schrei – die Gestalt ist absolut gräßlich.

Ein oktopoides Monster mit einem aufgedunsenen Balg und viel zu vielen tentakelartigen Armen, die in fürchterlichen Scheren auslaufen. Aus leeren Augenhöhlen scheint dich die Kreatur anzuglotzen.

Du verlierst erneut 1 Punkt deiner Nervenkraft!

Mit einem Schlag wird dir zweierlei bewußt: zum einen, daß es sich hier um das Abbild einer jener entsetzlichen Bestien handelt, die den aufgeschnappten Legenden zufolge vor endlos langer Zeit von den Sternengeborenen – fremden Eroberern aus einer anderen Welt – nach Enwor geschleppt wurden. Also hat Lorn zumindest in dieser Hinsicht nicht phantasiert. Zugleich weißt du nun, woher genau seine Edelsteine stammen, und du beginnst zu ahnen, daß sie etwas mit seinem mysteriösen Tod zu tun haben könnten. Die Kräfte des Bösen sind in diesem Tempel so geballt gegenwärtig, daß sich durchaus etwas davon in den Steinen eingenistet haben könnte.

Wenn du die Rubine selbst bei dir trägst, lies weiter bei **90**

Hat Marlik den Beutel an sich genommen, geht es weiter bei **3**

65

Mit einem Satz bist du auf den Beinen. Stimmen, Schreie und Schritte nähern sich dir. Du mußt weg hier, so schnell wie nur irgend möglich. Aber wohin?!

In die Grabkammer? Dann lies weiter bei **45**

Du läufst weiter zwischen die Ruinen: **36**

66

Rings um dich ist nichts als Dunkelheit. Eine undurchdringliche, wahrhaft dämonische Finsternis, in der deine schlimmsten Phantasien Gestalt annehmen. Aber sind es wirklich nur Phantasien…?

Was ist das – diese leichte Berührung an deinem Fuß...?
Das Rascheln und Schaben da hinter dir...?
Kann das noch eine Phantasie sein – oder gibt es Ratten und Asseln hier unten, möglicherweise auch giftige Spinnen und Schlangen?
Und da, wieder eine Berührung!
Aber diesmal ist sie so unirdisch, so fremd und furchtbar, daß dir schlagartig klar wird: das ist weder eine Assel noch eine Spinne, sondern...
Die Sternenbestie!
Sie ist hier, nur noch wenige Zentimeter von dir entfernt, und gleich wird sie nach dir greifen, dich zerfetzen, verschlingen, besudeln, vollschleimen; dir erst dein Leben und dann noch deine Seele nehmen, und zum Schluß sogar noch dieses Buch!
Du schreist so gellend, daß deine Kehle zu zerreißen scheint, und schlägst in der Dunkelheit blindlings um dich. Da ist auch etwas, das du triffst – aber nur einmal, denn deine Faust versinkt in einem unsichtbaren Etwas wie in schwarzem, klebrigem Sumpf, und dieses *Etwas* dringt, fast ohne daß du Schmerzen verspürst, in deinen Körper, beginnt sich auszubreiten, wie finsteres Blut in deinen Adern zu pulsieren, erreicht dein Herz, deine Lungen, schließlich dein Gehirn... **ENDE**

67

Wunderbar. Die Schneide der Axt ist so scharf, daß du problemlos ein paar Bäume damit umhauen und zurechtstutzen kannst. Problemlos? Na ja, nicht ganz – ein bißchen anstrengen mußt du dich schon, das kostet dich *1 Punkt deiner Kampfkraft*.
Stolz betrachtest du anschließend die Stämme. Richtig zu-

sammengelegt ergeben sie eine Plattform von etwa zwei mal drei Metern, also genügend Platz für dich. Aber irgendwie mußt du sie auch miteinander verbinden, entweder mit einem Seil oder mit Lianen.
Hast du rein zufällig auch ein Seil bei dir?

Ja, dann **218**

Nein, dann **262**

68

Wie du rasch bemerkst, ist es in der Tat gar nicht so einfach, die Geröllhalde hinaufzuklettern, ein Seil hätte dir sicher gute Dienste geleistet. Kaum hast du so jedoch ein oder zwei Meter überwunden, rutscht das Geröll wieder nach; rasch entwickelt sich eine bittere Auseinandersetzung zwischen der Halde und dir; fast ist es, als sei die Halde ein lebendiges Wesen, das dich daran hindern will, hinaufzukommen. Fluchend und schwitzend mühst du dich weiter ab – aber je länger du brauchst, desto mehr schwindet auch dein Lichtvorrat...
Trage den Kampf gegen das nachrutschende Geröll nach der Duelltabelle aus. Setze dabei für die Halde einen Wert von 17 ein. Falls du ein *guter Bergsteiger* bist (siehe »Besondere Fähigkeiten« im Abenteuertagebuch), darfst du deine Kampfkraft beim Klettern um drei Punkte erhöhen.
Natürlich mußt du diesmal die Duelltabelle etwas kreativ benutzen. Wenn du auf **SIEG** kommst, hast du die Halde bezwungen, d. h. du bist oben.
Jede Würfelrunde, die du benötigst, um nach oben zu kommen, kostet dich 1 Flämmchen.
Kommst du auf NIEDERLAGE, bist du wieder zu deinem Ausgangspunkt zurückgerutscht. In diesem Falle kannst du wieder ganz von vorne anfangen, wobei du dir aller-

dings einen Kampfkraftpunkt abziehen mußt (wegen deiner Erschöpfung).
Sinkt deine Kampfkraft auf Null, stirbst du vor Erschöpfung! Du kannst so lange probieren, bis deine letzte Fackel erlischt. Aber nicht vergessen: Nach jedem Scheitern trittst du mit einem Kampfkraftpunkt weniger an! Und jedes einzelne Würfeln kostet dich ein Flämmchen!
Du schaffst es bis nach oben, bevor deine letzte Fackel erlischt: **8**
Während deiner Kletterversuche erlischt deine letzte Fackel, und du siehst ziemlich schwarz für deine Zukunft... wie schwarz, das verrät dir **66**

69

Vorsichtig tastest du in der Dunkelheit danach, und tatsächlich – nach kurzem Suchen hast du sie gefunden. Du nimmst eine an dich, mußt dafür aber einen anderen Gegenstand ablegen. Vermerke diese Änderung im Abenteuertagebuch.
Aber noch ist es nicht so weit. Eine Kleinigkeit fehlt noch. Welche, erfährst du bei **59**

70

Du gönnst dir eine Weile Pause, dann beginnst du damit, die Küste nach einem gestrandeten Boot abzusuchen. Du suchst... und suchst... und suchst... und verlierst dabei erstens 3 Punkte deiner Kampfkraft, und zweitens spürst du ziemlich bohrenden Hunger. Wild, das du möglicherweise erlegen könntest, ist nirgendwo zu entdecken (vielleicht auch besser so, sonst könntest möglicherweise du selbst sehr rasch zum gejagten Wild werden...), also kannst du höchstens auf Proviant zurückgreifen, den du mit dir führst. Falls du kein Pökelfleisch eingesteckt oder

es schon aufgegessen hast, schwächt dich der Hunger so, daß du noch einmal 3 Punkte deiner Kampfkraft einbüßt.
Die Abenddämmerung bereitet deiner Suche schließlich ein Ende. Du gräbst dir eine Mulde im Sand des Strandes und legst dich zum Schlafen nieder, da du zu müde bist, um noch einmal eine Nacht durchzumachen. So ist das eben, wenn man älter wird. Wenn du daran denkst, wie du früher in Larton manchmal nächtelang im Gasthaus durchgezecht hast...
Du schläfst unruhig, wirst von Alpträumen gequält und schreckst immer wieder auf, doch sollte es dir ein Trost sein, daß du *überhaupt* lebend wieder aufwachst.
Am nächsten Morgen setzt du deine Suche fort. Du suchst... und suchst... und suchst... und schließlich kannst du kaum glauben, was du zu sehen bekommst. Ein kleines Segelboot liegt vor dir!
Hoffnungsvoll rennst du darauf zu und unterziehst es einer oberflächlichen Prüfung. Diesmal wird deine Hoffnung ausnahmsweise sogar einmal nicht enttäuscht. Sicher, das Boot liegt schon seit einigen Jährchen oder eher Jahrzehnten hier: das Segel sieht aus wie ein von Motten zerfressener Putzlappen, einige der Planken scheinen so verfault zu sein, daß du sie mit dem Finger durchbohren könntest, und überhaupt – bei einer Regatta würdest du mit dem Kahn bestimmt nicht den ersten Preis gewinnen. Den zweiten auch nicht. Mit sehr, sehr viel Glück vielleicht den vorletzten, und auch das nur, wenn einer deiner Konkurrenten mit einer durchlöcherten Badewanne antreten würde.
Trotzdem ist das Boot im Moment für dich der schönste Anblick, den du dir nur vorstellen kannst. Einige allzu offensichtliche Mängel kannst du provisorisch reparieren,

und dabei kommen dir allmählich Zweifel, ob es wirklich so günstig wäre, mit diesem Wrack in See zu stechen – denn viel mehr ist es nicht, wie du dir nach der ersten Ernüchterung ehrlich eingestehen mußt. Aber um es auch nur halbwegs seetüchtig zu machen, würdest du vermutlich Wochen brauchen, zumal du keinerlei geeignetes Werkzeug hast. Selbst wenn die Gnome dir diese Zeit lassen würden – die Sternenbestie bestimmt nicht!
Also beschließt du, das Wagnis einzugehen. Ein Tod auf See wäre eines Fischers immerhin eher würdig, als auf der Speisekarte eines so widerlichen Monsters zu enden. Und außerdem wäre es mit Sicherheit ein schnellerer und weniger schmerzvoller Tod...
Da gerade Flut herrscht, gelingt es dir sogar unter Einsatz aller noch verbliebenen Kraft, das Boot zu Wasser zu lassen.
Du stichst in See – und zwar Richtung **313**

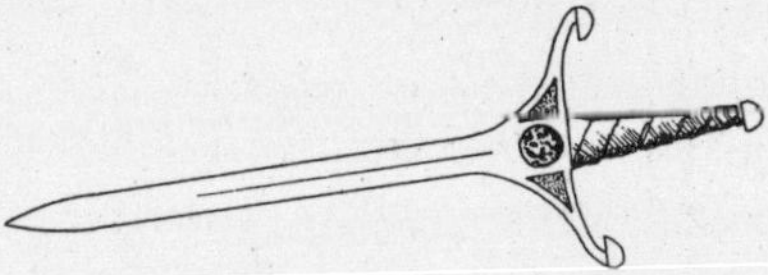

71

Der Marsch nach Norden ist außerordentlich kräftezehrend, da das Terrain sehr unwegsam ist. Der Dschungel ist nahezu undurchdringlich. Lianen und Unterholz bilden manchmal regelrechte Mauern, durch die es kein Durchkommen gibt. Immer wieder mußt du auf deiner eigenen Spur zurückgehen und große Umwege in Kauf nehmen. Hinzu kommt die ständige Angst vor Raubtieren und Schlangen; mal siehst du hier ein geflecktes Band an einem Ast entlanggleiten, mal hörst du dort ein Fauchen

und Bersten im Unterholz...
Wenigstens ist von den Gnomen weit und breit nichts zu entdecken. Du scheinst deine Verfolger endgültig abgeschüttelt zu haben.
Als du nach 6 Meilen Marsch (zieh dir dafür 6 Punkte von deiner Kampfkraft ab) einen Fluß erreichst, bist du nicht nur mit deinen Kräften, sondern auch mit den Nerven am Ende: die Dauerbelastung des entsetzlichen Marsches *kostet dich 1 Punkt Nervenkraft.*
Lies weiter bei **55**

72

Anhand der Verletzungen im Brustkorb erkennst du, daß es sich um die Mumie aus dem Steinsarkophag der Grabkammer handeln muß, und ihre Gegenwart scheint dein Amulett ein weiteres Mal zu aktivieren. Du spürst, daß es sich erwärmt und pulsiert, und die Umgebung um dich herum verschwimmt. Die Vision beginnt sich zu wiederholen, du siehst dich wieder auf dem Platz vor dem Eingang zum Tempel stehen. Während der Zeit, die du in der Vision verbringst, steht für dich sozusagen die Zeit still, das bedeutet, daß deine Fackel nicht weiter herunterbrennt. Zugleich spürst du auch, daß es dir jetzt noch möglich ist, dich ohne jede Schwierigkeit aus der Vision zu lösen.
Falls du sie beim ersten Mal abgebrochen hast und sie nun weiter oder vielleicht sogar bis zu Ende erleben möchtest: **25**

Falls du – aus welchen Gründen auch immer, möglicherweise aufgrund schon gewonnener Erfahrung – keinerlei Interesse daran hast: **184**

73

Der Platz liegt einsam und verlassen im Mondlicht; nur der Eingang zur Grabkammer selbst liegt in tiefen, unheimlichen Schatten. Eine unheimliche, beklemmende Stimmung überkommt dich...

Du trittst dichter an den Eingang der Grabkammer heran. Mutig, mutig. Aber auch klug? Das erfährst du in Kapitel **147**

Du beschließt, so rasch wie möglich von hier zu verschwinden, so lange du es noch kannst. Geh nach: **284**

74

Pech! Im gnadenlosen Zugriff des untoten Ducs verröchelst du dein Leben. Es mag dir vielleicht ein kleiner Trost sein, daß schon ganz andere Menschen Kämpfe gegen Quorrl verloren haben – gegen lebende noch mehr als gegen untote. **ENDE**

75

Immer mehr der gepanzerten Riesen treten aus dem Wald und nähern sich dem Tempel. Es sind mehr als ein Dutzend, doch du hast Glück: sie können dich offenbar nicht sehen, jedenfalls nehmen sie keinerlei Notiz von dir. Vier von ihnen tragen einen großen Kasten aus schwarzem Stahl zwischen sich. Darin scheint sich etwas zu bewegen, denn der Kasten schwankt hin und her.

Plötzlich ertönt ein gewaltiges Krachen. Der stählerne Deckel wird zur Seite geschleudert. Etwas Schwarzes, fast wie ein rauchiger Tentakel windet sich aus dem Kasten.

Einer der Träger senkt instinktiv den Kopf und schaut hin. Im nächsten Moment stößt er einen Schrei aus, der so schrill, unmenschlich und voller Entsetzen ist, wie du es noch nie gehört hast. Er reißt sich mit beiden Händen den Helm vom Kopf und läßt ihn auf den Boden fallen.
Im ersten Moment glaubst du, einen Quorrl vor dir zu sehen, doch sofort erkennst du, daß es sich um einen Irrtum handelt. Das Wesen ist noch wesentlich größer als Duc, der einzige Quorrl, den du bisher gesehen hast. Zwar wird seine Gesichtshaut ebenfalls von Schuppen bedeckt, doch scheinen diese aus purem Gold zu bestehen. Und obwohl es unverkennbar reptilienhafte Züge trägt, fehlt dem Gesicht Ducs Wildheit; es ist feiner geschnitten und strahlt sogar eine gewisse Anmut aus. Das Wesen scheint ein sonderbarer Zwitter zwischen einem Menschen und einem Quorrl zu sein.
Dieser Eindruck währt jedoch nur Bruchteile von Sekunden, dann stößt der Goldene erneut einen von abgrundtiefem Entsetzen geprägten Schrei aus. Er reißt die Hände hoch, verkrallt sie in sein Gesicht und stößt sich die Finger tief in seine Augen. Dann torkelt er beiseite und stirbt vor schierem Entsetzen.
Der grauenhafte Anblick versetzt dir einen solchen Schock, daß du 1 Nervenkraft-Punkt verlierst!
Der Kasten, nun nur noch von drei der Wesen gehalten, neigt sich kurz mit der offenen Seite in deine Richtung. Nachdem du dir einen Punkt von deiner Geschicklichkeit abgezogen hast, könntest du kurz einen Blick hineinwerfen, wenn du glaubst, dem Anblick gewachsen zu sein.
Du schaust wirklich hin: **100**
Du wendest den Blick rasch ab: **125**
Du versuchst dich aus der Vision zu lösen: **350**

76

Lorn bricht in schallendes Gelächter aus. Er deutet auf deine verletzte Hand und fordert dich auf, doch dein Schwert noch einmal zu ziehen. Kaum hast du den Griff umklammert, begreifst du, was er meint. Mit Mühe gelingt es dir, das Schwert aus der Scheide zu bekommen, aber nicht, es auch nur ruhig zu halten, geschweige denn, damit zu trainieren.
Aber das ist nicht der einzige Grund für die Ablehnung. Lorn spricht es nicht offen aus, weil er dich nicht verprellen will, doch sein Lächeln zeigt deutlich, daß er gar nicht daran denkt, einem unbeherrschten Narren wie dir das Kämpfen beizubringen.
Immerhin ein Trost bleibt dir: auf diese Art hast du Gelegenheit, noch viele, viele Geschichten zu hören. Bei der Schilderung all der Schrecken wächst deine *Nervenkraft* um fünf Punkte. Nicht übermäßig viel, aber das hast du dir schließlich selbst zuzuschreiben.
Wenn du damit fertig bist, dich zu ärgern und dir Selbstvorwürfe zu machen, lies weiter bei **257**

77

Ein Stück weit schaffst du es noch, dann wird das Wasser immer unruhiger und turbulenter. Plötzlich vernimmst du ein singendes, reißendes Geräusch, und ein Ruck durchfährt dein Floß. Zu deinem Entsetzen mußt du feststellen, daß durch die stetige Bewegung einige Bindungen gerissen sind; unter dir beginnt sich das Floß in seine Bestandteile aufzulösen!
Bevor du dich versiehst, landest du im Fluß und schluckst etwa drei Liter Wasser. Verzweifelt nach Luft schnappend kommst du wieder hoch und versuchst, das rettende Ufer

zu erreichen. Aber du merkst recht bald, daß es eine vergebliche Anstrengung ist. Die Strömung reißt dich mit sich, direkt auf einige Stromschnellen zu. Du tauchst in eine Hölle aus Gischt und Felszacken ein und versuchst noch, der ersten Felszacke auszuweichen, aber bei der rasenden Strömung hast du dazu keine Chance. Im nächsten Augenblick siehst du die rasiermesserscharfe Felszacke auf dich zuschießen, und schon bist du darauf aufgespießt wie ein Fisch auf einem Speer. Dort in den Stromschnellen verblutest du und endest jämmerlich.
Aber auf diese Art hast du wenigstens ein sauberes **ENDE**

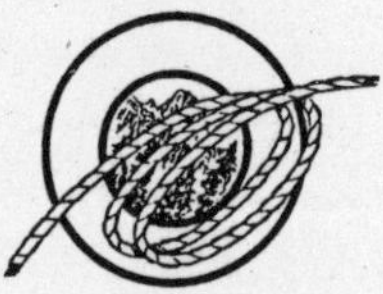

78

Tja, und nun stellt sich die große Frage, was du als nächstes tust. Immer noch spürst du die Aura des Bösen, und am liebsten würdest du die Nebelinsel sofort verlassen. Das Schicksal Lorns zeigt dir deutlich, daß es hier wirklich alles andere als ungefährlich ist. Andererseits bleibt die Frage, was eigentlich mit seinen Begleitern passiert ist. Sind sie wirklich tot, oder hat er es sich in seinem Fiebertraum nur eingebildet? Du würdest zumindest gerne wissen, was mit ihnen geschehen ist, bevor du sie so einfach hier zurückläßt. Und dann ist da noch die Aussicht auf die Schätze, die es hier wirklich zu geben scheint. Die beiden Rubine sind schließlich nicht aus dem Nichts gekommen. Möglicherweise gibt es noch mehr davon.
Was willst du tun?

Wenn dein Abenteurerblut bereits soweit abgekühlt ist, daß du die Insel nur noch auf schnellstem Wege wieder verlassen willst, lies weiter bei **112**
Reizt es dich hingegen, mehr über das Schicksal von Lorns Begleitern in Erfahrung zu bringen, oder auch einfach nur die Aussicht auf einige Abenteuer und eventuelle Reichtümer, so lies weiter bei **180**

79

Ein Meisterschuß! Dein Pfeil prellt deinem Gegner den Bogen aus der Hand, eine höchst schmerzhafte Angelegenheit, wie die Tonlage seines Kommentares beweist. Mit einem schrillen Aufjaulen umklammert er seine Hand und springt auf einem Bein davon, in den Dschungel, bevor du noch eine Chance hast, erneut zu schießen. Aber es kann nur noch Sekunden dauern, bis seine Kumpane da sind... Was nun?
Du fliehst in die Grabkammer, bzw. nach **45**
Du willst so schnell wie möglich aus diesem Teil der Ruinenstadt verschwinden? Dann geh nach **36**

80

Je näher du der unheimlichen Stadt kommst, desto stärker wird dir wieder die Stille bewußt, die hier herrscht. Es scheint wirklich so, als ob alles Leben in weitem Umkreis geflohen wäre. Geflohen, oder...
Diesen Gedanken verfolgst du lieber nicht weiter. Du fühlst dich auch so schon beklommen genug, wenn du nur daran denkst, dich geradewegs dem Zentrum dieser unnatürlichen, unheilverkündenden Stille zu nähern, und dann auch noch mitten in der Nacht.
Dann hast du die Ruinen erreicht, bist dir aber noch nicht

sicher, ob du verfolgt worden bist. So rasch du kannst, tauchst du zwischen den monolithischen Steinblöcken unter. Während du über eine moosbewachsene und von Lianen überrankte Straße läufst, hast du fast das Gefühl, als würdest du in eine andere Zeit, eine andere Welt eintreten – als hätte dich deine Flucht vor den Gnomen in die Vergangenheit dieses unheimlichen Ortes geführt.
An dieser Stelle eine Frage: Hast du ein Amulett?
Ja? Prima – lies weiter bei **25**
Nein? Auch gut, aber dann geh nach **35**

81

Während du auf der Schwelle zwischen Leben und Tod stehst, spürst du plötzlich durch das Rauschen des Blutes ein fernes, inzwischen vertrautes Pulsieren. Es ist das Amulett, das du auf deiner Brust trägst. In diesem Augenblick wird dir klar, daß du ein magisches Geschöpf – wie etwa einen Untoten – auch nur mit Mitteln der Magie besiegen kannst, und du beginnst dich mit dem bißchen Energie, das du noch hast, auf das Amulett zu konzentrieren. Und ganz egal, ob du an Magie glaubst oder nicht – es funktioniert; jedenfalls besser als ein körperlicher Zweikampf.
Trage den Kampf auf der Grundlage deiner Magiepunkte nach den Duellregeln aus; der untote Duc hat 25 Magiepunkte.
Du gewinnst: **141**
Du verlierst: **74**

82

Tja, eine Axt würde dir jetzt gute Dienste leisten. Zur Not tut es aber auch ein Schwert, doch ist das natürlich anstrengender – vor allem kommt es auch darauf an, über was für eine Klinge du verfügst.

Wenn du Lorns Tschekal hast, dann lies weiter bei **108**

Hast du hingegen nur dein Familienschwert, mußt du leider nach **208**

Hast du auch kein Schwert, weiter bei **305**

83

Aber willst du wirklich in die Tiefe hinab? Noch hast du die Möglichkeit, umzukehren – wobei du allerdings bedenken solltest, daß draußen vor dem Eingang jetzt das Geschrei von einer ganzen Reihe von Gnomen (es mögen Dutzende sein) zu vernehmen ist, die lautstark palavern – vielleicht über die Frage, ob sie diesen unheimlich düsteren Gang betreten und dich herausholen sollen, um... Darüber wagst du lieber erst gar nicht nachzudenken.

Du willst dich deinen Verfolgern trotzdem zu einem prächtigen Showdown stellen? Okay – versuch's ruhig, und zwar bei **15**

Du willst doch lieber in die Tiefe steigen – möglicherweise lauern dort zwar unbekannte Gefahren auf dich, aber die Gefahren, die du kennst, sind ja auch nicht ohne. Lies weiter bei **30**

84

Als du den Beutel öffnest, fallen dir zwei funkelnde, taubeneigroße Rubine in die Hand. Falls Lorn dir in deinem Haus ein Versprechen gegeben hat, bist du geradezu gerührt, daß er selbst auf dem Sterbebett noch daran gedacht hat, es zu halten. Ansonsten freust du dich einfach über deinen neuen Besitz, zumal weder Marlik noch Duc ihn dir streitig machen. Schließlich wollte Lorn, daß du den Beutel erhältst. Trage deinen neuen Besitz in deinem Abenteuertagebuch ein. Du brauchst dafür noch nicht

einmal auf etwas anderes zu verzichten, das heißt, du mußt keinen deiner anderen Ausrüstungsgegenstände streichen.
Ihr – genaugenommen eigentlich hauptsächlich Duc – hebt ein Grab aus, um Lorn mit allen Ehren zu bestatten, die einem Satai zustehen. Abwägend hältst du sein Schwert in den Händen. Das Tschekal ist eine phantastische Waffe, geschmiedet aus unzerstörbarem Sternenstahl, und gleichzeitig so gut ausgewogen, daß du sein Gewicht kaum spürst, als du es ein paarmal durch die Luft pfeifen läßt. Es dürfte dir sicherlich noch gute Dienste leisten können. Allerdings hat Lorn dir gegenüber bei seinen Erzählungen vor einigen Tagen auch erwähnt, daß – außer einem Satai – niemand bei Strafe des sofortigen Todes befugt ist, ein Tschekal zu führen.
Wenn du das Tschekal trotzdem behältst, geht es weiter bei **109**
Behältst du es nicht, geht es weiter bei **78**

85

Zwar hat dein Gegner dich verfehlt, aber du hast auch danebengeschossen... eine höchst ungemütliche Situation!
Zwischenfrage: Hast du schon alle deine Pfeile verschossen?
Nein: **113**
Ja: **98**

86

Nein, das riecht dir alles zu sehr nach einer Falle – besser, du läßt dich weitertreiben! Gleich darauf ist die winkende Gestalt ohnehin verschwunden. Hat lediglich der Morgendunst sie verschluckt, oder siehst du sie nur nicht

mehr, weil gerade die Sonne aufgeht und dich blendet, oder... unheimlich, unheimlich! Jedenfalls war es besser, daß du nicht angelegt hast. Lediglich ein etwas ungutes Gefühl bleibt in dir zurück. Wenn es nun doch einer deiner Kameraden war, den du da gerade dem sicheren Tod überlassen hast?
Du kommst nicht mehr dazu, weiter darüber nachzugrübeln, weil du in diesem Augenblick spürst, wie etwas dein Floß festzuhalten scheint. Du kommst keinen Zentimeter von der Stelle! Und dann beginnt dein Floß auch noch zu schaukeln, als wolle es jemand oder etwas von unter her umwerfen!
Eine höchst ungemütliche Situation!
Vor Schreck verlierst du 1 Nervenkraft-Punkt!
Was wirst du unternehmen?
Wenn du auf dem schaukelnden Floß bleiben willst: **104**
Wenn du versuchen willst, vom Floß zu springen und schwimmend das Ufer zu erreichen: **172**

87

Eine verzweifelte Lage – eben noch auf einer verfluchten Insel im Dschungel verschollen, jetzt wie ein Schiffbrüchiger allein auf offener See! Aber immerhin gibt es außer Larton noch eine Reihe anderer Küstendörfer in der Umgebung. Vielleicht hast du ja Glück und wirst von einem Fischerboot entdeckt.
Allerdings müßte deine Rettung schon recht bald erfolgen, denn erstens hast du kein Trinkwasser bei dir, zweitens brennt die Sonne mit erbarmungsloser Kraft auf dich herab, und drittens scheinst du dir auch noch irgendeine Krankheit eingefangen zu haben, denn du fühlst dich immer schlechter, und Fieber hast du anscheinend auch.

Verzweifelt suchst du den Horizont nach dem Segel eines Bootes oder Schiffes ab. Jetzt kann dir nur noch dein Glück helfen.
Würfle!
Du würfelst eine gerade Zahl: **126**
Du würfelst eine ungerade Zahl: **96**

88

Fühlst du dich jetzt kräftig genug, oder willst du lieber das Risiko eingehen, noch einmal eine Runde zu schlafen? Immerhin – wer weiß schon, was in diesem unterirdischen Labyrinth auf dich wartet, und wie lange der Weg dauern mag? Die Vorteile und auch die Risiken sind dir ja bekannt...
Auch weißt du, wie du mit einer eventuell noch vorhandenen frischen Fackel die Gefahren einschränken kannst.
Du willst noch einmal schlafen: weiter bei **124**
Du verzichtest darauf und machst dich an die schwierige Aufgabe, die Halde zu ersteigen: weiter bei **46**

89

Plötzlich vernimmst du ein singendes, reißendes Geräusch, und ein Ruck durchfährt dein Floß. Zu deinem Entsetzen mußt du feststellen, daß durch die stetige Bewegung einige Bindungen gerissen sind; unter dir beginnt sich das Floß in seine Bestandteile aufzulösen!
Bevor du dich versiehst, landest du im Fluß und schluckst etwa drei Liter Wasser. Verzweifelt nach Luft schnappend kommst du wieder hoch und versuchst das Ufer zu erreichen. Aber du merkst recht bald, daß es eine vergebliche Anstrengung ist, gleichgültig, ob du nur ein durchschnittlicher oder ein guter Schwimmer bist. Die Strömung ist

hier einfach noch zu stark. Immer häufiger wirst du unter Wasser gepreßt, und schließlich ertrinkst du jämmerlich. Aber auf diese Art hast du wenigstens ein sauberes **ENDE**

90

Mit zitternden Fingern – und fast gegen deinen Willen, wie von einer fremden, überlegenen Macht gezwungen – öffnest du den Beutel und nimmst die Rubine heraus. Wie du vermutet hast, passen sie haargenau in die leeren Augenhöhlen des Reliefmonsters. Kaum hast du sie eingesetzt, als scheinbar aus dem Nichts ein dumpfes Grollen ertönt und die Erde zu beben beginnt. Erschrocken springst du zurück, doch gleich darauf kehrt wieder Stille ein.
Du hebst die Fackel. Als du sie vor den Rubinen hin und her bewegst, scheinen sie sich mit flackerndem Leben zu füllen und dich direkt anzusehen! Obwohl du weißt, daß das nur eine optische Täuschung sein kann, rinnt dir ein eisiger Schauer über den Rücken; du läßt die Fackel wieder sinken. Aber irgendwie scheinen die Juwelenaugen das Licht immer noch zu sammeln, denn eine Weile leuchten die Steine noch unnatürlich stark nach. Nur mit Mühe kannst du die Furcht unterdrücken, die nach deinem Herzen greifen will…
Irgendwie hat dich das tiefrote Glosen der Steine an Blut erinnert – und an die Sonne, die draußen schon tief hing, als du diesen Raum betratest. Die befreiten Gefangenen

haben sich inzwischen wieder so weit erholt, daß sie in der Lage zu sein scheinen, den Marsch zurück zum Lager am Strand zu schaffen. Du überlegst dir ernsthaft, ob es nicht vielleicht sinnvoller wäre, erst morgen, bei hellem Tageslicht (wo die Dinge immer anders aussehen) mit der Untersuchung des Tempels und des Sarkophags fortzufahren.

Du setzt die Untersuchungen gleich heute abend fort: lies weiter bei **105**

Du entscheidest dich, erst morgen weiterzumachen: lies weiter bei **157**

91

Tatsächlich – es gibt hier einen Durchgang. Du könntest über die Spitze des Geröllberges kriechen und auf der anderen Seite einen noch steileren Geröllabhang wieder herunterrutschen, dann wärst du in der Fortsetzung des Ganges. Aber als du deine Umgebung inspizierst, stellst du noch etwas anderes fest: Als die Gangdecke eingebrochen ist, hat sich dadurch ein Durchgang in eine darüberliegende Räumlichkeit – eine Art Keller, eine natürliche Höhle? – geöffnet. Durch das Loch könntest du dort hinüberkriechen, aber dein Licht reicht nicht weit genug, um zu sehen, was dich dort erwartet. Ist das ein Weg in die Freiheit?

Du rutschst die Halde hinunter und folgst weiter dem Gang? Er führt geradewegs nach Kapitel **129**

Du wechselst in den Hohlraum hinüber, bzw. nach **101**

92

Eine Weile mustert Lorn dich schweigend, bevor er nickt. »Es kann nichts schaden, wenn du dich deiner Haut ein

bißchen wehren kannst«, sagt er. »Allerdings – eine Hand wäscht die andere. Ich bringe dir etwas bei, und dafür bringst du uns zum halben Preis zur Nebelinsel hinüber. Einverstanden?«
Du zögerst. Sechs Goldstücke sind eine Menge Geld für ein paar Tricks.
Wenn du findest, daß dies glatte Epressung ist, und du lieber den ganzen Lohn haben willst, lehnst du das Angebot ab und liest weiter bei **103**
Findest du jedoch, daß auch sechs Goldstücke noch genug sind, um dafür dein Leben zu riskieren, so daß du ihm die anderen erlassen kannst, so beginne den Unterricht bei **128**

93

Marlik ist davon verständlicherweise gar nicht begeistert. Er murmelt etwas Unverständliches, ist aber natürlich bereit, seiner Pflicht nachzukommen. Du verabschiedest dich von ihm und den anderen und gehst in die behelfsmäßige Hütte, die man dir zugewiesen hat. Es ist die, die vorher Lorn bewohnt hat.
Obwohl du müde bist, hindert dich eine seltsame Unruhe daran, dich gleich schlafen zu legen. Eine Weile hängst du deinen Gedanken nach, aber die Unruhe will und will einfach nicht vergehen.
Du versuchst trotzdem, dich hinzulegen und zu schlafen: Lies weiter bei **179**
Du beschließt, die Hütte zu einem Spaziergang zu verlassen: Lies weiter bei **286**

94

Nein, das riecht dir alles zu sehr nach einer Falle – besser, du legst doch nicht an! Lediglich ein etwas ungutes Gefühl

bleibt in dir zurück. Wenn es nun doch einer deiner Kameraden war, den du da gerade dem sicheren Tod überlassen hast?
Du fängst an, wieder von dem Steg wegzustaken, aber in diesem Augenblick spürst du, wie etwas dein Floß festzuhalten scheint. Du kommst keinen Zentimeter von der Stelle! Und dann beginnt dein Floß auch noch zu schaukeln, als wolle es jemand oder etwas von unten her umwerfen!
Eine höchst gefährliche Situation!
...die dich 1 Punkt deiner Nervenkraft kostet.
Was wirst du unternehmen?
Wenn du auf dem schaukelnden Floß bleiben willst: **104**
Wenn du versuchen willst, vom Floß zu springen und schwimmend das Ufer zu erreichen: **172**

95

»Probieren sollten wir es auf jeden Fall«, meinst du. »Vielleicht gibt es ja eine verborgene Rollvorrichtung. Möglicherweise ist der Sarkophag zugleich so etwas wie eine Eingangstür.«
»Nun gut«, stimmt Marlik widerwillig zu. Gemeinsam mit Duc stemmt ihr euch gegen das Monstrum von Sarkophag.
Ihr schiebt und drückt, aber ohne jegliches Resultat. Auch als zusätzlich noch die drei anderen Männer mit anfassen, läßt sich der Sarkophag nicht bewegen.
Wenn du daraufhin zum Lager zurückkehren willst, lies weiter bei **157**
Wenn du dich noch weiter in der Grabkammer umschauen willst, tu das bei **236**

96

Du hältst Aussschau nach einem rettenden Segel, aber weit und breit ist keins zu sehen; das Meer erstreckt sich leblos, wie ein schlafendes Ungeheuer, in alle Richtungen bis zum Horizont; eine Wüste aus Wasser, in der du dich hoffnungslos verirrt hast. Du weißt längst nicht mehr, wo West oder Ost, Süd oder Nord ist. Glühend heiß brennt die Sonne herab, Regen gibt es nicht, und dein Körper dörrt immer mehr aus. Überall nur Salzwasser! Du beginnst zu halluzinieren, hörst Stimmen, ein Lachen, und manchmal, vor allem als es wieder Nacht wird, scheint etwas um dein Fahrzeug zu schleichen, und du hörst ein Geräusch wie von riesigen, schlagenden Lederflügeln. Manchmal glaubst du, Aas zu riechen. Der Durst wird unerträglich, ja, langsam bist du sogar schon so weit, etwas von dem Salzwasser zu trinken, um diesen entsetzlichen Durst nicht mehr länger ertragen zu müssen, wenigstens einmal deinen Gaumen benetzen zu können, auch wenn das dein sicherer Tod sein würde.
Bevor sich dein Geist vollständig verwirrt jedoch noch eine Frage: Trägst du ein Amulett bei dir *und* beträgt deine Magie 30 Punkte?

Ja: **189**
Nein: **9**

97

Sag mal: ein sonderlich ehrenhafter und vertrauenswürdiger Mensch bist du wohl nicht gerade? Schäm dich, ein gegebenes Versprechen einfach so zu brechen. Und daß du auch noch Lorns Pferd stiehlst, das er ebenso wie die Tiere

seiner Begleiter in deiner Obhut zurückgelassen hat, setzt dem Ganzen noch die Krone auf! Viel Glück bringt dir deine Gaunerei allerdings nicht. Das Tier ist ziemlich wild, und du bist ein nicht sonderlich geübter Reiter. Nach ein paar Meilen gelingt es dir nicht mehr, das Pferd zu bändigen. Es geht durch und wirft dich in vollem Galopp ab. Dabei stürzt du so unglücklich, daß du dir beide Beine brichst. Deine Reitkunst kann sich mit der eines Satai eben doch nicht messen.
Hilflos am Wegesrand liegend entdecken dich nach Stunden schließlich einige wenig vertrauenerweckend aussehende Reiter. Verzweifelt bittest du sie, dich in die nächste Stadt zu bringen. Zu spät erst begreifst du, daß es sich um skrupellose Wegelagerer handelt, von denen du alles mögliche, nur bestimmt keine Hilfe zu erwarten hast.
Einer der Reiter steigt ab und tritt auf dich zu. Du kannst dich nicht einmal wehren, als er deine Taschen durchsucht und dir nicht nur dein Gold, sondern auch alle anderen Habseligkeiten abnimmt. Immerhin zeigt er wenigstens etwas Erbarmen mit dir und ist so freundlich, dich von deinen Schmerzen zu erlösen, allerdings auf ziemlich endgültige Art und Weise. Das letzte, was du in deinem Leben zu sehen bekommst, ist eine blitzende Messerklinge...
Man könnte fast glauben, die Götter hätten dafür gesorgt, daß du deine gerechte Strafe erhältst. Merke: Unrecht Gut gedeihet nicht (jedenfalls nicht immer)! **ENDE**

98

Du hättest das Schießen wohl etwas gründlicher üben sollen. Jetzt bleibt dir bedauerlicherweise keine Gelegenheit mehr dazu...

Bevor du noch irgend etwas unternehmen kannst, stürmen mindestens ein Dutzend weitere Gnome auf die Lichtung. Ohne auch nur eine Sekunde zu zögern, beginnen sie ebenfalls zu schießen. Von Pfeilen geradezu gespickt, wirst du zurückgeschleudert und prallst sterbend auf dem Boden auf...

Damit ist dieses Abenteuer für dich leider hier zu **ENDE**

99

Du wirbelst herum, um davonzulaufen, aber zu spät. Die Gestalt wirft sich auf dich, ihre Hände umklammern deine Kehle und drücken erbarmungslos zu! Es bleibt dir nichts anderes übrig, als doch noch zu kämpfen. Der Würgegriff hat dich jedoch so benommen gemacht, daß schwarze Schlieren vor deinen Augen wallen und du dir schon vor Beginn des Kampfes 3 Kraftpunkte abziehen mußt. Dein Widersacher hat eine Kampfkraft von 20 Punkten.

Ein Schwert würde dir bei diesem Kampf gar nichts nützen.

Wenn du jedoch ein Messer bei dir hast, kannst du es jetzt ziehen und deine Kampfkraft dadurch wieder um 3 Punkte erhöhen. Du kannst dich aber auch dafür entscheiden, es stecken zu lassen und den Kampf so auszutragen.

Weiter bei **166**

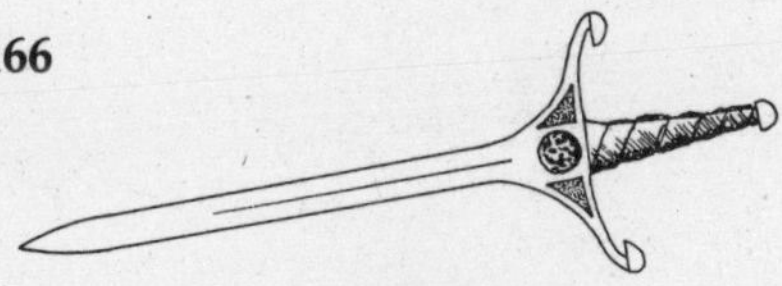

100

Sei es, daß dich schon vor einem Blick in den Kasten der pure Wahnsinn gepackt hat, sei es, daß du glaubst, als eine Art Geist dem verderblichen Einfluß nicht so ausge-

setzt zu sein wie der Goldene, sei es, daß du einfach ein leichtsinniger Trottel bist – jedenfalls riskierst du einen Blick.
Was du siehst, ist entsetzlich. Eine amorphe, grauschwarze Masse, in der die schrecklich verzerrten Nachbildungen menschlicher Münder klaffen, rotglühende Augen, ein schwarzes, sich windendes Etwas, das deinem Blick fast weh tut, so absurd, daß keine menschliche Phantasie ausreichte, sich so etwas auszudenken. Am ehesten erinnert die Kreatur an ein Nest schwarzglänzender, ineinander verschlungener Schlangen.
Aber glücklicherweise beeinflußt dich der Anblick nicht ebenfalls auf so entsetzliche Art, wie vielleicht zu befürchten gewesen wäre – wahrscheinlich deswegen, weil du dich nicht real in dieser Zeit befindest.
Deshalb verlierst du nicht sofort den Verstand, sondern »nur« 3 Nervenkraft-Punkte!
Und natürlich mußt du dir wieder einen Punkt von deiner Kampfkraft abziehen, bevor du entscheidest, was du weiterhin tust:
Du bleibst in der Vision: **150**
Du versuchst dich aus der Vision zu lösen: **350**

101

Nachdem du dich durch den engen Durchlaß geschoben und aufgerichtet hast, stellst du fest, daß du dich tatsäch-

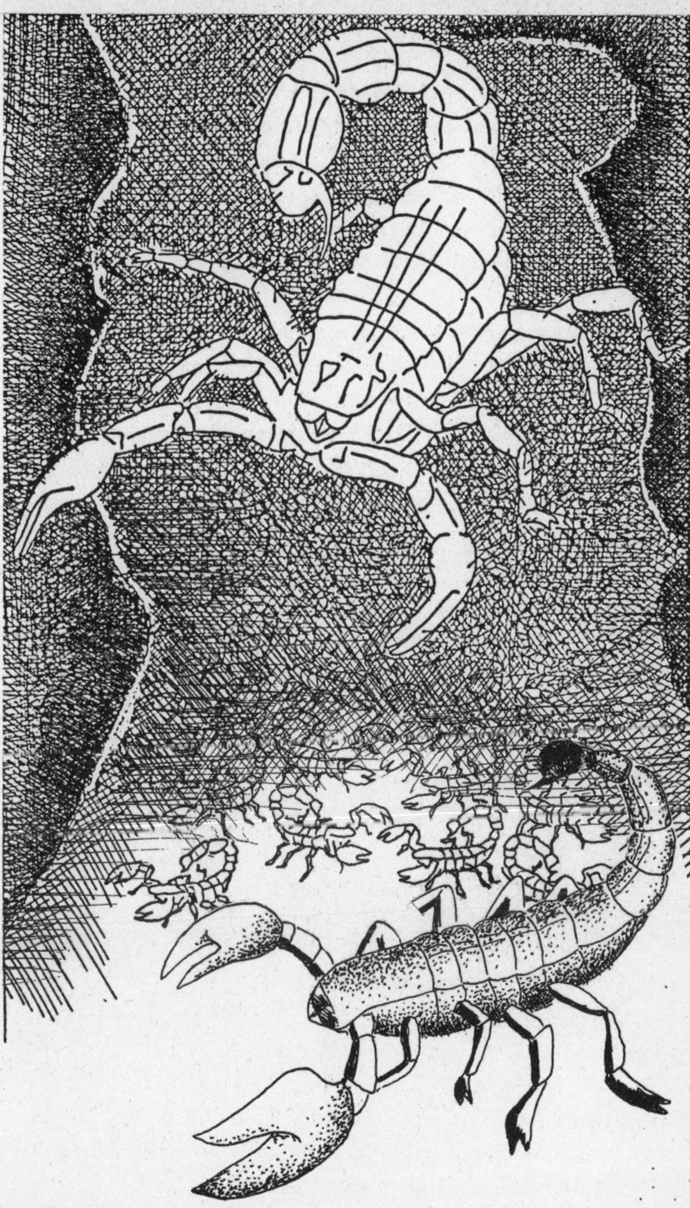

lich in einer natürlichen Höhle befindest. Und es gibt einen Weg nach draußen – weit entfernt, am anderen Ende der großen Höhle, kannst du einen vagen Lichtschimmer erkennen, vermutlich der Vollmond, der durch den Höhlenausgang hereinscheint. Du atmest auf. In einer mondlosen Nacht hättest du diesen Ausgang nicht sehen können...

Aber kaum machst du den ersten Schritt darauf zu, da stockt dein Fuß. Das flackernde Licht enthüllt dir: die Höhle ist nicht leer! Der Boden ist übersät mit Skorpionen und allerlei anderem unangenehmem Kriechgetier, das meiste davon hochgiftig. Natürlich, jetzt bei Nacht sind sie wenig aktiv, aber wenn du dich zwischen ihnen hindurchbewegst, könnten sie vielleicht munter werden...

Eine vertrackte Situation! Die Freiheit vor Augen, und nun dies! Was wirst du tun?

Du versuchst, die Höhle trotz der Skorpione zu durchqueren: Lies weiter bei **19**

Du kehrst lieber doch um? Dann geh zu **122**

102

Entschlossen steuerst du dein Floß in den ganz linken der vier Arme.

Ob diese Wahl richtig war, erfährst du bei **199**

103

Du mußt es ja wissen. Sicherlich sind sechs Goldstücke viel Geld, aber eine solche Gelegenheit, von einem Satai, den besten Kämpfern Enwors, unterrichtet zu werden,

wird sich dir bestimmt nicht noch einmal bieten. Was nutzt dir dein restliches Geld, wenn der nächste Gauner, dem du begegnest, es dir wieder abnimmt, ohne daß du dich gegen ihn wehren kannst?
Es könnte durchaus sein, daß du diese Entscheidung noch mal bedauerst. Und noch ein Vorhaben kannst du unter diesen Umständen natürlich vergessen, nämlich Lorn zu fragen, ob du ihn eventuell auf die Insel begleiten dürftest. Jemanden, der kaum weiß, an welcher Seite man ein Schwert anfaßt oder wie man einen Bogen spannt, kann er in seiner Begleitung bestimmt nicht gebrauchen.
Immerhin ein Trost bleibt dir: auf diese Art hast du Gelegenheit, noch viele, viele Geschichten zu hören. Deine Kampfkraft und Geschicklichkeit verändern sich zwar nicht, aber bei der Schilderung all der Schrecken wächst zumindest deine *Nervenkraft* um zehn Punkte.
Lies weiter bei **257**

104

Das Floß beginnt immer heftiger zu schaukeln, und du mußt dich krampfhaft an den Seilen festkrallen, um nicht heruntergeschleudert zu werden. Wird es dir gelingen, auf dem tanzenden Gefährt dein Gleichgewicht zu halten und dich festzuhalten?
Um das zu schaffen, ist sowohl deine Kraft als auch deine Geschicklichkeit gefordert. Das Schaukeln entspricht einer Kampfkraft von 18 und einer Geschicklichkeit von 20.

Du mußt in beiden Kategorien siegen.
Es gelingt dir: **123**
Du schaffst es nicht: **219**

105

Als erstes beschließt du, das Innere des Sarkophags genauer zu untersuchen. Der Deckel sieht ganz schön schwer aus, allein wirst du ihn bestimmt nicht bewegen können. Lorns drei Begleiter werden dir bestimmt keine große Hilfe sein, also winkst du Marlik und vor allem Duc herbei. Allerdings merkt ihr schnell, daß der Deckel nicht nur schwer aussieht, sondern es auch ist. Er ist so klobig, daß du für ihn 200 Stärkepunkte ansetzen mußt.
Da ihr euch gemeinsam bemüht, kannst du deine eigene Kampfkraft (natürlich ohne Bonuspunkte durch Schwert oder andere Hilfsmittel) mit der von Marlik und Duc zusammenrechnen. Marlik ist ein kräftiger Mann, er hat eine Kampfkraft von 30 Punkten. Noch ungleich größer ist die des Quorrls, die 150 Punkte beträgt. Dann strengt euch mal schön an!
Ihr schafft es: lies weiter bei **142**
Ihr schafft es nicht: lies weiter bei **130**

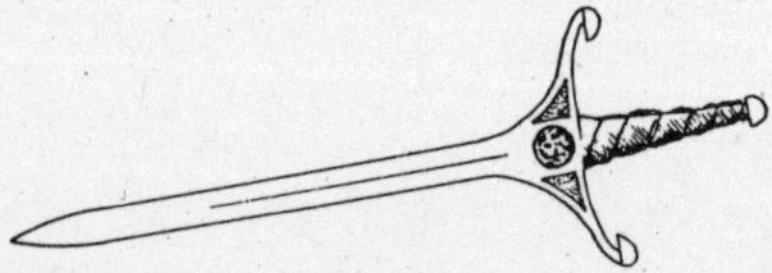

106

Ohne noch lange zu zögern, gehst du vorsichtig an Ducs Überresten vorbei, steigst auf dein Floß und beginnst, es wieder in die Flußmitte zu staken.
Weiter bei **133**

107

Zu deiner Erleichterung wachst du im Hellen auf – dein Licht brennt noch. Und du fühlst dich sogar halbwegs ausgeruht und gekräftigt.
Trage die Zunahme deiner Punkte an Kampfkraft und Nervenkraft, sowie den Verlust an Flämmchen im Abenteuertagebuch ein, ehe du bei **88** *weiterliest!*

108

Die Klinge aus unzerstörbarem Sternenstahl leistet dir auch jetzt gute Dienste. Wenn Lorn allerdings wüßte, daß du die wunderbare Waffe zum Fällen von Bäumen zweckentfremdest, würde er wohl in seinem Grab rotieren...
Jedenfalls gelingt es dir, ein paar stattliche Bäume umzuhauen und zurechtzustutzen. Ganz ohne Mühe geht das natürlich nicht vonstatten.
Du verlierst 2 Punkte deiner Kampfkraft.
Stolz betrachtest du anschließend die Stämme. Richtig zusammengelegt, ergeben sie eine Plattform von etwa zwei mal drei Metern, also genügend Raum für dich. Aber irgendwie mußt du sie auch miteinander verbinden, entweder mit einem Seil oder mit Lianen.
Hast du zufällig wenigstens ein Seil bei dir?
Ja, dann **218**
Nein, dann **262**

109

Da du keine zwei Schwerter gebrauchen kannst, mußt du dein Familienschwert – falls du es bei dir trägst – zurücklassen. Sorgsam verstaust du es im Boot, da du nicht ganz auf das alte Erbstück verzichten möchtest. Ein schlechter Tausch ist es allerdings ganz bestimmt nicht. Im Kampf er-

höht das *Tschekal* deine Kampfkraft um gleich 5 Punkte. Trage diese Änderungen in deinem Abenteuertagebuch ein.
Dann lies weiter bei **78**

110

Nein, in den Stollen folgen dir die Gnome tatsächlich nicht. Dafür scheinen sie etwas anderes vorzuhaben. Während du überlegst, was du nun machen sollst, hörst du über dir wieder Geräusche. Diesmal klingt es, als würde etwas sehr Schweres unter großem Ächzen und Stöhnen bewegt... und dann begreifst du, was das Schaben und Schleifen bedeutet: die Gnome rücken mit äußerster Mühe und dem Einsatz einer Vielzahl von Männern den Stein-Sarkophag wieder über die Öffnung im Boden – wahrscheinlich weil sie abergläubische Angst vor dem Stollen haben. Ein Erfolg des Ganzen ist natürlich auch, daß du nun zugleich vor deinen Verfolgern sicher bist – aber einen Rückweg gibt es nun für dich auch nicht mehr. Allmählich kommen dir doch Zweifel, ob es soooo klug war, in diese Grabkammer zu flüchten...
Weiter bei **4**

111

Schon möglich, daß du glaubst, so ein Handeln wäre heldenhaft. Zu einem echten Helden gehört jedoch auch, daß er gelegentlich mal den Verstand einschaltet, statt blindlings in jedes Kampfgetümmel zu stürzen.
Hättest du auch nur einen Moment nachgedacht, wäre dir klar geworden, daß du dem Mann gar nicht helfen kannst; schließlich siehst du nur, was sich vor langer, langer Zeit abgespielt hat.

Aber jetzt ist es zu spät. Du versuchst, einen der Goldenen zu packen und zurückzureißen. Da du damit die Vergangenheit verändern würdest, löst du mit deiner unbedachten Handlung ein Zeitparadoxon aus. Wenn der junge Mann nämlich nicht bei lebendigem Leib mit dem Amulett zusammen begraben würde, könntest du es ihm in ferner Zukunft nicht abnehmen und dadurch in diese Vision eingreifen. Das heißt, du kannst die Vergangenheit nicht verändern. Der junge Mann wird mit dem Amulett begraben werden, du wirst es in deiner Gegenwart an dich nehmen und doch versuchen in diese Vision einzugreifen...
Du hast dich in einem ewigen Kreislauf verfangen, der dich dazu verdammt, deine Handlung bis ans Ende aller Zeiten zu wiederholen. Dabei hast du genügend Gelegenheit, über ein paar Dinge nachzudenken, zum Beispiel über die Natur der Zeit.

In der Zwischenzeit geh zurück an den Anfang von **111**
Dort lies weiter... und weiter... und weiter...

112

Marlik und Duc sind mit deiner Entscheidung sofort einverstanden. Auch ihnen scheint die Lust auf Abenteuer und Schatzsuche gründlich vergangen zu sein. Falls es etwas gibt, was du nicht von der Insel mitnehmen möchtest, so leg es jetzt fort.
Ihr besteigt das Boot und macht euch auf den Rückweg. Unbeschadet könnt ihr die Klippen passieren und in Larton anlegen.

Wie es dort weitergeht, erfährst du bei **120**

113

Erneut schießt du einen Pfeil ab – und erneut schießt dein Gegner in genau der gleichen Sekunde. Wird diesmal einer von euch beiden getroffen? Um das festzustellen, schieß zunächst den Pfeil deines Gegners auf dich ab, um zu sehen, ob er dich getroffen hat. Würfle!

Du würfelst eine gerade Zahl: **56**

Du würfelst eine ungerade Zahl: **63**

114

Du kämpfst wirklich heldenhaft, aber Marlik greift dich mit den übermenschlichen Kräften eines Tobsüchtigen an. Seine Hände legen sich wie Stahlklammern um deine Kehle, und in seinen Augen lodert ein böses, gnadenloses Feuer. Verzweifelt bäumst du dich auf, schlägst ihm die Fäuste ins Gesicht und verschwendest dein letztes bißchen Atem dazu, noch einmal seinen Namen zu röcheln.

Aber weder hört er auf deinen keuchenden Schrei, noch scheint er deine Hiebe überhaupt zu spüren, und selbst wenn du dein Messer hast ziehen können, kommst du erst gar nicht dazu, es einzusetzen. Schließlich kämpft Marlik mit der Kraft eines Irren. Und vielleicht zahlt es sich doch nicht immer aus, den Helden zu spielen.

Es sei denn, man legt Wert auf ein möglichst dramatisches

ENDE

115

Also, wenn jemand Hilfe braucht und auf dich angewiesen ist, ist er wohl ziemlich aufgeschmissen. Bleibt nur zu hoffen, daß du nicht selbst auch einmal in eine Situation kommst, in der du nur noch auf die Hilfe anderer vertrauen kannst. Jedenfalls bist du mit wenigen Schritten

wieder bei deinem Floß und stakst es vom Ufer weg. Zu deiner Erleichterung macht Duc keinen Versuch, dir zu folgen.
So treibst du bis ins Kapitel **133**

116

Gegen drei Widersacher auf einmal hast du nicht die Spur einer Chance. Zwei der Gnome halten dich von hinten fest, während der dritte mit seinem Messer auf dich einsticht. Was für ein ruhmloses **ENDE**

117

Vorsichtig arbeitest du dich durch die Höhle. Endlich... der Ausgang! Du kriechst hindurch, robbst durch ein dorniges Gesträuch, das ihn halb verdeckt, und einen Abhang hoch, bis du endgültig im Freien bist.
Und dein Licht hat gereicht!
Noch nachträglich beginnst du zu zittern und bemerkst erst jetzt so richtig, daß dich das letzte Stück des Weges abermals 1 Punkt deiner Nervenkraft gekostet hat.
Du kannst deine Fackel jetzt löschen, denn die Wolken am Himmel haben sich fast völlig verzogen, und das Licht des Vollmonds ist hell genug, daß du deine Umgebung einigermaßen erkennen kannst. Fackellicht würde dich höchstens verraten, denn du weißt ja nur zu gut, daß du nicht allein auf der Insel bist.
Du befindest dich im Dschungel und bist zunächst sehr erleichtert. *Weiter bei* **62**

118

Erschöpft liegst du auf dem Floß und läßt dich treiben. Alles ist so ruhig, daß es dir sogar gelingt, ein bißchen zu

schlafen. Dieser Schlaf bringt dir 3 Punkte zurück, die du nach Belieben auf deine Fähigkeiten (außer Magie) verteilen darfst. Als du wieder aufwachst, stellst du fest, daß du bereits einen Großteil deiner Flußfahrt zurückgelegt haben mußt, denn der Fluß wird merklich breiter, ein sicheres Zeichen dafür, daß du dich rapide seiner Mündung näherst. Aber statt daß der Fluß ruhiger dahinfließt, werden offenbar die Unterströmungen aus unerklärlichen Gründen immer stärker. Dein ganzes Floß beginnt zu knarren und zu seufzen, und du hast das dunkle Gefühl, daß es möglicherweie nicht mehr lange halten wird.
Um das herauszufinden, mußt du noch einmal einen Punkt von der Stabilität abziehen.
Wenn die Stabilität des Floßes damit auf Null sinkt: **44**
Die Stabilität deines Floßes ist nach wie vor über Null: **6**

119

Entschlossen machst du Licht. Für einen Moment bist du geblendet, aber dann gewöhnen sich deine Augen an die Helligkeit.
Dein Blick fällt auf die 4 weiteren Fackeln, die noch von gestern abend neben dem Eingang der Grabkammer liegen. Jede dieser Fackeln hat wiederum eine Brenndauer von 12 Kapiteln. Wenn du sie alle an dich nimmst, hättest du also einen Lichtvorrat von insgesamt maximal 60 Flämmchen. Aber Achtung: Für jede Fackel, die du jetzt an dich nimmst, mußt du einen anderen Gegenstand ablegen. (Dein Vorteil ist dabei, daß du eine Fackel an der anderen anstecken kannst, also zumindest vorläufig keinen Feuerstein mehr brauchst und ihn ablegen kannst, wenn du willst. Was allerdings später ist...?)
Im Abenteuertagebuch findest du eine Übersicht über dei-

nen Lichtvorrat; kennzeichne darauf, mit wie vielen Fackeln du dich ausstatten willst, und streiche die übrigen Flämmchen fort! (Beispiel: Wenn du insgesamt 3 Fackeln bei dir hast, verfügst du also 36 Kapitel lang über Licht.)
Jedesmal, wenn du in Zukunft bei einem Kapitel auf eine Kerze – das Symbol für 1 Flämmchen – stößt, mußt du dieses von deinem Vorrat abstreichen; sollten in einzelnen Fällen mehrere Flämmchen angegeben sein, dann mußt du nicht nur eines, sondern die entsprechende Menge abstreichen.
Lies weiter bei: **49**

120

Kaum habt ihr angelegt, eilt euch ein hochgewachsener, blonder Mann entgegen, der ebenfalls den Mantel und das Stirnband eines Satai trägt. Er stellt sich als Skar vor und erzählt, daß er von dieser Expedition seines alten Freundes Lorn gehört hätte. Nun sei er gekommen, um ihn davon abzubringen.
»Die Errish haben mir von der Geschichte der Nebelinsel berichtet«, erklärt er. »Vor langer, langer Zeit tobte ein erbarmungsloser Krieg zwischen den Alten, den Ureinwohnern Enwors, und fremden Wesen. Diese kamen von den Sternen herab, um Enwor mit Hilfe gräßlicher Kreaturen zu erobern. Es gelang den Alten, eine dieser Sternenbestien auf die Nebelinsel zu verbannen und in einen tiefen Schlaf zu versetzen. Jeder, der ihr begegnet, stirbt einen grausamen Tod, und deshalb muß ich Lorn warnen.«

Bedauernd teilst du ihm mit, daß er zu spät gekommen sei, und erzählst von Lorns Tod. Skars Gesicht zeigt deutlich, wie schmerzhaft diese Nachricht für ihn ist. Sein Blick fällt auf deinen Waffengürtel.
Bei der Gelegenheit: trägst du eigentlich Lorns *Tschekal* bei dir?
Wenn ja, lies weiter bei **251**
Wenn nein, bei **309**

121

Im schrecklichen Griff des untoten Quorrl kämpfst du wie ein Berserker. Zunächst gelingt es dir nicht, gegen das scheinbar gefühllose Monstrum irgend etwas auszurichten, doch dann kommt dir die rettende Idee, und du konzentrierst deine Angriffe auf seinen ohnehin schon arg ramponierten Hals. Tatsächlich gelingt es dir, auch den letzten der Muskelfetzen, an denen der Schädel noch baumelt, zu durchtrennen. Im gleichen Moment, als der Kopf herunterfällt, bricht auch der Körper zusammen und liegt dann still da; im Augenblick des Zusammenbrechens lösen sich die eiskalten Totenhände von deiner Kehle, und du kannst wieder atmen.
Nach Luft ringend und vor Grauen wie gelähmt stehst du da und starrst auf die Überreste Ducs hinunter.
Lies weiter bei **58**

122

Durch eine von Skorpionen verseuchte Höhle spazieren? Nein, niemals! Lieber kehrst du wieder um und kriechst durch den Durchlaß zurück. Aber was nun?

Du rutschst die Halde wieder herunter, die du vorhin hinaufgeklettert bist, gehst in Richtung Grabkammer zurück und findest dich wieder bei **249**

Du rutschst die andere Halde herunter und folgst weiter dem Gang ins unbekannte **129**

123

Obwohl das Floß wie irrsinnig auf den Fluten tanzt, schaffst du es, dich daran festzuklammern. Endlich, von einer Sekunde zur anderen, hört die Bewegung auf. Es ist, als gäbe das geheimnisvolle Etwas, das das Floß so in Bewegung versetzt hat, deinem Fahrzeug noch einen letzten enttäuschten Stoß, denn es wird geradezu zur Flußmitte katapultiert. Die Strömung erfaßt es, und es treibt weiter den Fluß hinunter. Erst jetzt bemerkst du, was für einer gräßlichen Gefahr du entgangen bist – was auch immer die Bedrohung gewesen sein mag. Aber gerade die Tatsache, daß du nicht weißt, wer dein Gegner war, macht die Sache so entsetzlich.

Noch nachträglich fährst du zusammen – und zwar so, daß du abermals 2 Punkte deiner Nervenkraft einbüßt!

Lies weiter bei **167**

124

Gefährlich oder nicht, es ist dir gleich – du mußt jetzt endlich schlafen! Also triffst du die nötigen Vorbereitungen und haust dich dann hin.

Würfle nun, um zu sehen, wie lange du schläfst!
Du erwachst im Hellen: **107**
Du erwachst im Dunkeln: **66**

125

Sorgsam hältst du den Blick von dem Inhalt des Kastens abgewandt, um nicht auch diesem entsetzlichen Schrekken zu erliegen. Mit einiger Mühe gelingt es dir auch, was jedoch nichts daran ändert, daß du dir einen Punkt von deiner Kampfkraft abziehen mußt.
Aber du bleibst in der Vision: **150**
Du versuchst dich aus der Vision zu lösen: **350**

126

Eine bescheidene Frage am Rande: Bist du eigentlich zufällig der Bruder von Gustav Gans? Jedenfalls scheinst du genau wie er ein ausgesprochenes Schoßkind des Glücks zu sein. Oder hast du es geschafft, die Glücksgöttin Enwors zu verführen?
Stundenlang hast du nun schon Ausschau gehalten, aber bisher nichts! Es wird Abend, und du verbringst eine von Alpträumen gepeinigte Nacht, bis es schließlich wieder dämmert. Immer schlimmer beginnt dich der Durst zu plagen, dein ohnehin von den Anstrengungen aufs Äußerste geprüfter Körper und Geist versagt immer mehr den Dienst, du beginnst wirres Zeug zu lallen und zu halluzinieren. Und eine Halluzination kann es auch nur sein, als du plötzlich nicht weit von dir entfernt ein Segel siehst.
Falls es etwas gibt, was du noch dringend über Bord werfen möchtest, so ist dies die letzte Gelegenheit dazu! Streiche es in diesem Fall in deinem Abenteuerbuch.
Erst als das Boot näherkommt, Rufe laut werden und dich

wenig später starke Männerarme über eine Reling ziehen, begreifst du, daß es doch keine Halluzination ist. Tränen strömen dir über die Wangen herab. Man gibt dir zu trinken und zu essen, und allmählich kommst du wieder soweit zu Kräften, daß du deine Umgebung bewußter wahrnimmst.

Lies weiter bei **135**

127

Bevor du auch nur Zeit findest, einen klaren Gedanken zu fassen, schießen Ducs Hände vor und legen sich wie Schraubzwingen um deinen Hals, und endlich fällt die Lähmung von dir ab. Verzweifelt beginnst du dich zu wehren, aber du merkst schnell, daß dein Gegner zwar ziemlich tot, aber trotzdem noch ziemlich stark ist. Stark jedenfalls im Vergleich zu einem kleinen schwachen Menschlein wie dir. Als er noch lebte, hatte Duc eine Kampfkraft von unglaublichen 150 Punkten. Davon sind jetzt immer noch 30 Punkte übrig geblieben.

Wenn du bereits dein Schwert in der Hand halten solltest, kannst du dieses natürlich benutzen und deiner Kampfkraft die entsprechenden Punkte für die Waffe und deine Begabung im Schwertkampf hinzufügen.

Ein Bogen hingegen bringt dir keine zusätzlichen Punkte, weil er im Nahkampf ohne Wirkung ist. Oder glaubst du wirklich, dein Gegner ließe dir Zeit, ihn zu benutzen – oder gar zu zielen?

Ebenso verhält es sich, wenn du dein Schwert noch nicht gezogen hast – jetzt ist es dafür bereits zu spät.

Trage das Duell gegen ihn nach den Duellregeln aus.

Du schaffst das nahezu Unmögliche und gewinnst gegen den untoten Quorrl, dann hast du es verdient, weiterzulesen bei **121**

Du verlierst bereits während der ersten 4 Runden: **74**
Du hast die ersten 4 Runden zwar überlebt, merkst jedoch, daß du keine Chance mehr hast und dich auf der Verliererstraße befindest. In diesem Fall wartet vielleicht noch eine kleine Hoffnung auf dich bei **154**

128

»Abgemacht!« rufst du, bevor Lorn Zeit findet, sich sein Angebot möglicherweise noch einmal zu überlegen. Etwas besseres hätte dir wirklich kaum passieren können. Was bedeuten schon sechs Goldstücke gegen die Chance, etwas von der Kampftechnik eines Satai zu erlernen?
Auf deinen Wunsch hin beginnt ihr sofort mit dem Training. Du kannst wählen, auf welchem Gebiet du dich schwerpunktmäßig ausbilden lassen willst.
Unterricht im Bogenschießen erhältst du bei **152**
Unterricht im Schwertkampf bei **177**

129

Wieder mußt du ein ganzes Stück marschieren, bevor sich etwas am Verlauf des Ganges ändert. Schließlich weitet er sich zu einer Art runder Halle. Überwältigt bleibst du stehen.
Die Wände der Halle sind mit gräßlichen Halbreliefs geschmückt. In der Mitte der Halle steht eine Art Altarstein, auf dem dunkel etwas liegt, was du aus dieser Entfernung nicht erkennen kannst. Und zwischen dir und dem Altarstein…

Dein Atem stockt. Erst jetzt formen sich die fast abstrakten Schatten in deinem Bewußtsein zu einem gegenständlichen Bild. Der Boden der Halle ist übersät mit Leichen! Genauer gesagt: mit Mumien... ganzen Mumien, halb zerbrochenen... ein Alptraum!

Der gräßliche Anblick kostet dich 3 Nervenkraft-Punkte.

Lies weiter bei **136**

130

Trotz allen Stemmens und Wuchtens gelingt es euch nicht, den Steindeckel auch nur einen Millimeter zu bewegen. Entmutigt gebt ihr auf. »Dann müssen wir es morgen eben noch einmal versuchen«, meinst du zu deinen Begleitern, während du dir den Schweiß von der Stirn wischst. Seltsam – du bist fast froh, daß es nicht geklappt hat...

Wenn du dir den Spalt unter dem Sarkophag ansehen willst, dann tu dies bei **221**

Wenn du beschließt, nun doch zum Lager zurückzukehren und erst morgen weiterzumachen, dann führt dich der Weg nach **157**

131

Blind tastest du dich in die Kammer hinein. Deine Finger berühren etwas Trockenes, Brüchiges, das sich anfühlt wie die abgestreifte Haut einer Schlange... oder wie die pergamenttrockene Haut einer Mumie!

Und es lebt!

Mit einem gellenden Aufschrei springst du zurück, aber zu spät. Fast skelettierte Hände greifen nach deiner Kehle und zerren dich auf einen toten Körper herunter, würgen dir das Leben aus dem Leib. Der Schock ist so entsetzlich, daß du auf der Stelle wahnsinnig wirst. Aber nur für ein paar Sekunden, dann umfängt dich endgültig der Tod...
ENDE

132

Mit einem dumpfen Krachen schließt sich das Tor vor deiner Nase. So sehr du auch gegen den Steinblock trommelst, es nützt dir nichts. Er bleibt unten. Jetzt bleibt dir nichts anderes übrig, als erneut die ganze Halle nach einem Auslösemechanismus abzusuchen!
Lies weiter bei **304**

133

Im weiteren verläuft deine Flußreise zunächst ohne besondere Vorkommnisse. Der Fluß strömt gemächlich dahin und trägt dein Gefährt sicher auf seinem breiten Rükken; nur ab und zu mußt du mal staken oder paddeln, um nicht von der Strömung zu dicht ans Ufer getrieben zu werden oder mit schwimmenden Baumstämmen zu kollidieren.
Plötzlich jedoch hörst du in der Ferne ein dumpfes Grollen; es kommt von flußabwärts. Du bist außerstande, es zu

identifizieren, aber du hast das Gefühl, daß die Strömung schneller wird.

Was tust du?

Du fährst weiter nach **144**

Du lenkst dein Floß ans Ufer, bzw. nach **245**

134

Ein wirklich ehrenhafter Mensch, alle Achtung. Dir könnte man wahrlich ohne Bedenken selbst den geraubten Kronschatz der Tempelkönige von Ikne zur Aufbewahrung anvertrauen, und wenn du jemandem in betrunkenem Übermut versprochen hättest, dich vom Dach deines Hauses zu stürzen, würdest du es aus purem Pflichtbewußtsein wohl auch wirklich tun, nicht wahr?

Dabei solltest du jedoch nicht vergessen, daß eine gesunde Portion Egoismus manchmal durchaus von Vorteil sein kann, beispielsweise, um zu überleben. Deine Aufrichtigkeit in allen Ehren – aber mal ehrlich: was nutzt es dir, der ehrenwerteste Mensch zu sein, wenn es dich das Leben kostet? Glaubst du ernsthaft, jemand würde sich die Mühe machen, dies in deinen Grabstein zu ritzen?

Schaden kann es nie, in bestimmten Situationen auch mal zumindest darüber nachzudenken, ob es nicht günstiger ist, ein lebender Feigling zu sein als ein toter Ehrenmann. Daran solltest du dich im Verlauf dieses Abenteuers gelegentlich erinnern.

Nun aber rasch weiter nach **24**

135

Das Fischerboot ist recht groß und stammt aus einem der Nachbardörfer Lartons. Außer dem Besitzer und einem Gehilfen befindet sich noch ein hochgewachsener, blon-

der Mann an Bord, der den Mantel und das Stirnband eines Satai trägt. Er stellt sich als Skar vor und erzählt, daß er von dieser Expedition seines alten Freundes Lorn gehört hätte und gekommen wäre, in der Hoffnung, ihn noch retten zu können.
»Die Errish haben mir von der Geschichte der Nebelinsel berichtet«, erklärt er. »Vor langer, langer Zeit tobte ein erbarmungsloser Krieg zwischen den Alten, den Ureinwohnern Enwors, und fremden Wesen. Diese kamen von den Sternen herab, um Enwor mit Hilfe gräßlicher Kreaturen zu erobern. Es gelang den Alten, eine dieser Sternenbestien auf die Nebelinsel zu verbannen und in einen tiefen Schlaf zu versetzen. Jeder, der ihr begegnet, stirbt einen grausamen Tod, und deshalb muß ich Lorn warnen.«
Bedauernd teilst du ihm mit, daß er zu spät gekommen sei, und erzählst von Lorns Tod und den Ereignissen auf der Nebelinsel, nur von den seltsamen Halluzinationen, die du hattest, sagst du nichts. Skars Gesicht zeigt deutlich, wie schmerzhaft diese Nachricht für ihn ist. Erst jetzt fällt sein Blick auf deinen Waffengürtel.
Bei der Gelegenheit: trägst du eigentlich Lorns *Tschekal* bei dir?
Wenn ja, lies weiter bei **251**
Wenn nein: **165**

136

Was nun? Da du deine Entscheidung sehr schnell triffst, kostet sie dich nicht einmal ein Flämmchen.
Du begibst dich zu dem Altar in der Mitte des Raumes, um in Augenschein zu nehmen, was dort liegt, auch wenn du dazu zwischen den Mumien hindurch mußt: **57**
oder du tastest dich längs der Wände der runden Halle, in der

Hoffnung, irgendwo einen Ausgang zu finden: **151**
oder du kehrst um und gehst den Gang zurück, immer in Richtung **212**

137

Du kriechst in die Höhle hinein, aber plötzlich verspürst du ein Kribbeln am Bein – und dann einen schmerzhaften Stich. Mit einem Aufschrei torkelst du zurück und wischst den Skorpion von deiner Hose, der dich durch den Stoff hindurch gestochen hat. Aber das Gift beginnt schon zu wirken. Deine Bewegung ist fahrig und unsicher, und der Skorpion hat Zeit genug, sich an deiner Hand festzuklammern und erneut zuzustechen. Du brichst in die Knie. Das letzte, was du vernimmst, ist das Zischen und Rasseln einer ganzen Armee von Skorpionen, die sich aus der Höhle wälzt und über dich herfällt... Dein letzter Gedanke ist, daß es wenigstens schnell gehen wird, bei der ungeheuren Menge giftiger Tiere.
Aber du hast dich ja schon ein paarmal getäuscht, seit dieses Abenteuer begonnen hat – oder? **ENDE**

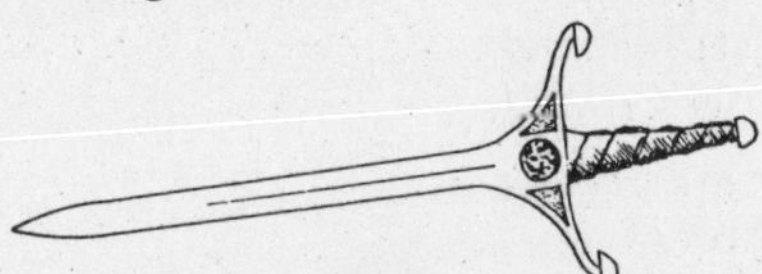

138

Entschlossen steuerst du dein Floß in den zweiten Arm von links.
Ob diese Wahl richtig war, erfährst du bei **199**

139

Kaum hat die Strömung dein Floß erfaßt, da passiert es auch schon: durch die ruckhaften Bewegungen wird das

Floß instabil, die Stämme beginnen sich zu verschieben, und deine schönen selbstgeknüpften Bindungen lockern sich wie nichts. Unter deinen Füßen löst sich das Floß in seine Bestandteile auf, und einen Augenblick später liegst du im schlammigen Wasser.

Bei der Gelegenheit: Bist du ein guter Schwimmer?

Ja – dann kannst du das nun beweisen, indem du schnurstracks nach **220** *schwimmst*

Nein? Das ist Pech. Was für eins, das erfährst du bei **285**

140

Diesmal brauchst du trotz des Seils eine kurze Pause, um dich zu erholen. Dann richtest du dich auf und überlegst, wie du von hier aus weiter vorgehen willst.

Du rutschst die Halde auf der anderen Seite hinunter und kehrst durch den Gang zurück in Richtung Grabkammer: **249**

Du wechselst in den Hohlraum hinüber: **101**

141

Die Zeit scheint stillzustehen, als du mit den magischen Kräften, die dir das Amulett verleiht, nach Duc schlägst. Es ist ein unbarmherziger Kampf, der nun zu toben beginnt, noch viel unbarmherziger als die körperliche Auseinandersetzung, die ihr bisher geführt habt. Plötzlich spürst du, wie sich der Griff des Quorrl lockert. Durch blutige Schleier hindurch siehst du, wie der Untote in einem unheimlichen, blauen Licht aufflammt und zurücktaumelt. Flammen umtanzen ihn, ohne seinen sichtbaren Körper zu verbrennen, aber offenbar brennen sie etwas viel Wesentlicheres aus ihm heraus, nämlich das unheilige Leben, das durch böse Magie noch in ihm strömt. Während du keuchend dastehst und zuschaust, erlöschen

die blauen Flammen übergangslos; und das, was einmal Duc gewesen ist, bricht wie eine Gliederpuppe zusammen. In diesem Augenblick erlischt auch das Pulsieren des Amuletts auf deiner Brust wieder.
Lies weiter bei **58**

142

Ihr faßt zu, und gemeinsam gelingt es euch, den Deckel von dem Sarkophag zu heben und ihn heil auf dem Boden abzusetzen. Dann wendet ihr euch dem Inneren des Sarkophags zu.
Ein gräßlicher Anblick bietet sich euch: In dem Sarkophag liegt (wie kaum anders zu erwarten) ein Leichnam. Wenn man bedenkt, wie alt die Stadt ist, und daß er wahrscheinlich schon seit Jahrhunderten, wenn nicht gar Jahrtausenden hier liegt, ist er noch überraschend gut erhalten. Offenbar hat man ihn mit irgendwelchen magischen Essenzen konserviert, anders ist der gute Zustand nicht zu erklären. Aber du wünschst dir, der Tote wäre längst zu Staub zerfallen… denn was ihr seht, ist dies: Der Mann hat ein entsetzlich verzerrtes Gesicht, und er hat sich selbst mit beiden Händen erwürgt!!! Seine Finger sind immer noch in seine Kehle gekrallt, und seine Zunge, ein verdorrter schwarzer Lappen, hängt entsetzlich aufgequollen aus dem Mund heraus. Aus den leeren Augenhöhlen spricht namenloses Grauen…
Doch das ist nicht alles! Sein Gewand ist in Brusthöhe zu einer dunklen Masse zusammengebacken – Blut…
Wegen des gräßlichen Anblicks verlierst du erneut zwei Nervenkraftpunkte.
»Bei allen Göttern«, wispert Marlik. »Was ist hier geschehen?«

Das fragst du dich auch. Du würdest gerne mehr über seinen Tod erfahren, aber dafür müßtest du mit dem Schwert vorsichtig das blutverkrustete schwere Gewand aufschneiden und nachsehen, und der Gedanke erfüllt dich mit grenzenlosem Ekel.

Du nimmst trotzdem das Schwert und schneidest das Gewand auf: lies weiter bei **158**

Du hörst auf deinen rebellierenden Magen und verzichtest darauf, dann lies weiter bei **239**

143

Hoffnungslos! Schon der erste etwas heftigere Windstoß zerreißt die Fetzen des Segels völlig, und das Boot wird zu einer hilflosen Beute der Strömung. Sollte dies wirklich dein Ende sein, nachdem du es nun so weit geschafft hast?

Das erfährst du bei **87**

144

Mut hast du ja – aber ob das reicht? Schon nach Augenblicken kommen dir Zweifel, ob deine Vorausschau immer mit deiner Tapferkeit mithält... Die Strömung wird nicht nur schneller, sie wird geradezu reißend; und ein Stück flußabwärts sprühen Gischtwolken hoch in den Himmel. Stromschnellen! Mit Entsetzen erkennst du, daß du mit deinem Floß geradewegs auf eine Reihe gefährlicher Stromschnellen zufährst!

Diese Erkenntnis erschreckt dich derart, daß du 2 Nervenkraft-Punkte verlierst!
Wenn du noch die nötigen Nerven dazu aufbringst, dann lies weiter bei **153**

145

Ohne erkennbare Gefühlsregung nimmt Duc das Würfelergebnis hin und bezieht seinen Posten. Du verabschiedest dich von ihm und den anderen und gehst in die behelfsmäßige Hütte, die man dir zugewiesen hat. Es ist die, die vorher Lorn bewohnt hat.
Obwohl du müde bist, hindert dich eine seltsame Unruhe daran, dich gleich schlafen zu legen. Eine Weile hängst du deinen Gedanken nach, aber die Unruhe will und will einfach nicht vergehen.
Du versuchst trotzdem, dich hinzulegen und zu schlafen: Lies weiter bei **179**
Du beschließt, die Hütte zu einem Spaziergang zu verlassen: Lies weiter bei **286**

146

Obwohl du dich wie ein Berserker gegen den Griff der Gnome wehrst, schaffst du es nicht, dich loszureißen. Sofort richten sich mehrere Pfeile auf dich, und ein brutaler Hieb in den Magen beendet deine untauglichen Fluchtversuche...
Als du endlich wieder Luft bekommst, findest du dich nicht nur hilflos am Boden liegend, sondern auch in Kapitel **352** *wieder*

147

Vorsichtig näherst du dich dem Eingang der Grabkammer. Plötzlich bleibt dir fast das Herz stehen, denn jetzt siehst du, was du bisher wegen der Dunkelheit nicht bemerkt hast: der Eingang, den ihr mit Steinblöcken verschlossen hattet, ist jetzt wieder offen und gähnt dich wie ein schwarzes Maul an. Wer oder was hat die Steine entfernt? Die Gnome? Oder... *etwas?*

Okay – du bist ein tapferer Junge und willst es herausfinden. Vorsichtig gehst du in die Grabkammer hinein. Lies weiter bei **162**

Sollten dir aber im letzten Moment doch noch gewisse Zweifel an deinem Mut kommen, dann lies weiter bei **284**

148

Hals über Kopf verlaßt ihr den Tempel wieder. Der Gedanke, von dieser verfluchten Insel wegzukommen, verleiht den Männern sogar die nötige Kraft für den Marsch durch den dschungelartigen Wald. *Falls es etwas gibt, was du nicht von der Insel mitnehmen möchtest, so leg es jetzt fort.*

Ihr besteigt das Boot. In der Dunkelheit ist es wirklich verdammt schwer, es heil durch die Klippen zu steuern. Wird es dir gelingen? Erneut hängt dies von deiner Geschicklichkeit ab. Durch die Dunkelheit setzen die Riffe deiner Geschicklichkeit auch diesmal eine Schwierigkeit von 15 Punkten entgegen.

Wenn du die Probe nicht bestehst, treiben dich die Wellen direkt nach **271**

Bestehst du hingegen, segelst du weiter nach **38**

149

Zögernd trittst du auf den Deckel des Sarkophags zu. Marlik nickt dir aufmunternd zu, er scheint nichts gegen deinen Plan zu haben. Es wird dir wohl nichts anderes übrig bleiben, als die Rubine erneut aus der Fassung heraus-

zunehmen. Dabei kannst du nur hoffen, daß du dich geirrt hast und sie nichts mit Lorns Tod zu tun haben. Und selbst wenn doch, kannst du vielleicht später die Männer überreden, sich wieder von ihnen zu trennen. Da entweder du selbst oder Marlik sie eine Weile bei euch getragen habt, scheinen sie ihre finsteren Kräfte nicht sofort zu entfalten.
Du greifst nach ihnen, doch sie lassen sich nicht aus den Augenhöhlen ziehen. Also wirst du Gewalt anwenden müssen. Du ziehst dein Schwert, bringst die Klinge zwischen Stein und Fassung und beginnst zu hebeln.
Die Wirkung ist eine ganz andere, als du erwartet hattest. Als die Schwertspitze in die feine Ritze rund um das erste Auge eindringt, hallt ein entsetzliches Geräusch – fast wie ein Schmerzensschrei – durch die Grabkammer.
Du verlierst 3 Punkte deiner Nervenkraft!
Du läßt das Schwert fallen, preßt die Hände an den Schädel und taumelst zusammengekrümmt zurück. Mit einem Satz ist Marlik bei dir. »Was ist denn los?« fragt er verdutzt. »Die Luft hier drinnen?«
Verschwommen siehst du, daß keiner der anderen Anwesenden sich vom Fleck gerührt hat. Offenbar hat niemand außer dir dieses gräßliche Geräusch gehört...
Der Schmerz im Schädel vergeht; langsam richtest du dich wieder auf. Willst du den Versuch wiederholen?
Ja? Lies weiter bei **170**
Nein. Dann lies weiter bei **10**

150

Auch die anderen, unter deren schwarzen Rüstungen sich vermutlich ebenfalls quorrlähnliche Goldene verbergen, beginnen nun entsetzt zu schreien. »Schaut die Sternen-

bestie nicht an!« brüllt einer. Du weißt nicht, ob er deine Sprache spricht oder ob es nur an der magischen Kraft des Amuletts liegt, daß du ihn verstehst.
Mehrere der Goldenen ziehen sonderbare Metallstäbe unter ihren Gewändern hervor und richten sie auf den Kasten, ohne ihn direkt anzublicken. Grelle Lichtstrahlen brechen aus den Stäben, und das Wüten der Bestie hört auf. Sofort verschließen die Fremden den Kasten wieder und schleppen ihn weiter.
Am Ende der sonderbaren Prozession entdeckst du einen Menschen, einen jungen Mann, der von zwei Goldenen festgehalten und vorwärtsgeschleift wird. Du beschließt, zunächst einmal abzuwarten und weiter zu beobachten.
Mitsamt dem Kasten und ihrem Gefangenen verschwinden die Gestalten im Inneren des Tempels. Ziehe dir einen Punkt von deiner Geschicklichkeit ab und entscheide, ob du:
ihnen folgen willst, nämlich nach **175**
oder dich aus dieser Vision zu lösen versuchst: **350**

151

Du tastest dich einmal rings um die Halle, um festzustellen, ob es irgendwo einen Ausgang gibt. Je gründlicher du diese Untersuchung durchführst, desto länger brauchst du, desto mehr Licht verbrauchst du also…
Wie gründlich soll deine Untersuchung also sein?

Sehr gründlich (aber das wird dich im nächsten Kapitel 3 Flämmchen kosten): **198**
Gründlich (2 Flämmchen): **181**
Oberflächlich (1 Flämmchen) **171**

152

Selbst wenn du derzeit keinen Bogen besitzt – wer weiß, wofür das gut ist. Ihr geht auf den Hof hinaus und übt dort bis spät in den Abend hinein das Schießen. Lorn bringt dir Kniffe bei, wie du nicht nur starre, sondern auch bewegliche Ziele mit größter Sicherheit triffst, wie du die Stärke des Windes beim Schuß einkalkulierst, und wie du möglichst schnell einen neuen Pfeil auf die Sehne legst.
Da das Wetter auch am nächsten Morgen noch nicht besser geworden ist, könnt ihr den Unterricht noch einen Tag lang fortsetzen.
Zwar tun dir am Abend die Hände und Arme ziemlich weh, aber das Training hat sich doch gelohnt. Wenn du bisher keinerlei Erfahrung mit Pfeil und Bogen hattest, bist du nun zu einem *mittelmäßigen Schützen* geworden, das erhöht deine Kampfkraft um *1 Punkt*. Trage diese neue Fähigkeit zusätzlich in deinem Abenteuertagebuch ein. Wenn du vorher nur ein *mittelmäßiger Schütze* warst, so bist du nun zu einem *guten Schützen* geworden, das erhöht deine Kampfkraft um *3 Punkte*. Warst du vorher schon ein *guter Schütze*, so kannst du dich nun mit Fug und Recht einen *Meisterschützen* nennen. Das erhöht deine Kampfkraft – natürlich immer nur in den entsprechenden Situationen – um *5 Punkte*. Mit einem Veden oder gar einem Satai kannst du es zwar nach der kurzen Zeit noch nicht aufnehmen, aber den meisten Menschen bist du bereits jetzt weit überlegen.

Und noch einen Vorteil hat das Training für dich gehabt: Sowohl deine allgemeine *Kampfkraft* wie auch deine *Geschicklichkeit* wachsen um jeweils *5 Punkte* an!
Und wer sich von einem Satai unterrichten läßt, ohne durch die Anstrengungen und die davongetragenen Blessuren entnervt aufzugeben, dessen *Nervenkraft* muß zwangsläufig beachtlich wachsen – nämlich um ebenfalls *5 Punkte.*
Wenn du die Änderungen in deinem Abenteuertagebuch verzeichnet hast, lies weiter bei **214**

153

Bevor du auch nur einen Versuch unternehmen kannst, doch noch das Ufer zu gewinnen, bist du auch schon zwischen den ersten Stromschnellen. Jetzt bleibt dir nichts anderes mehr übrig, als dein Floß heil durch sie hindurchzulenken – oder es wenigstens zu versuchen. Paddele um dein Leben!
Beginne mit deinen verzweifelten Versuchen bei **186**

154

Gegen die übermenschliche Stärke des untoten Quorrl bist du ohne jede Chance. Du wehrst dich zwar wacker, aber das Monstrum steckt jeden Hieb ohne ein Anzeichen von Schmerz weg – es scheint völlig empfindungslos zu sein. Egal, was du auch unternimmst: nicht einen Augen-

blick lang lockert Duc seinen mörderischen Griff um deine Kehle. Die Sinne beginnen dir zu schwinden, das Blut rauscht schon in deinen Ohren, und die Welt scheint plötzlich weit weg zu sein. Weiter, als dir recht ist.
Und aus dieser weiten Ferne dringt plötzlich eine Stimme an dein Ohr und fragt dich, ob du eigentlich ein Amulett trägst.

Ja: **81**
Nein: **74**

155

Du gehst zu der Öffnung. Vor dir erstrecken sich 13 Stufen in die Tiefe. Langsam, widerwillig fast, steigst du sie hinunter. Sie fühlen sich auf unheilige Weise fremd an, fast so, als seien sie nicht für menschliche Füße gemacht. Sie tragen dein Gewicht, sicher, aber du hast das absurde Gefühl, nach OBEN zu gehen, statt abwärts. Und obwohl dir das Licht deiner Fackel zeigt, daß die Stufen aus massivem Stein gemacht sind, scheinen sie sich zu bewegen. Fast, als lebten sie...
Endlich bist du unten. Es folgt ein Gang, der von deiner Fackel nur wenige Meter weit erhellt wird. Als du ansetzt, hineinzuschreiten, stößt du plötzlich mit dem Fuß gegen etwas Rundes, das mit dumpfem Thump-thump vor dir über den Boden kollert.

Du achtest nicht weiter darauf und gehst weiter nach **164**
Du bückst dich, um es dir näher anzusehen: **192**

156

Entschlossen steuerst du dein Floß in den ganz rechten der vier Arme.

Damit landest du direkt bei **278**

157

Trotz der brennenden Neugier, die dich seit dem Betreten des Tempels erfüllt, entscheidest du dich doch dafür, die unheimliche Grabkammer erst am nächsten Tag ausführlicher zu untersuchen – übermüdet, wie du bist, gaukelt sie dir im Augenblick einfach zu viele unheimliche Bedrohungen vor, die natürlich in Wirklichkeit gar nicht existieren können. Und auch deiner abergläubischen Begleiter wegen dürfte es sinnvoller sein, die Untersuchungen am hellichten Tag fortzuführen. Bevor ihr die Grabkammer verlaßt, deponiert Duc in der Nähe des Eingangs 5 Fakkeln.

Lies weiter bei **196**

158

Deine Neugier läßt dir keine Ruhe. Vorsichtig schneidest du das Gewand auf. Dein Atem stockt, als du die staubtrockenen Stoffetzen, die fast sofort zerkrümeln, mit deinen Händen beiseite drückst. Darunter kommt ein Amulett zum Vorschein, das sich geradewegs in den Brustkorb des Mannes hineingebrannt zu haben scheint.

Als du dichter mit der Fackel herangehst, siehst du, daß es das gleiche entsetzliche Wesen zeigt, das sich auch im Halbrelief auf dem Sarkophagdeckel findet.

Du verlierst erneut 1 Punkt deiner Nervenkraft.

Aber das Amulett strahlt auch eine ungeheure Verlokkung aus. Obwohl dir vor lauter Angst das Herz fast aus dem Hals hüpft, hast du plötzlich das unbändige Verlangen, dieses Amulett an dich zu nehmen.

Du tust es, dann lies weiter bei **204**

Du läßt es, wo es ist, dann lies weiter bei **207**

159

Die Rückfahrt erweist sich als wesentlich einfacher als die Hinfahrt. Von dieser Seite aus die Klippen zu passieren, ist fast ein Kinderspiel. Unbeschadet – und um einige Goldstücke reicher – erreichst du Larton. Na also, war doch gar nicht so schlimm. So ein kleines Abenteuer bringt Körper und Geist erst richtig in Schwung und weckt Appetit auf mehr...

Deine erste Euphorie verfliegt jedoch recht schnell, als du dich nämlich abends mit deinen Freunden im Wirtshaus treffen willst, um ihnen von deiner Fahrt zur Nebelinsel zu erzählen. Denn seltsam: niemand scheint sich dafür zu interessieren, man nimmt deine Anwesenheit überhaupt nicht zur Kenntnis. Nicht mal der Wirt scheint dich zu bemerken, obwohl du nun schon zum dritten Mal ziemlich lautstark einen Krug Wein bestellt hast. Überhört haben kann er die Bestellung eigentlich nicht.

Langsam dämmert es dir, daß man hier absolut nichts mehr mit dir zu tun haben will, daß du selbst für die Menschen, die du für deine besten Freunde gehalten hast, nur noch Luft bist. Schlimmer noch, fast ein Aussätziger! Frustriert kehrst du schließlich nach Hause zurück.

Auch der nächste Tag bietet nicht gerade Grund zur Freude. Wie üblich fährst du wieder zum Fischen aufs Meer hinaus, und mit dem Fang kannst du auch ganz zufrieden sein – aber niemand will dir deine Fische abkaufen!

Na gut, denkst du dir wütend. Sobald du Lorn und die anderen wieder abgeholt hast, wirst du Larton für immer den Rücken kehren und... Nun, was du dann machen wirst, wird sich schon ergeben, wenn es soweit ist. Entweder wirst du dich irgendwo anders niederlassen, oder aber in die weite Welt hinausziehen, um weitere Abenteuer zu erleben. Jetzt ist es noch zu früh, sich darüber Gedanken zu machen.

Oder? Die Hälfte deines Lohns hast du immerhin schon bekommen, und ob Lorn wirklich Schätze finden wird und ein möglicherweise gegebenes Versprechen halten kann, ist doch recht zweifelhaft. Ob es sich wirklich lohnt, dafür noch einmal das Leben zu riskieren und zur Nebelinsel zurückzukehren? Wenn du nur an ein erneutes Durchqueren der mörderischen Klippen denkst, oder an die Aura finsterer Macht, die du am Strand gespürt hast, läuft es dir eiskalt über den Rücken.

Du hast zwar versprochen, die Männer wieder abzuholen, doch wenn du es dir recht überlegst, könnte es durchaus seine Vorteile haben, wenn du dich einfach aus dem Staub machst. Niemand wird dich für diesen Verrat je zur Rechenschaft ziehen, denn die Chance, daß jemand anders Lorn von der Nebelinsel abholt, ist doch äußerst gering.

Wie entscheidest du dich?

Für dich ist es absolute Ehrensache, Lorn und die anderen wieder abzuholen, selbst wenn dich dieser Versuch das Leben kosten sollte. *Lies weiter bei* **134**

Dein bisheriger Lohn reicht dir, und außerdem – was kümmert dich das Schicksal ein paar verrückter Abenteurer? Also entschließt du dich, Larton schon jetzt ein für allemal den Rücken zu kehren und anderenorts zu versuchen, Ruhm und Reichtum zu erwerben. Ob es dir gelingt, erfährst du bei **97**

Du spielst diesen Gedanken zwar durch, fühlst dich jedoch an dein Versprechen gebunden, oder zumindest bist du so versessen auf deinen restlichen Lohn, daß du verabredungsgemäß nach vier Tagen zur Insel zurückkehrst. Was du dort erlebst, erfährst du bei **24**

160

Bestimmt ein Dutzend Pfeilspitzen sind auf dich gerichtet. Deine Chancen gegen diese Übermacht sind gleich Null. Was machst du?

Du versuchst trotzdem, dich zu wehren: **194**

Du ergibst dich auf Gnade und Ungnade: **352**

161

Geschafft! Noch erschöpfter als nach der Kletterei auf der anderen Seite liegst du da und brauchst etliche Minuten, bis sich die blutigen Schleier vor deinen Augen endlich verziehen. Dann richtest du dich keuchend auf und überlegst, wie du von hier aus weiter vorgehen willst.

Du rutschst die Halde auf der anderen Seite hinunter und kehrst durch den Gang zurück in Richtung Grabkammer **249**

Du wechselst in den Hohlraum hinüber: **101**

162

Sicherheitshalber greifst du nach deinem Schwert – wenn du noch eines hast. Die Waffe in den Händen haltend, trittst du vorsichtig in den Gang zur Grabkammer hinein.

Aber kaum hast du einen Schritt gemacht, da bewegt sich vor dir in der Schwärze etwas... Genau in diesem Moment taucht der Mond hinter einer Wolke auf, und du erhaschst den flüchtigen Anblick einer unförmigen Schattengestalt, die dir direkt entgegenkommt.

Der Schreck ist so groß, daß du 1 Nervenkraft-Punkt verlierst!

Wie reagierst du?

Du schlägst mit dem Schwert zu, um hinterher nachzusehen, was du getroffen hast. Was es ist, erfährst du bei **261**

Du bereitest dich zwar auf einen Kampf vor, wartest jedoch erst einmal ab, um wen – oder was – es sich bei der Schattengestalt handelt: **351**

Oder du rennst schlichtweg davon... nämlich nach **99**

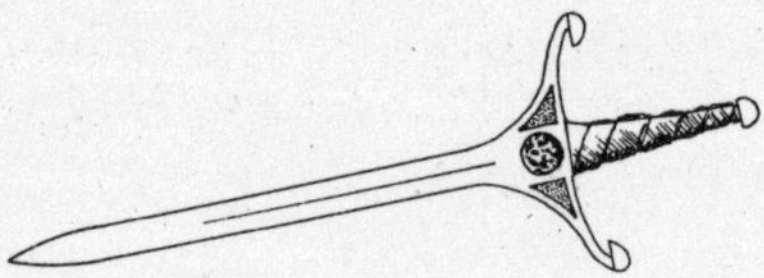

163

Du sprengst den Griff des ersten Gnoms und rammst ihm das Knie in den Magen, daß er zurücktaumelt und nach Luft schnappt. Sofort schlägst du nach dem zweiten, triffst ihn jedoch nicht richtig. Dafür beißt er dir mit seinem Schnabel kräftig in die Hand; ein Fehler, denn der jähe Schmerz erfüllt dich mit einer solchen Wut, daß du ihn einfach packst und ihm eine solche Maulschelle verpaßt, daß er Sterne sieht. Auch der zweite Gnom geht zu Boden, und der dritte zögert einen winzigen Moment. Du nicht. Blitzschnell packst du ihn und holst zum entscheidenden Hieb aus. Aber dein Schlag geht ins Leere – der Gnom windet sich aus deinem Griff, taucht unter dei-

ner Faust hindurch und verschwindet wie ein Blitz im Dschungel.
Verdattert starrst du ihm nach. So unglaublich es dir auch erscheint, du hast unbewaffnet gegen drei Gegner gewonnen.
Fragt sich nur, was du aus diesem Sieg machst. Schau mal nach unter **320**

164

Plötzlich hörst du hinter dir, am oberen Ende der Treppe, Stimmen und Schritte. Also haben die Gnome inzwischen ihre abergläubische Furcht überwunden und die Grabkammer betreten. Das hättest du dir eigentlich denken können, denn schließlich waren sie auch schon da, um Lorns Begleiter anzuketten. Aber in den unheimlichen Stollen werden sie dir doch sicher nicht folgen? Oder...?
Das erfährst du bei **110**

165

Falls du das *Tschekal* erst gar nicht an dich genommen hast, ist es ein ziemliches Wunder, daß du es wirklich bis hierher geschafft hast. Ansonsten war es sehr klug von dir, die Klinge rechtzeitig ins Meer zu werfen. Den harten Gesetzen der Satai zufolge hättest du nämlich ansonsten dein Leben verwirkt, da niemand außer einem Satai selbst befugt ist, eine solche Waffe zu besitzen.
Du bedankst dich bei Skar für die Rettung, denn wenn er nicht das Boot gemietet hätte und damit in der Nähe der Nebelinsel herumgekreuzt wäre, hätte es wohl keine Rettung für dich mehr gegeben. Ihr segelt zur Küste zurück und geht in einem der Nachbardörfer an Land. Dort verabschiedet sich Skar von dir.

Du erholst dich einige Tage lang und kehrst nur kurz nach Larton zurück, um das Gold zu holen, das Lorn dir bereits im voraus gegeben hat, und um die Einwohner noch einmal nachdrücklich vor der Nebelinsel zu warnen. Nun weißt du ja, daß es sich bei den dort lauernden Gefahren keineswegs um reine Legenden handelt, sondern daß jeder, der die Insel betritt, einen grauenhaften Tod sterben wird, nachdem die Sternenbestie nun einmal frei ist. Auch in sämtlichen Nachbardörfern verkündest du deine Warnung.

Dann machst du dich auf eine lange Reise und hoffst, noch viele andere Abenteuer zu erleben. Während der ersten Zeit geht alles gut, sieht man mal davon ab, daß du des nachts immer noch häufig von schlimmen Alpträumen gequält wirst. Stets kommt darin der steinerne Sarkophag vor, auf dessen Oberfläche das Relief der Sternenbestie eingraviert wurde. Aus leeren Augenhöhlen scheint sie dich anzustarren. Im Traum siehst du dich noch einmal die Rubine nehmen und in die Augenhöhlen einsetzen, wo sie sofort wieder unter einem inneren Feuer in blutigem Glanz erglühen. Allmählich beginnst du zu begreifen, daß hinter deinen Halluzinationen doch etwas mehr steckte als nur bloße Fieberphantasien, sondern daß diese Rubine die Ursache waren. Sie haben die Sternenbestie gebannt, aber im Laufe der Zeit hat sich etwas von dem Bösen auch in ihnen selbst festgesetzt. Die bloße Berührung mit ihnen hat bereits erreicht, daß etwas davon auch auf dich übergesprungen ist. Vorerst willst du das jedoch nicht wahrhaben, hoffst, daß alles nur ein Irrtum ist.

Lies weiter bei **354**

166

Während ihr aneinandergeklammert auf den Vorplatz hinausrollt, gelingt es dir, einen Blick auf das Gesicht deines Widersachers zu werfen.

Vor Schreck bleibt dir fast das Herz stehen – es ist Marlik!

Aber ein Marlik, in dessen Augen der Wahnsinn flackert und dessen Gesicht zu einer Grimasse geworden ist, die kaum noch Ähnlichkeit mit dem Antlitz deines Gefährten hat.

Du erleidest einen Schock, der dich 2 Nervenkraft-Punkte kostet!

Verzweifelt rufst du seinen Namen, aber dein Aufschrei scheint das Wesen, das einmal Marlik gewesen ist, nur noch rasender zu machen. Er erkennt dich nicht, aber er fällt mit doppelter Wut über dich her. Dir bleibt nichts anderes übrig, als den Kampf bis zum bitteren Ende durchzustehen.

Trage ihn nach den Duellregeln aus.

Wenn du gewinnst, lies weiter bei **23**
Wenn du verlierst, lies weiter bei **114**

167

Nachdem du dich ein bißchen von deinem Schrecken erholt hast, machst du dich daran, dein Floß auf etwaige Schäden zu untersuchen. Tatsächlich mußt du feststellen, daß der Angriff des unbekannten Etwas eine Menge Scha-

den angerichtet hat. Ein Querholz ist gebrochen, ein paar Bindungen sind gerissen, andere haben sich gelockert. Ziehe 1 Punkt von der Stabilität deines Floßes ab!
Wenn die Stabilität deines Floßes damit auf Null sinkt: **77**
Die Stabilität deines Floßes ist noch über Null: **133**

168

Entschlossen steuerst du dein Floß in den zweiten Arm von rechts.
Schau mal nach, was dich dort erwartet: **182**

169

Trotz des Schwertes hast du gegen gleich drei Angreifer keine Chance. Du kommst erst gar nicht dazu, deine Waffe richtig einzusetzen. Zwei der Gnome halten dich von hinten umklammert, während der dritte mit seinem Messer auf dich einsticht. Was für ein ruhmloses **ENDE**

170

Entschlossen nimmst du dein Schwert erneut zur Hand und setzt es wieder an. Dann stößt du es vor...
Die Klinge dringt tief in die Ritze ein. Aber statt des Juwels dringt eine dunkle, übelriechende Flüssigkeit aus dem steinernen Relief. Erschrocken fährst du zurück, doch es ist bereits zu spät. Mit Entsetzen begreifst du, daß Lorn mit seinem Frevel etwas ausgelöst hat, dessen Folgen du nun zu spüren bekommst.
Das gräßliche Gesicht des Halbrelief-Monsters beginnt sich zu verziehen... es hebt sich, zu einem ganzen Kopf werdend, aus der Steinplatte heraus... die vormals steinernen Tentakel beginnen sich voll unheiligen Lebens zu winden... einer streift mit seiner Spitze dein Gesicht und

läßt eine wie mit Säure verätzte, entsetzlich brennende Narbe darauf zurück. Du willst zurückweichen, aber es ist zu spät. Der Tentakel windet sich um deinen Hals, und während er dich erwürgt, nimmst du noch wahr, wie sich *das ganze Monster* aus dem Deckel heraus erhebt.
Aber das ist nun wirklich das Allerletzte, was du siehst. Das **ENDE** ereilt dich, noch bevor die Männer zu schreien beginnen...

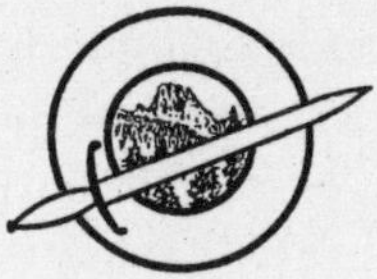

171

Manchmal schadet es eher, an der falschen Stelle zu sparen. Eine oberflächliche Untersuchung der Hallenwände mit ihren alptraumhaften Halbreliefs fördert nichts zutage. Schließlich bist du wieder an deinem Ausgangspunkt angelangt.
Wenn du willst, kannst du die Untersuchung gründlicher wiederholen. Du wiederholst die Untersuchung:
gründlich und opferst im nächsten Kapitel 2 Flämmchen: lies weiter bei **181**
sehr gründlich und opferst im nächsten Kapitel 3 Flämmchen: lies weiter bei **198**
Du tastest dich zwischen den Mumien hindurch zum Altar (sofern du dort nicht schon warst): weiter bei **57**
Du kehrst um und gehst den Gang zurück zum Kapitel **212**

172

Hm, das war ja wohl nichts! Deine Floßfahrt hat ein ziemlich frühes Ende genommen, findest du nicht auch?

Auch wenn du im Moment ziemlich beschäftigt bist, wirst du nicht umhinkommen, eine Frage zu beantworten: Bist du ein guter Schwimmer?

Ja? Dann könntest du es gerade noch schaffen bis **190**

Nein? Dann ab nach **209**

173

Du wartest einen günstigen Moment ab, dann reißt du dich mit zwei, drei kräftigen Rucken los, so daß deine Bewacher wie Kegel durcheinanderpurzeln, und stürmst mit Riesenschritten dem nahen Dschungel entgegen. Aber wirst du es schaffen, ihn zu erreichen, bevor die Gnome sich von ihrer Überraschung erholt haben? Stelle das fest, indem du ein erneutes Duell, diesmal auf der Basis deiner Geschicklichkeit, austrägst. Setze dabei die Gnome wieder mit 20 Punkten an!

Falls du ein *schneller Läufer* bist, steigen deine Chancen natürlich. In diesem Falle kannst du deiner Geschicklichkeit beim Laufen 3 Punkte hinzuzählen.

Du schaffst es in 4 Würfel-Runden oder weniger, dann lies weiter bei **202**

Du schaffst es nicht oder brauchst mehr als 4 Würfel-Runden, dann lies weiter bei **335**

174

Beruhigend sprichst du auf die Männer ein. Ihre Angst ist unverkennbar, doch sie fürchten sich genauso davor, allein zum Strand zurückzugehen. So erklären sie sich bereit, dir noch ein paar Minuten Zeit zu geben, länger wollen auch Marlik und Duc auf keinen Fall mehr hierbleiben.

Lies weiter bei **221**

175

In der Grabkammer haben die Goldenen den Kasten inzwischen abgestellt, und zwar direkt neben dem Sarkophag, der so steht, daß die Bodenöffnung nicht mehr verdeckt ist. Sie haben damit begonnen, in einer unverständlichen Sprache seltsame Lieder zu singen. Die Töne, die ihre Kehlen formen, sind so schrecklich, daß du sie nur mit Mühe ertragen kannst, ohne einen Nervenschock zu erleiden. Glück gehabt.

Der junge Mann beginnt sich hin und her zu winden und zu schreien; die Wächter müssen ihn noch fester halten. Sein Gesicht drückt abgrundtiefes Entsetzen aus. Während mehrere der Goldenen erneut mit ihren Lichtstäben auf den Kasten zielen, bereit, notfalls sofort zu schießen, macht sich ein anderer mit abgewendetem Blick am Dekkel zu schaffen und zieht ihn langsam zur Seite.

Gleichzeitig wird der junge Mann zu dem Sarkophag gezerrt. Nachdem du dir den obligatorischen Punkt von deiner Kampfkraft abgezogen hast, darfst du dich mal wieder entscheiden, was du als nächstes machst:

Du beobachtest, was aus dem Kasten kommt und schaust genau dorthin – weiter bei **325**

Du beobachtest lieber, was mit dem Mann geschieht: **200**

Du versuchst dich aus der Vision zu lösen: **350**

176

In letzter Sekunde gleitest du unter dem sich herabsenkenden tonnenschweren Steinblock her. Hinter dir schließt sich die Tür zur Altarhalle für immer. Jetzt bleibt dir nichts anderes mehr übrig, als den Gang zurückzumarschieren, den du gekommen bist!

Puhh – das war knapp, wie? Lies weiter bei **212**

177

Ihr geht auf den Hof hinaus und übt dort bis spät in den Abend hinein Angriffe, Paraden und Finten. Lorn bringt dir Kniffe bei, auf die du nicht einmal im Traum gekommen wärst (und deine Gegner wohl hoffentlich auch nicht).
Da das Wetter auch am nächsten Morgen noch nicht besser geworden ist, könnt ihr den Unterricht noch einen Tag lang fortsetzen.
Zwar fühlst du dich abends am ganzen Körper zerschunden, aber das Training hat sich doch gelohnt.
Wenn du bisher keinerlei Erfahrung im Umgang mit dem Schwert hattest, bist du nun zu einem *mittelmäßigen Schwertkämpfer* geworden, das erhöht deine Kampfkraft um *1 Punkt.* Trage diese neue Fähigkeit zusätzlich in deinem Abenteuertagebuch ein. Wenn du vorher nur ein *mittelmäßiger Schwertkämpfer* warst, so bist du nun zu einem *guten Schwertkämpfer* geworden, das erhöht deine Kampfkraft um *3 Punkte.* Warst du vorher ein *guter Schwertkämpfer*, so kannst du dich nun mit Fug und Recht einen *meisterlichen Schwertkämpfer* nennen. Das erhöht deine Kampfkraft – natürlich immer nur in den entsprechenden Situationen – um *5 Punkte.*
Mit einem Veden oder gar einem Satai kannst du es zwar nach der kurzen Zeit noch nicht aufnehmen, aber den meisten Menschen bist du bereits jetzt weit überlegen. Noch einen weiteren Vorteil hat das Training für dich gehabt: Sowohl deine allgemeine *Kampfkraft* wie auch deine *Geschicklichkeit* wachsen um jeweils *5 Punkte* an!
Und wer sich von einem Satai unterrichten läßt, ohne durch die Anstrengungen und die davongetragenen Blessuren entnervt aufzugeben, dessen *Nervenkraft* muß zwangsläufig beachtlich wachsen – nämlich um ebenfalls

5 Punkte.
Wenn du die Änderungen in deinem Tagebuch verzeichnet hast, lies weiter bei **214**

178

Also, wenn jemand Hilfe braucht und auf dich angewiesen ist, ist er wohl ziemlich aufgeschmissen. Bleibt nur zu hoffen, daß du nicht selbst auch einmal in eine Situation kommst, in der du nur noch auf die Hilfe anderer vertrauen kannst. Jetzt rennst und rennst du jedenfalls, ohne auf die Stiche in deiner Seite und die Schmerzen in deiner Lunge zu achten. Du willst nur noch weg von hier.
Der anstrengende Lauf kostet dich 4 Punkte deiner Kampfkraft!
Als du über die Schulter zurückblickst, entdeckst du zu deiner Erleichterung, daß Duc dich nicht verfolgt. Vor Erschöpfung keuchend gehst du etwas langsamer weiter.
Und zwar nach **47**

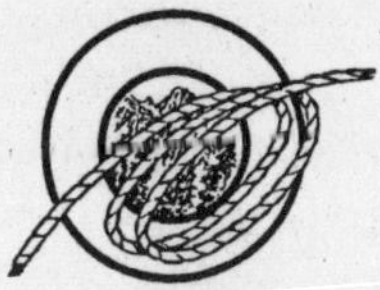

179

Du streckst dich auf dem Lager aus; dafür legst du natürlich sämtliche Ausrüstungsgegenstände einschließlich der Waffen ab (im Abenteuertagebuch streichen!). Obwohl du es schon kaum noch für möglich gehalten hättest, fällst du nach einer Weile tatsächlich in einen unruhigen Schlaf, der von gräßlichen Alpträumen heimgesucht wird.
Zum Beispiel träumst du, Schreie und Waffengeklirr zu hören, als würde irgendwo gekämpft... dann träumst du,

du würdest die Augen öffnen, und jenseits der Hüttenwand würden Flammen prasseln und durch die Ritzen würdest du sehen, wie schattenhafte Gestalten hin und her hasten... und im Innern des Zeltes ständen dunkle Gestalten und würden dich mit bestimmt einem Dutzend gespannter Bögen bedrohen...

Und dann schreckst du zusammen und begreifst, daß das alles Wirklichkeit ist und kein Traum. Du bist tatsächlich wach, und da sind tatsächlich Fremde mit gespannten Bögen in deinem Zelt, und trotz des Wachpostens brennt draußen das Lager und kämpfen Männer.

Du verlierst durch den Schrecken 3 Punkte deiner Nervenstärke.

Bei den Angreifern handelt es sich um bis auf einen Lendenschurz nackte Gnome von fast nachtschwarzer Hautfarbe, die dir kaum bis zur Brust reichen. Ihre Schädel sind völlig kahl. Ihre Münder sind hornartig verwachsen und erinnern fast an Papageienschnäbel, und ihre Augen scheinen im Dunkeln rötlich zu glühen...

Eine der Gestalten stößt einige kehlige Laute in einer Sprache aus, die du nicht verstehst, aber du kannst dir ungefähr vorstellen, was die Worte bedeuten sollen. Dein Blick schweift rasch nach rechts, und dort, in Griffweite deiner Hand, siehst du dein Schwert liegen.

Du versuchst, es trotz der auf dich gerichteten Pfeile zu packen und dich gegen die Gnome zur Wehr zu setzen: lies weiter bei **194**

Du ergibst dich (zumindest vorläufig) auf Gnade und Ungnade, auch wenn du damit rechnen mußt, daß dir ein gräßliches Schicksal in den Händen der Gnome bevorsteht.

Dann lies weiter bei **187**

180

Marlik und Duc sind von deiner Entscheidung zwar keineswegs begeistert, doch du kannst sie überreden, sich dir anzuschließen. Welche andere Wahl haben sie auch schon? Sie könnten sich höchstens dein Boot nehmen und allein lossegeln, allerdings würden sie ohne deine Hilfe wohl kaum lebend durch die Klippen kommen.

Ihr macht euch auf den Weg. Zunächst geht es einige Meilen am Strand entlang, dann dringt ihr in den dschungelartigen Wald ein. Ihr wählt die gleiche Route, die Lorn und seine Begleiter vor ein paar Tagen gegangen sind. Da sie sich ihren Weg größtenteils mit Gewalt durch das dichte Unterholz bahnen mußten, sind ihre Spuren unverkennbar.

Der Weg ist nicht einmal so besonders weit, doch stellenweise ist der Pfad schon wieder so zugewachsen, daß ihr nur langsam und mühsam vorwärts kommt. Erträglich wird es nur, als ihr ein kurzes Stück am Ufer eines Flusses entlanggehen könnt. Es beginnt bereits zu dämmern, als ihr schließlich eine halb von Unkraut überwucherte Ruinenstadt erreicht.

Die Sonne glost wie ein blutigrotes Auge über dem Horizont und sinkt rasch, während ihr weiter vordringt; quer durch eine Stadt voller unheimlicher Schatten und kaum minder unheimlicher Geräusche, bis ihr auf etwas stoßt, das dich auf sehr unangenehme Weise an eine lianen- und moosüberwucherte Prozessionsstraße erinnert. Etwas an ihr ist unheimlich, ohne daß du es in Worte fassen könntest. Am Ende dieses sonderbaren Weges steht ein kleines, tempelähnliches Gebäude, offenbar der Tempel, von dem Lorn gesprochen hat. Der Eingang ist zusammengebrochen, doch notdürftig freigeräumt worden. Duc, der

ein Bündel Fackeln bei sich trägt, zündet drei davon an, von denen er dir und Marlik je eine reicht. Mit gesenktem Kopf trittst du hinter den beiden ein und erreichst einen Raum, in dessen Mittelpunkt ein gewaltiger Sarkophag steht. Mit einem Mal hast du das Gefühl, keine Luft mehr zu bekommen. Die Aura des Bösen ist hier noch viel stärker ausgeprägt als auf der übrigen Insel. Du spürst, daß du ihrem Ausgangspunkt hier ganz nahe bist. Wie auf dünnen Spinnenfüßen schleicht sich die Angst in deine Seele. *Flieh von hier, du Narr,* flüstert eine Stimme in deinen Gedanken. Da du jetzt aber schon so weit gegangen bist, willst du jetzt unter keinen Umständen unverrichteter Dinge wieder umkehren. Tapfer kämpfst du deine Furcht nieder.
Ein gedämpftes Stöhnen dringt an eure Ohren. Es stammt aus einem Nebenraum, zu dem ein breiter Durchgang in der Mauer führt. Du trittst darauf zu.
Der Anblick, der sich dir bietet, ist so erschreckend, daß du 1 Punkt von deiner Nervenkraft abziehen mußt! Vermerke diese Änderung in deinem Abenteuertagebuch.
Lies weiter bei **206**

181

Auch eine gründlichere Untersuchung der Hallenwände, bei der du alle Reliefvorsprünge abtastest, ob nicht vielleicht einer davon der Auslöser eines verborgenen Öffnungsmechanismus' ist, fördert nichts zutage. Schließlich bist du wieder an deinem Ausgangspunkt angelangt. Wenn du willst, kannst du die Untersuchung *noch* gründlicher wiederholen.
Du wiederholst die Untersuchung gründlich und opferst 3 weitere Flämmchen! Hat es sich gelohnt? Schau mal bei **198** *nach!*

Du tastest dich (sofern du dort nicht schon warst) zwischen den Mumien hindurch zum Altar: weiter bei **57**
Du kehrst um und gehst den ganzen Weg zurück zum Kapitel **212**

182

Eine Weile treibst du so gemächlich wie bisher dahin. Aber dann beginnt sich das Flußbett zu verengen. Rechts und links von dir ragen hohe Felswände auf, die immer enger zusammenrücken. Immer schneller schießt der Fluß zwischen ihnen hindurch, reißt dein Floß um eine weitere Biegung, und ehe du recht weißt, was eigentlich geschieht, hat er dich auch schon hinaus aufs offene Meer getragen! So hattest du dir das eigentlich nicht vorgestellt...
Verzweifelt beginnst du zu paddeln, um die Küste wieder zu erreichen, aber die Strömung ist zu stark. Zwar gibt es hier keine Klippen, aber dafür wirst du immer weiter aufs offene Meer hinausgetragen, so weit, daß die Küste bald aus deinem Sichtbereich zu verschwinden droht.
Ob das Glück dir wohl noch einmal hold ist – obwohl du es eigentlich ja nicht mehr verdient hättest...? Das erfährst du bei **87**

183

»Und ihr?« wendest du dich an Marlik und Duc, als die anderen den Tempel verlassen haben. »Wollt ihr auch gehen?«
Das Fischgesicht des Quorrl bleibt unbewegt, doch Marlik

nickt zögernd. »Wir sollten lieber morgen wiederkommen«, sagt er. »Gehen wir mit den anderen. Es ist zu gefährlich, wenn wir uns zersplittern.«
Er gibt Duc einen Wink. Bevor du dich versiehst, hat dich der Quorrl bereits gepackt und trägt dich ins Freie. Gegen seinen stahlharten Griff hast du keine Chance.
Ins Freie gelangt ihr bei **307**

184

Ab jetzt brennt deine Fackel wieder normal weiter. Bevor du die Vision vollends verläßt, verrät dir noch ein Gefühl, daß es aus diesem Raum keinen weiteren Ausgang gibt. Du kehrst deshalb an den Ausgang zurück, und es bleibt dir nichts anderes übrig, als den Gang zurückzugehen.
Lies weiter bei **212**

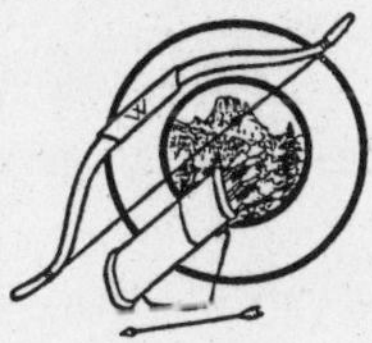

185

Trage nun den Kampf auf der Grundlage deiner derzeitigen Kampfkraft aus. (Zur Erinnerung: Deine Gegner haben zusammen 24 Kampfkraftpunkte)
Du gewinnst: **163**
Du verlierst: **116**

186

Verzweiflung allein reicht wohl kaum – um das Floß heil durch die Stromschnellen zu lenken, benötigst du enorme Geschicklichkeit. Die rasende Strömung stellt jedenfalls eine Schwierigkeit dar, die einer Kraft von 18 und einer Geschicklichkeit von 21 Punkten entspricht! Du mußt beide Duelle gewinnen – natürlich ohne Bonuspunkte für Waffen oder Ähnliches.

Du schaffst es: **227**

Du schaffst es leider nicht: **232**

187

Die Gnome schleifen dich unter höhnischem Gelächter quer durch das Lager auf den Dschungel zu. Mehrere der Hütten brennen. Was aus deinen Begleitern geworden ist, kannst du nicht erkennen.

Besonders schlimm ist der Anblick deines Bootes, das gerade von ein paar Gnomen in Brand gesetzt wird. Damit wirst du diese Insel auf keinen Fall mehr verlassen können.

Diese Erkenntnis kostet dich 1 Punkt an Nervenkraft!

Erbarmungslos treiben dich die Gnome voran. Allmählich beginnst du einzusehen, daß du von diesen kleinen Bestien nichts zu erwarten hast, keine Gnade, keine Rücksicht...

Wenn du dich trotzdem in dein Schicksal ergeben willst, lies weiter bei **352**

Wenn du versuchen willst, dich loszureißen und zu entkommen, dann blättere ganz schnell zu Kapitel **195**

188

Hinter dir vernimmst du aufgeregtes Getuschel. Die Männer, die ihr befreit habt, scheinen alles andere als erfreut über deine Entdeckung zu sein. Voller Entsetzen sind sie bis fast an den Ausgang zurückgewichen.

»Was ist denn mit denen los?« erkundigst du dich bestürzt. »Sie sagen, daß sie endlich von hier weg wollen«, erklärt Marlik. »Sie haben Angst, daß du irgendwelche fremden Kräfte weckst, und außerdem, daß die Gestalten zurückkommen, die sie angekettet haben. Sie wollen keine Sekunde mehr länger an diesem verwunschenen Ort bleiben.«

Verwirrt schüttelst du den Kopf.

»Was sollen wir tun?« fragt Marlik.

Wenn du deine Neugier trotzdem befriedigen und den Spalt unter dem Sarkophag untersuchen willst, lies weiter bei **174**

Wenn du mit den anderen die Grabkammer fürs erste verlassen willst, lies weiter bei **157**

189

Die Halluzinationen werden immer schlimmer, ebenso wie dein Durst. Du bist schon nahe dran, tatsächlich von dem Salzwasser zu trinken und beugst dich zur Seite. Das Meer liegt gerade besonders ruhig, so daß du einigermaßen gut dein Spiegelbild sehen kannst. Im nächsten Moment schreist du vor Entsetzen auf. Die Gestalt, die du siehst, hat nur noch entfernte Ähnlichkeit mit dir selbst, statt dessen fühlst du dich ein wenig an das Relief auf dem Sarkophag der Grabkammer erinnert. Einen entsetzlichen Moment lang hast du das Gefühl, daß die Augen des Monsters dich höhnisch aus deinen eigenen heraus anfunkeln; mehr noch, daß deine Augen bereits selbst begonnen haben, in dem unheiligen Rot von halb geronnenem Blut zu glitzern...

Und deine Arme – sind das überhaupt noch Arme, oder eher schattenartige Tentakel, schwarz und glänzend und...

Dann endlich begreifst du: das Böse hat sich in dir selbst

eingenistet, schlummerte schon die ganze Zeit über verborgen in dir und ist erst durch das Fieber vollends zum Durchbruch gelangt.
Von lähmendem Entsetzen gepackt, starrst du dein Spiegelbild an. Wie ein pulsierendes, lebendes Geschwür scheint die Bestie vor dir im Wasser zu kauern und dich mit ihren blutroten Höllenaugen zu fixieren...
Trotz deines Entsetzens solltest du nun schnell weiterblättern nach **54**

190

Du tauchst mit einem eleganten Satz ins Wasser ein und hältst sofort auf das Ufer zu. Was es war, das das Floß so ins Schaukeln versetzt hat, willst du lieber gar nicht erst herausfinden, sondern dich nur so schnell wie möglich in Sicherheit bringen.
Tatsächlich gelingt es dir, das Ufer zu erreichen. Du steigst an Land und drückst mit den Händen notdürftig das Wasser aus deiner nassen Kleidung, während du dich umschaust.
Ein kleines Stück vom Ufer entfernt stehen die halbverfallenen Überreste einer Hütte. Vielleicht hat sie einst einer der Piraten gebaut. Die Gestalt, die vorhin gewunken hat, ist immer noch nirgendwo zu entdecken.
Was willst du tun?
Dir die Hütte näher ansehen? Sie steht in Kapitel **205**

Oder willst du laut nach dem Unbekannten rufen? Deine Stimme dringt bis nach Kapitel **5**
Oder willst du keins von beiden tun, sondern lieber zu Fuß am Flußufer entlanggehen, in der Hoffnung, daß dein Floß irgendwo an Land gespült wurde? Dann führt dich der Weg nach **20**

191

Wie du rasch bemerkst, ist es in der Tat noch schwieriger, diese Seite der Geröllhalde hinaufzuklettern. Kaum hast du ein oder zwei Meter überwunden, rutscht das Geröll wieder nach; rasch entwickelt sich eine erbitterte Auseinandersetzung zwischen der Halde und dir; fast ist es, als sei die Halde ein lebendiges Wesen, das dich daran hindern will, hinaufzukommen. Aber das kennst du ja bereits...
Fluchend und schwitzend mühst du dich weiter ab – aber je länger du brauchst, desto mehr schwindet auch diesmal dein Lichtvorrat!
Trage den Kampf gegen das nachrutschende Geröll nach der Duelltabelle aus. Setze dabei für die Halde einen Wert von 19 ein. Wenn du ein *guter Bergsteiger* bist, darfst du erneut deine Kampfkraft beim Klettern um drei Punkte erhöhen!
Natürlich mußt du auch diesmal die Duelltabelle etwas kreativ benutzen. Wenn du auf **SIEG** kommst, hast du die Halde bezwungen, d. h. du bist oben.
Jede Würfelrunde, die du benötigst, um nach oben zu kommen, kostet dich 1 Flämmchen.
Kommst du auf **NIEDERLAGE**, bist du wieder zu deinem Ausgangspunkt zurückgerutscht. In diesem Falle kannst du wieder ganz von vorne anfangen, wobei du dir allerdings einen Kampfkraftpunkt abziehen mußt (wegen dei-

ner Erschöpfung). Wenn deine Kampfkraft auf Null sinkt, stirbst du vor Erschöpfung! Du kannst so lange probieren, bis deine letzte Fackel erlischt. Aber nicht vergessen: Nach jedem Scheitern trittst du mit einem Kampfkraftpunkt weniger an! Und jedes einzelne Würfeln kostet dich ein Flämmchen!

Du schaffst es bis nach oben, bevor deine letzte Fackel erlischt. Weiter bei **161**

Während deiner Kletterversuche erlischt deine letzte Fackel: **66**

192

Du bückst dich und leuchtest mit der Fackel das runde Ding an, aber du kannst immer noch nicht genau erkennen, was es ist – rund, schwarz, mit einer Art Haar bedeckt... eine riesige Spinne? Aber wenn, dann ist sie tot...

Vorsichtig stupst du die Kugel an, um sie auf die andere Seite zu drehen – und da starren dich die gräßlich verzerrten Gesichtszüge eines Menschen an... Es ist der wie von einem Schwerthieb sauber abgetrennte Kopf einer Mumie, vermutlich der aus dem Sarkophag. Vom Körper keine Spur...

Der Anblick kostet dich 2 Nervenkraft-Punkte.

Plötzlich hörst du hinter dir, am oberen Ende der Treppe, Stimmen und Schritte. Also haben die Gnome inzwischen ihre abergläubische Furcht überwunden und die Grab-

kammer betreten. Das hättest du dir eigentlich denken können, denn schließlich waren sie auch schon da, um Lorns Begleiter anzuketten. Aber in den unheimlichen Stollen werden sie dir doch sicher nicht folgen? Oder...?
Lies weiter bei **110**

193

Sehr heldenhaft – aber mindestens genauso dumm. Bis du das Lager erreichst, ist der Kampf dort bereits entschieden. Blitzschnell wirst du von der Überzahl der Gnome überwältigt und mußt dich ergeben, was natürlich den Verlust deiner gesamten Ausrüstung samt der Waffen bedeutet.
Streiche deine Ausrüstung aus dem Abenteuertagebuch und lies weiter bei **352**

194

Angesichts so vieler bewaffneter Gegner sollte man so etwas vielleicht doch besser nicht tun. Das mehrfache Sirren von Bogensehnen ertönt, und du sinkst nieder, von Pfeilen hingestreckt – tot!
Immerhin handelt es sich wenigstens um einen schnellen und fast schmerzlosen Tod – wer weiß, was dich sonst in der Gewalt der Gnome erwartet hätte... **ENDE**

195

Dazu mußt du deine ganze Kraft aufwenden. Die Gnome, die dich festhalten, haben zusammen eine Kampfkraft von 20 Punkten (sie sind zwar kleinwüchsig und einzeln nicht besonders stark, aber verdammt, es sind *viele*!). Um zu sehen, ob du es schaffst, dich loszureißen, trage einen Kampf mit ihnen auf der Grundlage deiner Kampfkraft (natürlich ohne Bonuspunkte!) aus.

Du gewinnst: lies weiter bei **173**
Du verlierst: dann lies weiter bei **146**

196

Gemeinsam mit den anderen verläßt du die Grabkammer. Kaum seid ihr ins Freie getreten, bleiben die Männer stehen und schauen sich mißtrauisch um. Nach ein paar Sekunden wird auch dir bewußt, was sie so beunruhigt. Es ist still, absolut totenstill. Von eurem eigenen Atmen abgesehen, ist nicht das mindeste Geräusch zu hören. Kein Vogel singt, es gibt keine Insekten, das Knacken von Zweigen und die anderen Laute der Waldtiere, die ihr auf eurem Weg hierher gehört habt, haben aufgehört. Es scheint, als ob alles Leben in weitem Umkreis zu existieren aufgehört hätte. Selbst das Wispern des Windes ist verstummt. Wie ein erstickendes Tuch hat sich die Stille über die Ruinenstadt ausgebreitet.

»Das bedeutet Unheil«, flüstert einer der Männer. »Laßt uns schnellstens von hier verschwinden.«

»Das können wir nicht einfach«, widerspricht ein anderer. »Wir müssen die Grabkammer während der Nacht verschließen. Irgend etwas Böses befindet sich darin und wird uns sonst holen.«

Nach kurzem Zögern schließen sich die anderen seiner Forderung an. Auch du erhebst keinerlei Einwände. Möglicherweise haben die Männer recht, und ihr habt wirklich irgendwelche bösen Mächte geweckt. Wenn es so ist, be-

zweifelst du zwar, daß sie sich durch ein paar Steine aufhalten lassen, doch zumindest kannst du deine Begleiter auf diese Art beruhigen.
»Na gut«, sagst du. »Das ist wohl eine Aufgabe für dich, Duc.« Ohne sichtbare Mühe packt der Quorrl einige Felsbrocken und wuchtet sie vor den Eingang zur Grabkammer. Damit scheinen die Männer zufrieden zu sein.
Lies weiter bei **18**

197

Kaum aber hältst du das Amulett in der Hand, da spürst du, wie ein seltsamer Kraftstrom dich durchpulst, aber vielleicht ist das auch nur Einbildung...? Jedenfalls schließt sich deine Hand instinktiv fester um das Amulett. Und du erkennst: Das Amulett ist Gefäß einer gewaltigen magischen Energie!
Trage ins Expeditionstagebuch ein: *MAGIE: 24 Punkte* – auch wenn du damit im Moment noch herzlich wenig anfangen kannst...
Da du das Amulett an einer Kette um den Hals tragen kannst und dank seiner magischen Kraft keinerlei Gewicht spürst, brauchst du nicht einmal einen anderen Gegenstand dafür zurückzulassen. Du hältst es stets unter deiner Kleidung verborgen, und es ist dir unmöglich, es abzulegen, um an seiner Stelle etwa einen anderen Gegenstand an dich zu nehmen. Selbst wenn du irgendwann deine Ausrüstung verlieren solltest, gilt dies nicht für das Amulett. Es ist fast so etwas wie ein Teil deines Körpers geworden!
Erst als du einen Schritt zurück machst, wirst du plötzlich wieder der Welt rings um dich gewahr.
Lies weiter bei **188**

198

Diesmal bist du so gründlich, daß dir nicht einmal die berühmte Stecknadel im Heuhaufen entgehen würde. Du klopfst, tastest, drückst... und mit einemmal hörst du ein dumpfes Geräusch in Richtung des Eingangs!
Du wirbelst herum. Gütiger Gott im Himmel! Der Eingang ist dabei, sich zu schließen! Du hast keinen Öffnungs-, sondern einen Verschlußmechanismus aktiviert!
Aber die alte Technik der Erbauer dieses Tempels ist auch schon ein bißchen eingerostet. Vielleicht schaffst du es ja noch, unter der herabsinkenden Steinplatte hindurchzuschlüpfen, wenn du nur schnell genug bist...
Du unternimmst diesen Versuch erst gar nicht, weil du damit rechnest, bei ähnlich gründlicher Untersuchung auch einen Öffnungsmechanismus zu finden. Lies weiter bei **304**
Du sprintest los. Weiter bei **244**

199

Eine Weile treibt dein Floß ruhig dahin, dann wird die Strömung immer stärker. Nachdem du eine weitere Biegung umfahren hast, kommt ein Stück entfernt schon das Meer in Sicht.
Jetzt dürfte es Zeit für dich sein, nach einer Anlegestelle Ausschau zu halten. Aber als du die Stakstange ins Wasser senkst, bemerkst du, daß der Fluß hier längst so tief geworden ist, daß die Stange nicht bis zum Grund reicht.

Und die Strömung scheint immer stärker zu werden... Panik wallt in dir auf. Verzweifelt packst du das Stück Treibholz, das du zum Paddeln an Bord genommen hattest, und beginnst wie ein Rasender zu rudern. Wirst du es schaffen, bevor du mit deinem völlig unzulänglichen Floß auf die offene See hinausgetrieben wirst? Trage auf der Grundlage deiner Körperkraft ein Duell gegen die Strömung aus, die fast wie ein lebendes Wesen versucht, dich ins Verderben zu ziehen. Die Gewalt der Strömung entspricht dabei einer Kampfkraft von 22 Punkten.
Du gewinnst: **240**
Du verlierst: **267**

200

Der junge Mann wird hochgehoben und in den Sarkophag gepreßt. Obwohl er schreit und sich aus Leibeskräften wehrt, hat er gegen seine Widersacher keine Chance. Einer der Goldenen holt eine flache Metallscheibe hervor, und schlagartig durchzuckt dich die Erkenntnis, daß du sie kennst. Es handelt sich um das Amulett, das du selbst gegenwärtig um den Hals hängen hast und das dir diese Vision ermöglicht!
Nun begreifst du auch, daß es sich bei dem jungen Mann um die Mumie handelt, die du Tausende (wenn nicht gar Hunderttausende) von Jahren später entdecken und der du das Amulett abnehmen wirst.
Der Goldene legt dem schreienden Mann das Amulett auf die Brust, und im gleichen Moment beginnt es zu strahlen

und zu pulsieren. Aus den Augenwinkeln bekommst du mit, wie sich etwas widerlich Schwarzes auf ihn zubewegt: die Sternenbestie! Was tust du, nachdem du dir einen Punkt von deiner Geschicklichkeit abgezogen hast?

Was schon? Als echter Held versuchst du natürlich, dem jungen Mann irgendwie zu helfen: weiter bei **111**

Du versuchst dich aus der Vision zu lösen: **350**

Du tust überhaupt nichts, sondern beobachtest nur weiter: **225**

201

Entschlossen machst du dich auf den Weg, den ganz linken der vier Flußarme entlang.

Wohin du gelangst, verrät dir **331**

202

Blitzschnell überwindest du die freie Fläche und tauchst ins Unterholz ein. Zwar hast du dein Leben fürs erste gerettet, aber dafür verfügst du über keinerlei Ausrüstung und Waffen. Du hättest keinerlei Überlebenschance, und die Insel kannst du ja auch vorerst nicht mehr verlassen. Also wartest du in sicherer Deckung ab, bis nach einiger Zeit die meisten Gnome das Interesse an dem zerstörten Lager verloren haben und im Dschungel verschwunden sind. Einige wenige bleiben jedoch zurück.

Du willst dich an die Hütte anpirschen, in der sich deine Ausrüstung und deine Waffen befinden, dann lies weiter bei **238**

Willst du dieses Risiko nicht eingehen, dann lies weiter bei **248**

203

Natürlich, jetzt erkennst du, daß es sich um die Mumie aus dem Steinsarkophag in der Grabkammer handelt, denn sie hat immer noch das Amulett um, das sich in ihre

Brust hineingebrannt zu haben scheint und das das gleiche schreckliche Monstrum wie die Deckplatte des Sarkophages zeigt.
Auch jetzt strahlt das Amulett eine ungeheure Verlokkung aus. Obwohl dir vor lauter Angst das Herz fast aus dem Hals hüpft, verspürst du plötzlich erneut das unbändige Verlangen, es an dich zu nehmen.
Wenn du es diesmal nimmst, dann lies weiter bei **270**
Wenn du es jedoch auch diesmal lieber läßt, wo es ist, dann lies weiter bei **280**

204

Mit der Spitze deines Schwertes löst du das Amulett aus dem Körper der Mumie, ohne dabei auf das zu achten, was rings um dich vorgeht.
Dieses schreckliche Tun kostet dich so viel Nervenkraft, daß du 3 Nervenkraft-Punkte verlierst.
Lies weiter bei **197**

205

Langsam, mit äußerster Vorsicht, näherst du dich der Hütte. Sie hat leider keine Fenster, so daß du keine Möglichkeit hast, vorher hineinzusehen – außer du würdest an den Mauern emporklettern, um durch das eingebrochene Dach zu schauen. Dann schon lieber die Tür. Aber als du dich bis auf wenige Schritte genähert hast, ertönt plötzlich ein Geräusch, das dir einen eisigen Schauer den Rücken hinunterrinnen läßt: das leise Quietschen der Türangeln. Abrupt bleibst du stehen und blickst wie erstarrt auf die Tür, die sich ganz, ganz langsam zu öffnen beginnt, wie von Geisterhand bewegt. Oder etwas anderem...
Nur nicht ungeduldig werden. Lies einfach weiter bei **237**

206

Entweder hat Lorn es nicht besser gewußt, oder er hat wirklich nur im Fieber phantasiert, denn seine drei Begleiter sind keineswegs tot. Jedenfalls noch nicht. Sie sind an die Wand gekettet und haben offenbar seit Tagen nichts mehr zu essen und zu trinken bekommen, denn sie sind völlig entkräftet. Das aber eigentlich Erschreckende ist die Tatsache, daß sie angekettet sind, denn daraus folgt, daß ihr nicht allein auf der Insel seid!

Fast mühelos zerreißt Duc die Ketten und befreit die Männer. In einer Ecke liegen sogar säuberlich aufgeschichtet ihre Waffen, Bögen und Schwerter. Marlik hat eine Flasche mit Trinkwasser, außerdem einige Streifen Pökelfleisch dabei, die er ihnen gibt, so daß du deine eigenen eventuell mitgenommenen Vorräte nicht anzutasten brauchst. Die drei Tage Gefangenschaft scheinen die Männer glücklicherweise nicht ganz so schlimm mitgenommen zu haben, wie es anfangs schien. Offenbar seid ihr gerade noch rechtzeitig gekommen. Nachdem sie gegessen und vor allem getrunken haben, erholen sie sich sichtlich.

Einer von ihnen berichtet, daß sie zusammen mit Lorn in den Tempel gekommen wären. Aus einem Relief im Deckel des Sarkophages hätte Lorn mit einem Messer zwei Edelsteine herausgebrochen, und anschließend hätten sie sich auf den Rückweg begeben. Kaum hätten sie den Tempel verlassen, wären sie von kleinwüchsigen, dunkelhäutigen Wesen überwältigt und niedergeschlagen worden. Nur Lorn hätte sich retten können.

»Als wir wieder zu uns kamen, waren wir hier angekettet«, fährt der Mann fort. »Drei Tage haben wir gedurstet und gehungert. Wenn ihr nicht gekommen wärt...«

Du läßt den Männern noch etwas Zeit, sich zu erholen. Marlik erzählt ihnen währenddessen, was sich zugetragen hat. Die Männer bitten dich in ihrem Entsetzen, sofort zum Lager zurückzukehren und die Insel zu verlassen, obwohl es draußen bereits dunkel sein dürfte.

Wenn du damit einverstanden bist, lies weiter bei **148**

Wenn du noch keine Lust hast, die Insel schon wieder zu verlassen (vor allem nicht bei Nacht!), sondern dich lieber noch umschauen willst: **64**

207

Wie gebannt starrst du das Amulett an, ohne noch etwas von dem wahrzunehmen, was rings um dich her geschieht. Aber du bringst es nicht über dich, es aus dem Leichnam herauszuschneiden und an dich zu nehmen; das käme dir zu sehr wie Leichenschändung vor, und überhaupt reicht deine Nervenkraft dazu nicht aus... Mühsam machst du einen Schritt zurück, und plötzlich wirst du wieder der Welt rings um dir gewahr.

Lies weiter bei **188**

208

Recht bald schon merkst du, daß das Schwert beim Fällen von Bäumen nicht sonderlich viel taugt. Du mußt dich mächtig ins Zeug legen, um ein paar geeignete Bäume umzuhauen und zurechtzustutzen.

Du verlierst 3 Punkte deiner Kampfkraft.

Und noch eine unliebsame Nebenwirkung hat es, daß du das altehrwürdige Familienschwert so zweckentfremdet hast. Die Klinge hat eine Menge Scharten davongetragen und ist nicht mehr allzu scharf. Wenn du sie in zukünftigen Kämpfen einsetzt, erhöht sie deine Kampfkraft nur noch um einen Punkt (Vermerk im Abenteuertagebuch!).
Wichtig ist aber jetzt nur, daß du es überhaupt geschafft hast, ein paar Bäume zu fällen. Stolz betrachtest du die Stämme. Richtig zusammengelegt, ergeben sie eine Plattform von etwa zwei mal drei Metern, also genügend Raum für dich. Aber irgendwie mußt du sie auch miteinander verbinden, entweder mit einem Seil oder mit Lianen.
Hast du zufällig wenigstens ein Seil bei dir?
Ja, dann **218**
Nein, dann **262**

209

Als du in den Fluß eintauchst, gerätst du erst einmal vollständig unter Wasser. Irgendwie gelingt es dir, die Augen offenzuhalten, und obwohl das Flußwasser sehr schlammig ist, kannst du sehen, was das Floß festgehalten und es geschüttelt hat: Es sind armdicke, schlangenähnliche Gebilde, die vom Ufer her über den Grund heranzuwuchern scheinen. Eines dieser Gebilde läßt jetzt von dem Floß ab und tastet nach dir – und jetzt erkennst du, daß es sich um einen schattenartigen Tentakel handelt. Bevor du etwas unternehmen oder gar wieder auftauchen kannst, hat er dich auch schon gepackt und in Richtung Ufer gezerrt. Halb ertrunken wirst du an Land gerissen; vor dir spritzen Sand und Schilf beiseite, als der wie ein Wurzelstrang un-

ter der Erde verlaufende Tentakel sich hochbäumt und dich auf seinen Ursprung zureißt – eine kleine, halbverfallene Hütte, die sich nun vor deinen Augen auf schreckliche Weise zu verwandeln beginnt. Sie scheint auf unheimliche Weise lebendig geworden zu sein; was vorher wie steinerne Wände aussah, fällt nun in sich zusammen, formt sich zu einem gigantischen Balg von der Farbe der Nacht, in den du hineingerissen wirst...
Das letzte, was du denkst, ist, daß das *Ding* eine fatale Ähnlichkeit mit dem Relief des Monstrums auf dem Sarkophag hat – es handelt sich um die Sternenbestie!
Mit ihrer unfaßbaren Magie hat sie nur die Illusion einer Hütte erzeugt. Was für Mächte hat Lorn bloß freigesetzt, als er die Rubine aus dem Relief löste?
Nun ja – darüber brauchst du dir nun keine Sorgen mehr zu machen... **ENDE**

210

Wieder muß eine lange Zeit seit den letzten Bildern der Vision vergangen sein. Du siehst eine Gruppe von vier Menschen, die sich dem Tempel nähern. Als sie näher gekommen sind, erkennst du Lorn und seine drei Begleiter, die ihr befreit habt. Sie betreten die Grabkammer, und nachdem sich Lorn dort umgesehen hat, bricht er die Rubine aus dem Sarkophagdeckel, um sich mit seinen Begleitern auf den Rückweg zu machen. Was mit ihnen geschah, weißt du ja.
Nun erlebst du jedoch mit, wie der Sarkophag von unvorstellbaren Kräften ein Stück zur Seite bewegt wird. Das System der Siegel wurde gebrochen, aber noch schafft es die Bestie nicht auf Anhieb, auch die anderen zu beseitigen. Sie ist durch die lange Dauer ihrer Gefangenschaft

geschwächt und zieht sich zunächst erneut für kurze Zeit zurück, um noch einmal Kraft zu sammeln. Du hingegen verlierst einen Punkt deiner Kampfkraft.
Die Bilder der Vision beginnen zu verblassen, bis nur noch Schwärze um dich ist. Zugleich spürst du, wie sich dir irgend etwas nähert, weißt jedoch nicht, um was es sich handelt; nicht einmal, ob es gut oder böse ist.
Wenn du trotzdem noch weiter in der Vision bleiben willst: **260**
Wenn du sie hingegen spätestens jetzt verlassen willst, versuch es bei **235**

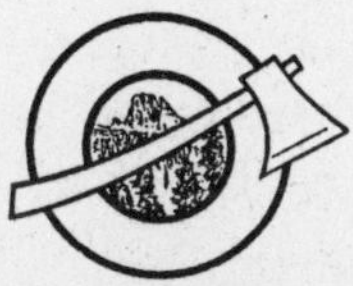

211

Entschlossen durchschwimmst du den ganz linken der vier Flußarme und machst dich an dem zweiten von links entlang auf den Weg.
Wohin du gelangst, verrät dir **331**

212

Der Rückweg von der Altarhalle bis zu der Stelle, an der der Gang eingebrochen ist, dauert natürlich ebensolange wie der Weg in umgekehrter Richtung. Schließlich stehst du vor der Halde. Sie ist noch steiler als die auf der anderen Seite, die du vor einer Ewigkeit mal hinaufgekraxelt bist, und so wird es noch schwerer sein, sie hinaufzuklettern. Du überlegst, erst noch einmal Kräfte zu sammeln, was besonders zu empfehlen wäre, wenn deine Punkte für Kampfkraft und/oder Nervenkraft auf einen recht niedrigen Wert gesunken sind.

Du willst eine Pause machen und schlafen. Tu das. Einen geeigneten Schlafplatz findest du bei **37**
Du spuckst tatkräftig in die Hände und beginnst zu klettern bei **231**

213

Das Ungeheuer ist besiegt – aber in diesem Augenblick wirst du dir wieder der unendlichen Weite des Meeres bewußt, das sich um dich herum erstreckt.
Immer schlimmer beginnt dich der Durst zu plagen, dein ohnehin von den Anstrengungen aufs äußerste geprüfter Körper und Geist versagt immer mehr den Dienst, du beginnst zu halluzinieren. Denn was anderes als eine Halluzination kann es sein, als du plötzlich nicht weit von dir entfernt ein Segel siehst. *Falls es etwas gibt, was du noch dringend über Bord werfen möchtest, so ist dies die letzte Gelegenheit dazu!* Streiche es in diesem Fall in deinem Abenteuertagebuch.
Erst als das Boot näher kommt, Rufe laut werden und dich wenig später starke Männerarme über eine Reling ziehen, begreifst du, daß es doch keine Halluzination ist. Tränen strömen dir über die Wangen herab. Man gibt dir zu trinken und zu essen, und allmählich kommst du wieder soweit zu Kräften, daß du deine Umgebung bewußter wahrnimmst.
Lies weiter bei **234**

214

Noch eine zweite Frage beschäftigt dich, und durch den Erfolg deines Unterrichts fühlst du dich ermutigt, sie an Lorn zu richten. Du spielst nämlich mit dem Gedanken, dich seiner Expedition anzuschließen. Ob du dies allerdings wirklich möchtest, bleibt dir überlassen. Bedenke deine Entscheidung gründlich. Möglicherweise wirst du allzu großen Wagemut noch bereuen, wenn du die Nebelinsel erst mal aus der Nähe siehst und nicht mehr umkehren kannst, ohne vor Lorn und den anderen das Gesicht zu verlieren. Außerdem läuft dir die Frage ja nicht weg. Es mag sich durchaus die Gelegenheit bieten, sie später zu stellen, wenn du erst einmal etwas mehr über das Ziel der Reise in Erfahrung gebracht hast.

Wenn schon, denn schon, sagst du dir. Mehr als sterben oder dich mit deiner Frage lächerlich machen, kannst du schließlich nicht. Also tu, was du nicht lassen kannst, und zwar bei **229**

Die Nebelinsel nur aus der Nähe zu sehen, reicht dir fürs erste schon als Abenteuer. Man muß ja nicht alles gleich übertreiben. Schließlich hast du nur ein Leben, und du denkst daran, daß du durchaus mehr als nur dieses verlieren kannst. Wenn die Legenden stimmen, kann dir auf der Nebelinsel nämlich ein Schicksal drohen, das weitaus schlimmer als der Tod ist. Also schluckst du die Frage zumindest vorläufig hinunter und liest weiter bei **257**

215

Die Hütte macht einen so unheimlichen Eindruck auf dich, daß du dich einfach nicht überwinden kannst, sie zu betreten. Statt dessen sagt dir eine innere Stimme, daß es zweifellos das Beste wäre, so schnell wie möglich von die-

sem Ort des Grauens zu entkommen. Ausnahmsweise hörst du einmal auf dein Gefühl.
Stellt sich nur noch die Frage, wie du hierher gekommen bist.
Du hast mit deinem Floß am Ufer angelegt? Dann liegt es immer noch bei **106**
Du bist an Land geschwommen? Dann kannst du höchstens am Flußufer entlanglaufen und hoffen, daß dein Floß irgendwo angeschwemmt wurde. Versuch's mal bei **47**

216

Du trittst zu dem Sarkophag, um einen Blick hineinzuwerfen. An dieser Stelle eine Frage: Hattest du bereits am vergangenen Abend den Deckel des Sarkophags abgehoben?
Ja: **226**
Nein: **247**

217

Daß du ein ausgesprochener Glückspilz bist, kann man nach den vorangegangenen Ereignissen nicht gerade sagen, aber zumindest diesmal steht die Glücksgöttin Enwors auf deiner Seite. Du bist geschickt genug, dich bis zu deiner Ausrüstung zu schleichen, die sich in deiner Hütte befindet, oder wo auch immer du zuvor von den Gnomen überwältigt wurdest. Alles befindet sich noch an seinem Platz, offenbar ging es den kleinwüchsigen Gestalten nicht um Beute.
Trage in deinem Abenteuertagebuch ein, daß du die Aus-

rüstungsstücke wieder an dich genommen hast.
Anschließend schleichst du dich zum Waldrand zurück. Wohin willst du dich von hier aus wenden?

Tiefer in den Dschungel? Der liegt in Richtung **48**

Oder willst du dicht am Waldrand den Strand entlang fliehen? In diesem Fall führt dich der Weg in Richtung **318**

218

Ein normales Hanfseil, wie es zu deiner Ausrüstung gehört, hat eine Haltbarkeit der Stufe 3. Aber je haltbarer die Bindungen, desto größer ist natürlich die Chance, dein Ziel zu erreichen. Außerdem wäre es zwar einfacher, das Seil zu benutzen – aber damit wäre es auch verloren, und möglicherweise brauchst du es noch dringend ... Deshalb schaust du dir erst einmal die Lianen an. Es hängen im Dschungel ja genug herum, wie du schon leidvoll feststellen durftest, als du dir deinen Weg zwischen ihnen durchkämpfen mußtest.

Bevor du dich daran machst, sie abzuschneiden, nimmst du die Lianen genauer in Augenschein. Und du tust gut daran, denn die Lianen in der näheren Umgebung gehören verschiedenen Gattungen an, sind daher verschieden zäh und haben eine verschiedene Haltbarkeit. Bloß – du bist zwar ein verdammt guter Fischer (jedenfalls hältst du dich dafür), aber von Pflanzen verstehst du rein gar nichts. Es wäre also ein Wagnis, Lianen statt des Seils zu benutzen. Vielleicht erwischst du ein paar besonders feste, vielleicht aber auch welche, die bei der ersten ernsthaften Belastung reißen.

Die Wahl liegt bei dir:

Du willst das Wagnis eingehen? Okay, versuch's doch und schneide dich durch bis **39**

Wenn du unter diesen Umständen jedoch lieber auf das Seil zurückgreifen möchtest, hol es dir bei **228**

219

So sehr du dich auch anklammerst – deine Kraft und Geschicklichkeit reichen nicht aus, um dich sicher oben auf dem Floß zu halten. Du spürst, wie deine Finger abrutschen, dann verlierst du endgültig den Halt auf dem tanzenden Floß und wirst hinunter in die trägen Fluten des Flusses geschleudert.

Lies weiter bei **172**

220

Da hast du noch einmal Glück gehabt. Sofort machst du dich daran, in Richtung Ufer zu schwimmen. Aber die Strömung hat das Floß schon ein ganzes Stück hinausgetrieben, und es gibt tückische Unterströmungen, mit denen du nicht gerechnet hast. Um den weiten Weg zum Ufer zurückzulegen, mußt du dich mit dem Fluß messen. Die Strömung ist so stark, daß sie einer Kampfkraft von 20 entspricht.

Natürlich könntest du dir die Aufgabe leichter machen, wenn du Teile deiner Ausrüstung ablegen und im Fluß untergehen lassen würdest.

Wenn du dazu bereit bist, schwimmst du nach **233**

Du behältst lieber deine gesamte Ausrüstung und schwimmst (etwas mühsamer) nach **22**

221

Ihr kniet neben dem Sarkophag nieder. Als du dich der Öffnung näherst, spürst du einen leichten Luftzug; aber er ist... sonderbar. Fast wie die Berührung trockener Spinnweben... oder einer unsichtbaren Hand... Überrascht blickst du auf. »Da unten scheint es wirklich eine Art Durchgang zu geben. Einen Stollen oder einen zweiten Raum vielleicht, der irgendwo noch einen anderen Ausgang hat«, meinst du. »Versuch mal, da hineinzuleuchten.«
Marlik nimmt die Fackel und leuchtet in den Spalt, aber das Licht dringt nur wenige Zentimeter tief ein, um dann von absoluter Schwärze verschluckt zu werden. Es ist, als würde es aufgesaugt... »Nichts zu sehen«, sagt er achselzuckend. »Da müßten wir den Sarkophag schon beiseite schieben.« Er mustert das Steinmonstrum. »Aber er sieht noch um einiges schwerer aus als der Deckel.«
Wenn ihr es trotzdem versuchen wollt, lies weiter bei **95**
Wenn ihr es gar nicht erst versuchen wollt: **157**

222

Entschlossen machst du dich auf den Weg, den ganz rechten der vier Flußarme entlang.
Wohin du gelangst, verrät dir **341**

223

Entschlossen marschierst du los, direkt nach Nordosten. Nach kurzer Zeit jedoch wird der Boden unter deinen Füßen immer unsicherer und weicher, bis du schließlich mittendrin in einem ausgedehnten Sumpfgebiet steckst – und bis zu den Knien im Morast.
Überall um dich herum gluckert und gurgelt es unheilver-

kündend, seltsame Bewegungen dicht unter der Wasseroberfläche der zahllosen Tümpel lassen dich Schlangen vermuten – oder Schlimmeres.
Deine Lage ist – gelinde ausgedrückt – prekär. Was willst du tun?
Du gehst weiter und hoffst, doch noch irgendwie festes Land zu erreichen. Vielleicht ist es ja nicht mehr sehr weit, nur noch bis nach **253**
Du kehrst auf der Stelle um und hoffst, daß du den Rückweg noch findest: **265**

224

Du stakst das Floß ans Ufer heran und ziehst es ein Stück an Land hinauf. Ein kleines Stück vom Ufer entfernt stehen die halbverfallenen Überreste einer Hütte. Vielleicht hat sie einst einer der Piraten gebaut. Die Gestalt, die vorhin gewunken hat, ist immer noch nirgendwo zu entdekken.
Was willst du tun?
Dir die Hütte näher ansehen? Sie steht im Kapitel **205**
Oder willst du laut nach dem Unbekannten rufen? Deine Stimme dringt bis nach Kapitel **5**

225

Ebenfalls aus den Augenwinkeln bekommst du mit, wie grelle Lichtstrahlen auf die Bestie der Sternengeborenen zuzucken, als sie sich genau über dem Loch im Boden befindet. Ein fremdartiges, ohrenbetäubendes Kreischen ertönt. Verbissen kämpft das schwarze Monstrum gegen die Waffen der Goldenen an, doch die Lichtflut zwingt es in die Öffnung hinein.
Gleichzeitig beginnen die Goldenen damit, sie durch den

Sarkophag zu schließen. Je schmaler der Spalt im Boden wird, desto greller strahlt das Amulett auf. Als die Öffnung völlig geschlossen ist und die Lichtstrahlen erlöschen, strahlt es fast so hell wie eine winzige Sonne. Es brennt sich regelrecht in die Brust des jungen Mannes hinein, der jetzt wie von Sinnen schreit.
Kurz bevor die Goldenen den Deckel auf den Sarkophag wuchten, bekommst du noch zu sehen, wie er in Sekundenschnelle um Jahrzehnte zu altern beginnt. Das Amulett entzieht ihm die Lebenskraft, um auf diese Art den Verbannungsort der Sternenbestie zu versiegeln. Offenbar ist es auch für die Mumifizierung des Körpers über diese unglaublich lange Zeit hinweg verantwortlich.
Darüber, was du möglicherweise angerichtet hast, als du es wegnahmst, wagst du lieber nicht nachzudenken, sondern ziehst dir statt dessen einen weiteren Punkt von deiner Kampfkraft ab.
Ein Gefühl sagt dir, daß die Vision noch nicht beendet ist, aber möchtest du sie weiter verfolgen?
Du bleibst in der Vision: **250**
Du versuchst dich aus ihr zu lösen: **350**

226

Vorsichtig blickst du in den Sarkophag hinein, in der Erwartung, daß die Mumie durch den Sturz in Stücke gebrochen ist, staubtrocken, wie sie durch die jahrtausendelange Lagerung sein muß. Aber der Sarkophag ist – leer!

Dir schwindelt. Was, um alles in der Welt, mag mit der Mumie geschehen sein? Hat dieselbe Macht, die den Sarkophag umgestürzt hat, sich auch ihrer bemächtigt... und sie womöglich in die Tiefe geschleppt?

Der Gedanke ist so gräßlich, daß du 1 Nervenkraft-Punkt verlierst.

Mit einem höchst mulmigen Gefühl im Magen trittst du an die dunkel gähnende Öffnung im Boden heran...

Lies weiter bei **83**

227

In der tobenden Gischt lenkst du dein Floß kraftvoll und sicher zwischen den aus der Wasseroberfläche aufragenden Felszacken hindurch. Manchmal ist das ganze Floß unter Wasser, manchmal fliegt es auch meterweit durch die Luft, um mit entsetzlicher Wucht wieder zurückzuprallen. Mehr als einmal drohen dich die Kräfte zu verlassen. Aber du schaffst es!

Als du die Turbulenzen hinter dir hast und wieder in ruhigeren Wassern dahintreibst, überprüfst du das Floß sofort auf Schäden. Die furchtbaren Belastungen haben einen Teil der Stämme splittern lassen; auch die ohnehin nicht sehr stabilen Bindungen haben sich weiter gelockert. Ziehe 1 Punkt von der Stabilität deines Floßes ab! (Eintrag im Abenteuertagebuch!)

Wenn die Stabilität des Floßes damit auf Null sinkt (deine Lebenserwartung möglicherweise auch...): **89**

Die Stabilität deines Floßes ist nach wie vor über Null: **118**

228

In diesem Falle ersparst du dir zwar eine kräftezehrende Arbeit, verlierst aber auch ein gutes Seil für anderweitigen

Gebrauch. Streiche es aus deinem Abenteuertagebuch und trage statt dessen dort ein, daß die Haltbarkeit des Floßes »3« beträgt!

Lies weiter bei **272**

229

Eines muß man dir lassen, du packst jedes Problem direkt beim Schopf. Skeptisch mustert dich Lorn eine Weile, dann schüttelt er den Kopf. »Du bist noch nicht so weit«, erklärt er. »Bilde dir nicht zuviel auf deine neu erworbenen Fähigkeiten ein. Einem normalen Gegner dürftest du durchaus gewachsen sein, aber dich in diese Hölle mitzunehmen, wäre zu gefährlich. Wir brauchen schließlich jemanden, der uns wieder zurücksegelt, und als Toter nutzt du niemandem etwas.«

Das klingt zwar einigermaßen überzeugend, trotzdem bist du ein bißchen enttäuscht. Lorns Tonfall hat dir jedoch deutlich gezeigt, daß es keinen Sinn hat, ihn umstimmen zu wollen.

»Dein Mut beeindruckt mich allerdings«, fährt er nach kurzer Pause fort. »Deshalb mache ich dir ein Angebot. Falls wir auf der Nebelinsel wirklich Schätze finden sollten, verspreche ich dir, daß du nicht leer ausgehen sollst.«

Das ist doch immerhin schon etwas, nicht wahr?

Lies weiter bei **257**

230

Entschlossen durchschwimmst du den ganz rechten der vier Flußarme und machst dich an dem zweiten von rechts entlang auf den Weg.

Wohin du gelangst, verrät dir **17**

231

Hast du ein Seil bei dir?

Wenn ja: **241**

Wenn nein: **191**

232

Wie ein Pfeil taucht das an und für sich träge Floß in die Hölle aus Gischt und Felszacken ein, als die sich die Stromschnellen entpuppen, vorwärts gerissen von der plötzlich rasenden Strömung. Du versuchst noch, der ersten Felszacke auszuweichen, aber bei der rasenden Strömung hast du dazu keine Chance. Das Floß zersplittert in tausend Stücke, und du wirst in die tobende Gischt geschleudert. Im nächsten Augenblick siehst du eine rasiermesserscharfe Felszacke auf dich zuschießen, und schon bist du darauf aufgespießt wie ein Fisch auf einem Speer. Dort in den Stromschnellen verblutest du und endest jämmerlich.

Aber es ist wenigstens ein sauberes **ENDE**

233

Ohne Ausrüstung schwimmt es sich natürlich erheblich leichter. Für jeden Gegenstand, den du abgeworfen hast,

verringert sich die »Kampfkraft« der Strömung um 1 Punkt. Vergiß nicht, die abgeworfenen Gegenstände in deinem Abenteuertagebuch zu streichen!
Versuche nun, das rettende Ufer zu erreichen.
Du schaffst es – weiter bei **319**
Du schaffst es nicht – weiter bei **285**

234

Das Fischerboot ist recht groß und stammt aus einem der Nachbardörfer Lartons. Außer dem Besitzer und einem Gehilfen befindet sich noch ein hochgewachsener, blonder Mann an Bord, der den Mantel und das Stirnband eines Satai trägt. Er stellt sich als Skar vor und erzählt, daß er von dieser Expedition seines alten Freundes Lorn gehört hätte und gekommen wäre, in der Hoffnung, ihn noch retten zu können.
»Die Errish haben mir von der Geschichte der Nebelinsel berichtet«, erklärt er. »Vor langer, langer Zeit tobte ein erbarmungsloser Krieg zwischen den Alten, den Ureinwohnern Enwors, und fremden Wesen. Diese kamen von den Sternen herab, um Enwor mit Hilfe gräßlicher Kreaturen zu erobern. Es gelang den Alten...«
»Ich weiß«, fällst du Skar ins Wort. Bedauernd teilst du ihm mit, daß er zu spät gekommen sei, und erzählst von Lorns Tod und den Ereignissen auf der Nebelinsel. Nur von dem Kampf, den du auf See gegen den Ableger der Sternenbestie in dir selbst ausgefochten hast, sagst du nichts. Fast scheint es, als ob etwas dich davon abhalten will...
Skars Gesicht zeigt deutlich, wie schmerzhaft diese Nachricht für ihn ist. Erst jetzt fällt sein Blick auf deinen Waffengürtel.

Bei der Gelegenheit: trägst du eigentlich Lorns *Tschekal* bei dir?

Wenn ja, lies weiter bei **251**

Wenn nein: **263**

235

Um dich wieder aus der Vision zu lösen, mußt du auf der Basis deiner Kampfkraft und deiner Geschicklichkeit gegen sie ankämpfen, das heißt, daß du deine Punkte aus beiden Kategorien zusammenzählen kannst.
Vergiß nicht, daß du bei jedem Kapitel, das du dich in der Vision aufgehalten hast, einen Punkt verloren hast!!!
Glücklicherweise hat die Kraft der Vision bereits nachgelassen, aber dennoch:
Sie hat eine Stärke von 30!
Trage den Kampf nach den Duellregeln aus!
Du gewinnst: **310**
Du verlierst: **16**

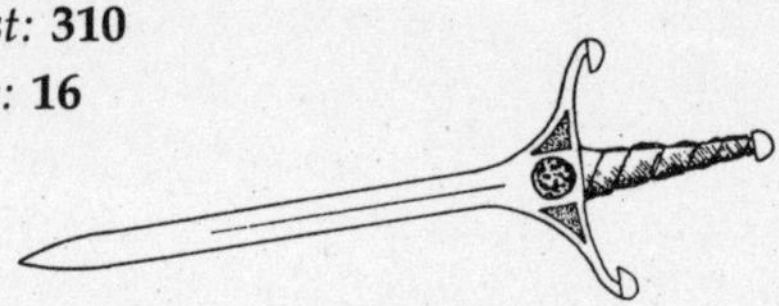

236

Mit einem Mal wird dir bewußt, daß das Gemurmel der Männer viel lauter geworden ist. Als du dich erkundigst, was mit ihnen los ist, verlangen sie, unverzüglich zum Lager zurückzukehren. Hier ginge etwas nicht mit rechten Dingen zu. Sie hätten genug von dieser Insel und den gefährlichen Geheimnissen, die sie verberge. Auch Marlik und Duc wirken zumindest wankelmütig, wissen noch nicht recht, wie sie sich verhalten sollen, auch wenn sie vorläufig noch auf deiner Seite stehen.
Wie reagierst du?

Empört über die Feigheit der Männer sagst du ihnen, wenn sie unbedingt wollten, sollten sie doch allein zum Lager zurückkehren oder sich am besten gleich zum Teufel scheren, nämlich ins Kapitel **246**

Du versuchst, sie mit allen Mitteln zum Bleiben zu bewegen – was dabei rauskommt, erfährst du in Kapitel **287**

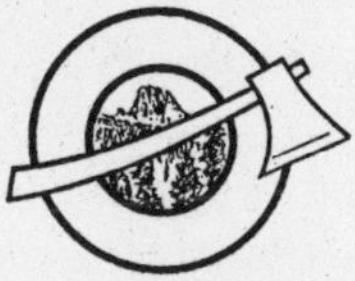

237

Auf einmal schwingt die Tür ganz auf, und ein hünenhaftes, geschupptes Reptilienwesen kommt mit seltsam steifen Schritten aus der Hütte: ein Quorrl! Vor Entsetzen bist du im ersten Moment wie gelähmt, aber gleich darauf entspannst du dich ein wenig, denn plötzlich erkennst du, daß es sich um Duc handelt!

Also ist auch er den Gnomen entkommen; kein Wunder, bei seiner unbändigen Kraft hatte er wohl die größten Aussichten. In seiner Begleitung dürfte auch für dich alles viel einfacher werden. Aber Duc ist offenbar nicht ganz ungeschoren davongekommen, sondern scheint ziemlich schwer verletzt zu sein, so steif, wie er sich bewegt.

Was tust du?

Du gehst auf ihn zu, um ihm zu helfen: **252**

Du bleibst erst einmal stehen und wartest ab: **268**

238

Ob es dir gelingt, unauffällig bis zu deiner Ausrüstung zu gelangen, hängt von deiner Geschicklichkeit ab. Die

Schwierigkeiten, die du überwinden mußt, entsprechen 21 Punkten.

Du bestehst die Probe nicht: **21**

Du bestehst sie: **217**

239

Schaudernd weichst du zurück. Es gibt Dinge, an die man besser nicht rührt, und außerdem wäre das, was du unter dieser blutigen Kruste zu sehen bekämest, vielleicht mehr, als dein Magen zu ertragen vermag... So eine Mumie ist doch etwas anderes als ein toter Fisch.

Langsam löst du deine Aufmerksamkeit wieder von der Mumie. Mit einem Mal wird dir bewußt, daß das Gemurmel der Männer viel lauter geworden ist. Als du dich erkundigst, was mit ihnen los ist, verlangen sie, unverzüglich zum Lager zurückzukehren. Hier ginge etwas nicht mit rechten Dingen zu. Sie hätten genug von dieser Insel und den gefährlichen Geheimnissen, die sie verberge. Auch Marlik und Duc wirken zumindest wankelmütig, wissen noch nicht recht, wie sie sich verhalten sollen, auch wenn sie vorläufig noch auf deiner Seite stehen.

Wie reagierst du?

Empört über die Feigheit der Männer sagst du ihnen, wenn sie unbedingt wollten, sollten sie doch allein zum Lager zurückkehren oder sich am besten gleich zum Teufel scheren, nämlich ins Kapitel **246**

Du versuchst, sie noch einmal zum Bleiben zu überreden – was dabei rauskommt, erfährst du in Kapitel **287**

240

Es ist eine entsetzliche Plackerei, aber endlich schaffst du es. Die Strömung muß dich loslassen; fast scheint es dir,

als klinge das Murmeln des Wassers enttäuscht. Mit letzter Kraft erreichst du das Ufer, wo du zusammenbrichst.
Lies weiter bei **70**

241

Wieder knotest du das Seil zu einer Schlinge und wirfst diese über einen Felsbrocken auf der Spitze der Halde. Ohne allzu große Anstrengung kannst du dich nun hinaufziehen.
Lies weiter bei **140**

242

Schwer landet die Raubkatze auf dir, und sofort seid ihr in ein tödliches Ringen verstrickt. Du spürst, wie sich Zähne und Klauen in deinen Arm und deine Schulter graben, und kämpfst um so verbissener ums Überleben. Und tatsächlich – du weißt selbst nicht wie, aber offenbar hast du die Katze an einem lebenswichtigen Punkt erwischt, denn plötzlich versteift sich der schlanke Körper. Du kriechst unter dem Kadaver hervor, blutüberströmt und völlig erschöpft.
Aber es ist ein Pyrrhussieg, den du errungen hast: Du bist so schwer verletzt, daß du 3 Punkte deiner Kampfkraft und 3 Punkte deiner Geschicklichkeit einbüßt.
Immerhin schleppst du dich bis **347**

243

Obwohl du schon in einen verzweifelten Kampf mit den Gnomen verstrickt bist, gelingt es dir, eine Hand freizubekommen und mit einer blitzschnellen Bewegung das Schwert aus der Scheide zu reißen. Damit kannst du deiner Kampfkraft die des entsprechenden Schwertes und die Punkte für eventuelle besondere Fähigkeiten im Schwertkampf hinzurechnen.

Lies weiter bei **337**

244

Die Tür schließt sich langsam, aber unaufhaltsam von oben her. Um zu sehen, ob du es noch schaffst, drunter her zu flutschen, brauchst du einige Geschicklichkeit. Die Schwierigkeit, die dein Vorhaben darstellt, entspricht 22 Punkten.

Du schaffst es in 6 Runden oder weniger: **176**
Du schaffst es in 7 oder mehr Runden: **14**
Du schaffst es nicht: **132**

245

Als du dein Floß sicher am Ufer vertäut hast, marschierst du erst einmal ein Stück flußabwärts, um zu sehen, was die Ursache des Grollens und der schnelleren Strömung ist. Und als du es dann siehst, wirst du erst einmal blaß, als du dir vorstellst, was wohl passiert wäre, wenn du blindlings weitergefahren wärest. Vor dir verwandelt sich der Fluß in eine Hölle aus Gischt und spitzen Felszacken: Stromschnellen!

Sofort erkennst du, daß deine Situation ganz schön beschissen ist. Unterhalb der Stromschnellen befindet sich auf viele Meilen reines Sumpfland, so daß du, um ein neues Floß zu bauen, erst einige Meilen weit durch moskitoverseuchtes Terrain marschieren müßtest, um geeignete Stämme und Lianen zu finden. Verirren könntest du dich direkt am Flußufer zwar nicht, aber dir dort völlig mühelos ein tückisches Sumpffieber zuziehen. Keine sehr verlockende Vorstellung. Andererseits könntest du natürlich versuchen, dein altes Floß an den Stromschnellen vorbeizutragen – oder du könntest auch todesmutig versuchen, sie zu durchfahren. Wofür entscheidest du dich?

Du marschierst durch den Sumpf, um zu versuchen, weiter flußabwärts ein neues Floß zu bauen. Beispielsweise bei **259**

Du versuchst, dein Floß an den Schnellen vorbeizutragen, direkt nach **264**

Du versuchst, die Schnellen zu durchschiffen: **343**

246

Mal eine ganz bescheidene Frage: könnte es sein, daß du in letzter Zeit etwas an Größenwahn leidest? Du solltest dir gelegentlich mal ins Gedächtnis rufen, daß jeder deiner Begleiter dir an Kampfkraft vermutlich weit überlegen ist und du keinerlei Befehlsgewalt über sie besitzt. Zwar gehört dir das Boot, doch ist dies ein Druckmittel, auf das du dich besser nicht allzu sehr verlassen solltest.

Eventuell solltest du dir auch Gedanken darüber machen, ob es wirklich noch *du* bist, der da versucht, sich zum Nachwuchs-Diktator aufzuschwingen, oder...

Und vergiß vor allem nicht, daß ihr euch in einer reichlich lebensfeindlichen Umwelt befindet und es ratsam wäre, wenn ihr euch nicht auch noch untereinander zerstreitet.

Als du dir das ins Gedächtnis rufst, änderst du deinen Entschluß

und versuchst nun doch, dich mit den anderen zu einigen: weiter bei **287**
Du bleibst bei deiner Meinung, daß du auch ohne diese feigen Memmen zurechtkommst: weiter bei **183**

247

Neugierig und mit angehaltenem Atem blickst du in den Sarkophag, mußt aber feststellen, daß er vollständig leer ist – von einer Mumie oder etwas ähnlichem, was du vielleicht erwartet hast, keine Spur. Wenigstens droht dir aus dieser Richtung auch keine Gefahr.
Beruhigt wendest du dich ab und trittst an die dunkel gähnende Öffnung im Boden heran.
Weiter bei **83**

248

Wohin willst du dich dann wenden?
Tiefer in den Dschungel? Der liegt in Richtung **48**
Oder willst du dicht am Waldrand den Strand entlang fliehen? In diesem Fall führt dich der Weg in Richtung **318**

249

Was für eine ungeheuerliche Dummheit! Dir hätte doch längst klar sein müssen, daß es hier keinen anderen Ausweg gibt, da die Gnome die Öffnung mit dem Sarkophag verschlossen haben!
Wie ein Narr suchst du das Gangstück bis zur Grabkammer ab, aber da du natürlich keinen Ausweg findest, bleibt dir am Ende doch nichts anderes übrig, als wieder zu der Halde zurückzukehren und sie zu erklettern, wo-

möglich schon zum zweiten Male. Da bist du selbst schuld, und die ganze sinnlose Aktion hat dich auf Hin- und Rückweg nur einiges an Licht gekostet!

Dann klettere mal schön, und zwar nach **26**

250

Kaum hat die Steinplatte den Sarkophag völlig verschlossen, beginnen die Rubine, die in dem eingearbeiteten Relief die Augen des Monstrums darstellen, von innen heraus zu glühen. Allem Anschein nach sind sie wirklich für Lorns Tod verantwortlich und noch gefährlicher, als du bisher gedacht hast. Du bist froh, daß du sie wieder eingesetzt hast, denn sie scheinen zu dem System von Siegeln zu gehören, die die Sternenbestie bannen.

Die nächsten Bilder stürmen blitzschnell und scheinbar so wirr auf dich ein, daß deine Nerven in Mitleidenschaft gezogen werden.

Diese Verwirrung kostet dich 1 Nervenkraft-Punkt.

Innerhalb weniger Sekunden überbrückt dein Geist in der Vision Jahrhunderte, wenn nicht Jahrtausende. Du erlebst mit, wie die Goldenen als Wächter auf der Insel zurückbleiben, wie sie beginnen, rund um den Tempel (den sie offenbar schon früher errichtet haben) zunächst einige Hütten, dann eine richtige steinerne Stadt zu erbauen, die innerhalb unzähliger Generationen immer weiter wächst.

Lange Zeit später landet eine Flotte von mehreren Schiffen auf der Insel. Es handelt sich um Menschen, und zwar um Piraten, die glauben, hier einen idealen Stützpunkt gefunden zu haben. Es kommt zu Kämpfen mit den Goldenen, doch obwohl diese ihre furchtbaren Lichtstäbe einsetzen, werden sie von der Übermacht der Piraten schließlich bezwungen und getötet.
Die Piraten richten sich auf der Insel häuslich ein, und wenngleich die meisten immer wieder mit ihren Schiffen auf Kaperfahrt gehen, bleiben einige – sowohl Männer, wie auch Frauen – im Stützpunkt zurück. Irgendwann kehren die Schiffe nicht mehr zurück, vermutlich sind sie an einen überlegenen Feind geraten.
Diese Information kostet dich wie üblich einen Punkt deiner Geschicklichkeit.
Wenn du in der Vision bleiben willst, um zu erfahren, was aus den Zurückgebliebenen geworden ist (so du es nicht bereits erraten hast): **275**
Wenn du die Vision nun lieber zu verlassen versuchst: **350**

251

Sehr leichtsinnig von dir, mein Freund. Du weißt schließlich, daß niemand außer einem Satai dazu befugt ist, eine solche Klinge zu besitzen. Wenn du sie schon an dich genommen hast, hättest du sie wenigstens vor der Abreise zurücklassen sollen. Beschwer dich ja nicht, du wärest nicht ausdrücklich auf diese Möglichkeit hingewiesen worden. Die Quittung für dieses Versäumnis erhältst du sofort.
»Frevler!« schreit Skar. Bevor du dich versiehst, hat er bereits sein eigenes *Tschekal* gezogen und versetzt dir einen tödlichen Streich. Es dürfte für dich nur einen geringen

Trost darstellen, daß du durch die Hand eines der berühmtesten Helden Enwors gefallen bist, genausowenig wie die Tatsache, daß Skar durch die Betroffenheit über den Tod seines Freundes kurzfristig außerstande war, klar zu denken. Sonst hätte er sich vermutlich damit begnügt, dich nur ordentlich zu verprügeln. So jedoch hat er die Gesetze der Satai mit aller Härte befolgt, auch wenn ihm sein Handeln kurz darauf bereits leid tut. Obwohl deine sichere Heimkehr bereits in greifbare Nähe gerückt war, ereilt dich nun doch noch ein schlimmes **ENDE**

252

»Duc!« Mit einem Ausruf der Freude springst du auf den Quorrl zu, denn du hast den Eindruck, als müsse er jeden Augenblick umfallen, so steif und unsicher bewegt er sich.

Lies weiter bei **288**

253

Je weiter du watest, desto tiefer wird der Sumpf. Bald bist du bis an die Oberschenkel im Morast versunken. Langsam wird dir doch mulmig; du bleibst stehen, um zu überlegen, ob es nicht vielleicht sinnvoller wäre umzukehren. Aber dazu ist es leider zu spät – vielleicht wäre es klüger gewesen, doch nicht stehenzubleiben... denn als du einen Schritt tun willst, merkst du, daß du inzwischen bis zu den Hüften eingesunken bist. Der Sumpf läßt dich nicht mehr los und saugt dich in die Tiefe wie ein gigantisches hungriges Maul. Verzweifelt schlägst du um dich, suchst nach einem Halt, irgend etwas, woran du dich aus dieser tödlichen Falle herausziehen könntest. Aber du fühlst nur klebrige Kälte; und den Sumpf, der langsam an deinen Beinen emporfließt, bald deine Hüfte erreicht, deine Brust, dann die Schultern, und schließlich dein Gesicht. Du verschwendest deinen letzten Atem an einen verzweifelten Schrei, aber das Echo hörst du schon nicht mehr... **ENDE**

254

Bogen und Köcher ragen unter Marliks Leiche hervor, aber du kannst in der Dunkelheit nicht erkennen, ob sich noch Pfeile in dem Köcher befinden.

Wenn du beides an dich nehmen willst, tue es bei **306**

Wenn nicht, geh zu **65**

255

Als du dir die Mumie genauer ansiehst, entdeckst du unter halb zerbröselten Stoffetzen ein Amulett, das sich geradewegs in ihren Brustkorb hineingebrannt zu haben scheint. Auf der Scheibe ist ein Abbild des gleichen schrecklichen Monstrums zu sehen, das auch die Deckplatte des Sarkophages in der Grabkammer »schmückte«.

Zugleich strahlt das Amulett eine ungeheure Verlockung aus. Obwohl dir vor lauter Angst das Herz fast aus dem Hals hüpft, verspürst du plötzlich das unbändige Verlangen, dieses Amulett an dich zu nehmen.

Wenn du dem Wunsch nachgibst und es an dich nimmst, dann lies weiter bei **270**

Wenn du es jedoch lieber läßt, wo es ist, dann lies weiter bei **280**

256

Du bist noch nicht weit in Richtung Osten in den Dschungel marschiert, als du plötzlich ganz in der Nähe ein unheimliches Grollen und Fauchen hörst. Erschrocken bleibst du stehen – aber es ist zu spät. Aus dem Grün bricht eine riesige Raubkatze und jagt mit langen Sätzen auf dich zu! Offensichtlich hat sie dich zu ihrem zweiten Abendessen erkoren.

Ob du willst oder nicht – du mußt gegen die Raubkatze kämpfen. Sie hat eine Stärke von 30 Kampfpunkten.

Falls du ein Schwert hast, kannst du es ziehen und deine Kampfkraft damit um die entsprechenden Punkte erhöhen.

Trage den Kampf nach den Duellregeln aus!

Du gewinnst in 4 oder weniger Runden: **29**

Du gewinnst in mehr als 4 Runden: **242**

Du gewinnst gar nicht ...: **339**

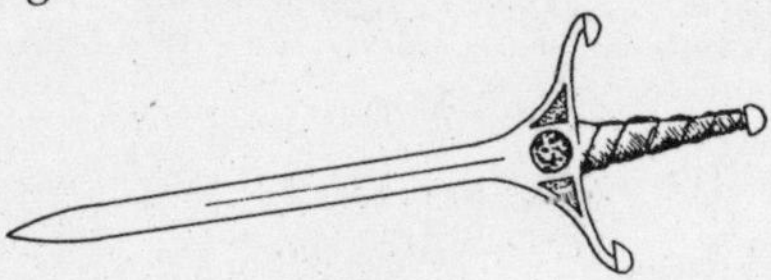

257

Am Morgen des dritten Tages ist der Himmel endlich wieder wolkenfrei, und das Meer liegt so ruhig wie schon lange nicht mehr. Nichts steht eurem Aufbruch mehr im Wege.

Wie befürchtet, wird es ziemlich eng für euch alle, doch das Boot vermag euer Gewicht zu tragen und bleibt auch noch manövrierfähig. Die Strömung und eine sanfte Brise treiben es direkt auf euer Ziel zu. Ein wenig bekommst du es doch mit der Angst zu tun, als du die Nebelwand immer näher kommen siehst. Zugleich genießt du den Ner-

venkitzel jedoch auch, dieses Kribbeln in der Magengrube, die Aufregung, etwas zu tun, was du dir selbst kaum zugetraut hättest. Unbeirrt hältst du das Boot auf seinem Kurs.
Die Sicht wird beständig schlechter. Nebelschwaden hüllen euch wie graue Watte ein. Zugleich wird die bisher schwache Strömung reißender, das Meer unruhiger. Messerscharfe Klippen schälen sich vor euch aus dem Dunst, und jetzt erkennst du, daß nicht nur Nebel die Insel umgibt, sondern daß es sich zu einem Gutteil um hochspritzende Gischt handelt. Zur Umkehr ist es nun jedoch schon zu spät. Das Boot wird wild hin und her geschleudert. Krampfhaft versuchst du, es wieder unter Kontrolle zu bringen, doch so schwer beladen, wie es ist, reagiert es wie ein störrischer Maulesel. Ob du es schaffst, das Boot unbeschadet zwischen den Klippen hindurchzusteuern? Das muß eine Geschicklichkeitsprobe ergeben. Die Riffe setzen deiner Geschicklichkeit eine Schwierigkeit von 15 Punkten entgegen.
Wenn du die Probe nicht bestehst, treiben dich die Wellen direkt nach **271**
Bestehst du hingegen, segelst du weiter nach **282**

258

Mit dem Beil kostet es dich zwar nicht sonderlich viel Kraft, die Kerben ins Holz zu hauen (nur 1 Punkt Kampfkraft), dafür ist es aber so klobig, daß diese Feinarbeit gehörig an deinen Nerven zerrt – du verlierst 3 Punkte deiner Nervenkraft.
Ziehe die Punkte ab, wenn du das Floß so stabil wie möglich bauen willst. Es bleibt dir aber auch die Möglichkeit, auf die Kerben zu verzichten und die Stämme einfach nur

zusammenzubinden – allerdings leidet die Stabilität darunter.

Du haust die Kerben – und liest weiter bei **292**

Du verzichtest darauf, schließlich bist du kein Zimmermann, und leider auch kein Biber. Statt dessen bindest du das Floß nur behelfsmäßig zusammen – ob es hält, erfährst du bei **336**

259

Entschlossen packst du alles zusammen, was du an Ausrüstungsgegenständen vielleicht noch bei dir hast, sagst deinem treuen Floß adieu und machst dich an den harten Marsch durch das Sumpfland. Zwischen Schilf und Wolken von Moskitos hindurch kämpfst du dich vorwärts, den ganzen Tag lang. Als du gegen Abend ein halbwegs trockenes Fleckchen findest, legst du dich dort zum Schlafen nieder.

Als du am nächsten Morgen aufwachst, spürst du, daß in deinen Adern das Fieber tobt – genau, wie wir es dir prophezeit haben, aber du wolltest ja mal wieder nicht hören!

Deine Gedanken verwirren sich, und als du schließlich wie ein Zombie weitertorkelst, versuchst du dich verzweifelt zu erinnern, was du eigentlich gewollt hast. In einem lichten Moment fällt dir ein, daß da irgend etwas mit einem Fluß war, aber du hast dich schon längst viel zu weit von ihm entfernt, denn er ist nirgendwo zu entdecken.

Dafür jedoch entdeckst du ein klares Wasserloch und kniest davor nieder, um zu trinken.

Im nächsten Moment jedoch schreist du vor Entsetzen auf. Was der silberne Wasserspiegel dir zeigt, hat nur noch entfernt Ähnlichkeit mit dir selbst, statt dessen fühlst du dich ein wenig an das Relief auf dem Sarkophag der Grabkammer erinnert. Einen entsetzlichen Moment lang hast du das Gefühl, daß die Augen des Monsters dich höhnisch aus deinen eigenen heraus anfunkeln; mehr noch, daß deine Augen bereits selbst begonnen haben, in dem unheiligen Rot von halb geronnenem Blut zu glitzern...

Und deine Arme – sind das überhaupt noch Arme, oder eher schattenartige Tentakel, schwarz und glänzend und...

Dann endlich begreifst du: das Böse hat sich in dir selbst eingenistet, möglicherweise war es gar keine Fieberkrankheit, die die Moskitos übertragen haben, vielleicht schlummerte das Böse auch schon die ganze Zeit über verborgen in dir und ist erst durch das Fieber vollends zum Durchbruch gelangt.

Man kann nicht einmal von einem Ende deines Abenteuers sprechen, denn dein Martyrium ist nicht vorbei. Es wird nie vorüber sein, niemals, nicht einmal nach deinem Tod, sondern es beginnt gerade erst!

Deinen entsetzlichen weiteren Leidensweg zu beschreiben verbieten jedoch der Anstand und die Rücksicht auf die Nerven sensiblerer Leser. Falls du dich nicht zu ihnen zählst, darfst du jetzt gerne das Licht löschen und deinen schlimmsten überhaupt nur vorstellbaren Phantasien freien Lauf lassen.

Und auch denen, die zu schlimm sind, sie sich überhaupt nur vorzustellen, da sie der Wahrheit schon wesentlich näher kommen... **ENDE**

260

Immer näher kommt das Fremde, das dich inmitten der Schwärze aufgespürt hat und nach deinen Gedanken tastet. Du fühlst, daß es eine ungeheure Kraft hat. Willst du – nachdem du dir einen Punkt deiner Geschicklichkeit abgezogen hast – wirklich das Risiko eingehen, abzuwarten, bis es dich erreicht?

Klar doch! Wer wird sich schon vor unbekannten Mächten fürchten? Lies weiter bei **290**

Allmählich wird dir die Sache mulmig. Du versuchst lieber, dich aus der Vision zu lösen: **235**

261

Wieder und wieder schlägst du mit dem Schwert zu. Du weißt nicht, ob du getroffen hast, aber das Mondlicht reißt das entsetzliche, fratzenhafte Gesicht des Wesens, das auf dich zugetorkelt kommt, deutlicher aus der Finsternis. Die Bestie heult auf, als deine Klinge im Mondlicht blitzt. Wie von Sinnen vor Entsetzen schlägst du immer wieder zu.

Es ist reiner Zufall, ob du triffst.

Wie oft? Um das festzustellen, würfele:

1 oder 2: gar nicht: **53**

3 oder 4: einmal getroffen: **289**

5 oder 6: zweimal getroffen: **277**

262

Das wirft natürlich ein kleineres Problem auf. Aber da du ja nicht gerade dumm bist (dafür spricht jedenfalls, daß du

es bis hier geschafft hast), findest du sofort eine Lösung. Schließlich hängen im Dschungel ja genügend Lianen herum, wie du schon leidvoll feststellen durftest, als du dir deinen Weg zwischen ihnen durchkämpfen mußtest. Zur Not kannst du sie für die Bindungen verwenden, und es könnte ja sein, daß du welche findest, die haltbarer sind als das Seil, das du hättest mitnehmen können.
Du schaust dir die Lianen jedenfalls gründlich an, bevor du dich daran machst, sie abzuschneiden. Und du tust gut daran, denn die Lianen in der näheren Umgebung gehören verschiedenen Gattungen an, sind daher verschieden zäh und haben eine verschiedene Haltbarkeit. Bloß – du bist zwar ein verdammt guter Fischer (jedenfalls hältst du dich dafür), aber von Pflanzen verstehst du rein gar nichts. Vielleicht erwischst du ein paar besonders feste, vielleicht aber auch welche, die bei der ersten ernsthaften Belastung reißen.
Das wird sich herausstellen bei **39**

263

Falls du das *Tschekal* erst gar nicht an dich genommen hast, ist es ein ziemliches Wunder, daß du es wirklich bis hierher geschafft hast. Ansonsten war es sehr klug von dir, die Klinge rechtzeitig ins Meer zu werfen. Den harten Gesetzen der Satai zufolge hättest du nämlich ansonsten dein Leben verwirkt, da niemand außer einem Satai selbst befugt ist, eine solche Waffe zu besitzen.

Du bedankst dich bei Skar für die Rettung, denn wenn er nicht das Boot gemietet hätte und damit in der Nähe der Nebelinsel herumgekreuzt wäre, hätte es wohl keine Rettung für dich mehr gegeben. Ihr segelt zur Küste zurück und geht in einem der Nachbardörfer an Land. Dort verabschiedet sich Skar von dir.

Du erholst dich einige Tage lang und kehrst nur kurz nach Larton zurück, um das Gold zu holen, das Lorn dir bereits im voraus gegeben hat, und um die Einwohner noch einmal nachdrücklich vor der Nebelinsel zu warnen. Nun weißt du ja, daß es sich bei den dort lauernden Gefahren keineswegs um reine Legenden handelt, sondern daß jeder, der die Insel betritt, einen grauenhaften Tod sterben wird, nachdem die Sternenbestie nun einmal frei ist. Auch in sämtlichen Nachbardörfern verkündest du deine Warnung.

Dann machst du dich auf eine lange Reise und hoffst, noch viele andere Abenteuer zu erleben. Während der ersten Zeit geht alles gut, sieht man mal davon ab, daß du des Nachts immer noch häufig von schlimmen Alpträumen gequält wirst. Stets kommt darin der steinerne Sarkophag vor, auf dessen Oberfläche das Relief der Sternenbestie eingraviert wurde. Aus leeren Augenhöhlen scheint sie dich anzustarren. Im Traum siehst du dich noch einmal die Rubine nehmen und in die Augenhöhlen einsetzen, wo sie sofort wie unter einem inneren Feuer in blutigem Glanz erglühen. Allmählich beginnst du zu begreifen, daß diese Rubine die Ursache dafür waren, daß sich das Böse in dir eingenistet hatte. Sie haben die Sternenbestie gebannt, aber im Laufe der Zeit hat sich etwas von dem Bösen auch in ihnen selbst festgesetzt. Die bloße Berührung mit ihnen hat bereits gereicht, daß etwas davon auch auf dich übergesprungen ist, und wie es scheint, ist es dir in deinem magischen Duell nur gelungen, die Bestie zurückzudrängen, nicht aber, sie ganz aus dir zu vertreiben. Irgendwann wird sie möglicherweise...

Vorerst willst du das jedoch nicht wahrhaben, hoffst, daß alles nur ein Irrtum ist.

Lies weiter bei **354**

264

Aber hast du überhaupt noch die Kraft dazu? Das Floß ist ziemlich schwer, es setzt dir einen Widerstand entgegen, der einer Kampfkraft von 18 Punkten entspricht.

Du schafft es: **299**

Du schaffst es nicht: **303**

265

Umkehren? Leider ist das leichter gesagt als getan. Viel vernünftiger wäre es gewesen, auf den gesunden Menschenverstand zu hören und gar nicht erst hierher zu kommen! Der Morast hat deine sämtlichen Spuren längst ausgelöscht, und als du versuchst, in die Richtung zurückzugehen, aus der du gekommen bist, gerätst du in Sumpflöcher und andere heimtückische Fallen, an denen du auf dem Hinweg offenbar mit sehr viel Glück vorbeigestolpert bist. Oder bist du vielleicht gar nicht hier entlanggekommen? Alles sieht gleich aus, und das Gluckern des Sumpfes scheint sich in höhnisches Gelächter zu verwandeln. Wird es dir gelingen, den Rückweg zu finden?

Körperkraft, Geschicklichkeit und Nervenkraft können dir dabei herzlich wenig helfen – es geht hier nur um reines Glück, denn nur damit – und am besten gleich einer dreifachen Portion – kannst du den mindestens tausend Fallen ausweichen, die der Sumpf für dich bereit hält. Darum: Würfle!

Du würfelst eine 1 oder 2: lies weiter bei **253**

Du würfelst eine 3, 4, 5 oder 6: dann lies weiter bei **293**

266

Aber so unglaublich es ist – ein letzter Rest von Leben ist noch in dem zerstörten Körper deines Freundes. Plötzlich schlägt er die Augen auf, die im vagen Mondlicht wie abgrundtiefe, bodenlose Teiche sind. Es scheint, als könne man in sie hineinschauen bis tief hinab in den Abgrund der Ewigkeit. Marliks Blick ist seltsam klar, und für wenige Augenblicke werden die Worte, die er zwischen Blutschwällen wispert, zusammenhängender und verständlicher.

»...hast meine Seele... gerettet«, wispert er, und fast schwingt so etwas wie Dankbarkeit in seiner Stimme mit. »Die Bestie... uns hineingelockt... Duc... die Tiefe... hüte dich vor denen, die... Sternenbestie... der graue Schatten... ah!«

Und mit diesen gräßlichen Worten verstummt er, seine Augen brechen und werden glasig, sein Kopf sackt zur Seite weg.

Lies weiter bei **294**

267

Verzweifelt kämpfst du gegen die Strömung an, aber sie ist einfach zu stark für dich. Während du paddelst wie ein

Wahnsinniger, wirst du an der Mündung vorbei hinaus aufs offene Meer getragen. Vor Überanstrengung und Verzweiflung brichst du zusammen, und als du wieder aus deiner Bewußtlosigkeit erwachst, bist du schon so weit draußen auf offener See, daß die Küste bald aus deinem Sichtbereich zu verschwinden droht.
Lies weiter bei **87**

268

Obwohl alles in dir danach drängt, auf Duc zuzugehen und ihm zu helfen, sagt dir doch eine innere Stimme, daß irgend etwas hier nicht mit rechten Dingen zugeht. Du zögerst. Stumm und mit seltsam schleppenden, steifen Schritten kommt Duc weiter auf dich zu.
Wenn du es für sinnvoll hältst und nicht befürchtest, den Quorrl dadurch zu provozieren, kannst du zur Sicherheit dein Schwert ziehen (falls du noch eines hast), bevor er dich erreicht hat.
Lies weiter bei **288**

269

Bei deinem gewagten Luftsprung bietest du ein denkbar schlechtes Ziel in der Dunkelheit. Trotzdem schießt der Gnom auf dich – nur vorsichtshalber. Wieder einmal entscheidet pures Glück, ob er dich trifft oder nicht.
Du würfelst:
eine 1, 2 oder 3: Weiter bei **312**
eine 4 oder 5: Weiter bei **324**
eine 6: Weiter bei **332**

270

Mit der Spitze deines Schwertes löst du das Amulett aus dem Körper der Mumie, ohne dabei auf das zu achten, was rings um dich vorgeht.

Dieses schreckliche Tun kostet dich so viel Nervenkraft, daß du 2 Punkte verlierst!

Kaum aber hältst du das Amulett in der Hand, da spürst du, wie ein seltsamer Kraftstrom dich durchpulst, aber vielleicht ist das auch nur Einbildung...? Jedenfalls schließt sich deine Hand instinktiv fester um das Amulett. Und du erkennst: Das Amulett ist magisch!

Trage ins Expeditionstagebuch ein: *MAGIE: 20 Punkte*

(Auch wenn du damit im Moment noch herzlich wenig anfangen kannst...)

Da du das Amulett an einer Kette um den Hals tragen kannst und dank seiner magischen Kraft keinerlei Gewicht spürst, brauchst du nicht einmal einen anderen Gegenstand dafür abzulegen. Du hältst es stets unter deiner Kleidung verborgen, und es ist dir unmöglich, es abzulegen, um an seiner Stelle etwa einen anderen Gegenstand an dich zu nehmen. Selbst wenn du irgendwann deine Ausrüstung verlieren solltest, gilt dies nicht für das Amulett. Es ist fast so etwas wie ein Teil deines Körpers geworden!

Als du aufblickst, merkst du, daß sich die Umgebung rings um dich her verändert hat. Du siehst dich selbst auf dem Platz vor dem Eingang zum Tempel stehen, aber die Ruinen wirken seltsam instabil und scheinen sich aufzulösen. Während der Zeit, die du in dieser Vision verbringst, steht für dich sozusagen die Zeit still, das bedeutet, daß deine Fackel nicht weiter herunterbrennt.

Lies weiter bei **25**

271

Mit vereinten Kräften und dem Mut der Verzweiflung stemmt ihr euch gegen das Ruder. Trotzdem werden die Klippen vor euch immer größer. Ein mörderischer Ruck geht durch das Boot, dann wird es wie eine Nußschale zerfetzt. Wie du merkst, hat es sehr wohl seinen Grund, daß sich jedermann vor der Insel fürchtet. Wenn du dir schon anmaßt, das Schicksal derartig herauszufordern, hättest du es wenigstens etwas geschickter anfangen sollen. Diese Einsicht kommt jedoch ein bißchen spät. Die Wellen schlagen über dir zusammen, und eine besonders kraftvolle Woge schleudert dich direkt auf die Riffe zu. Keine Frage, das ist dein **ENDE**

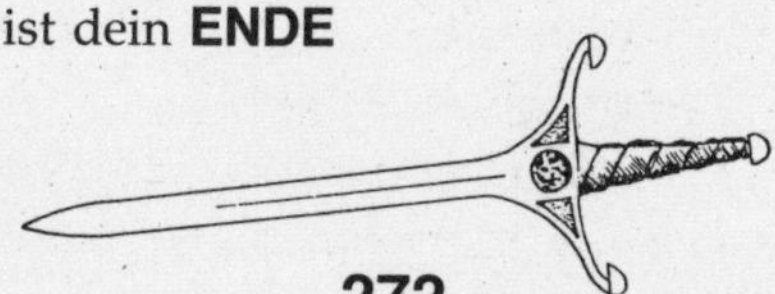

272

Nun vermagst du also, die von dir zusammengetragenen Baumstämme und die Querhölzer miteinander zu verbinden. Aber als du erste Versuche anstellst, merkst du, daß das Holz einigermaßen glatt ist und du eigentlich erst Kerben hineinschneiden müßtest, damit die Bindungen/ Schlingen nicht in kürzester Zeit wieder abrutschen und sich dein wunderschönes Floß in Wohlgefallen auflöst...
Okay – du spuckst in die Hände, schwingst dein Werkzeug – und hackst dir fast den Fuß ab. Hast du schon vergessen, wie hart das Holz ist?
Auch beim Einschneiden von Kerben in das harte Holz würde dir ein Beil gute Dienste leisten.
Hast du eins?

Ja: **258**
Nein: **279**

273

Marlik kämpft mit den Kräften eines Wahnsinnigen – genauer gesagt, seine Kampfstärke beträgt 20 Punkte. Dein Schwert nutzt dir bei diesem Kampf gar nichts.
Wenn du jedoch ein Messer bei dir hast, kannst du es jetzt ziehen und deine Kampfkraft dadurch um 3 Punkte erhöhen. Du kannst dich aber auch dafür entscheiden, es stekken zu lassen und den Kampf so auszutragen.
Wenn du das Messer einsetzt, würdest du deinen Freund dadurch in Lebensgefahr bringen; schließlich ist er nicht bei Sinnen, und somit kaum für sein Tun verantwortlich. Andererseits lassen seine wilden Attacken keinen Zweifel daran, daß *er* in seinem Wahnsinn keine Skrupel hat, dich in die Hölle der erfolglosen Helden zu schicken.
Entscheide selbst. Aber so oder so: dir bleibt nichts anderes übrig, als den Kampf nach den Duellregeln auszutragen.
Du gewinnst, dann lies weiter bei **23**
Du verlierst, dann lies weiter bei **114**

274

Von den Gnomen verfolgt, hastest du zwischen den monolithischen Steinblöcken und Ruinen hindurch, fast ohne auf deine Umgebung zu achten. Endlich erreichst du das Ende der Ruinenstadt; nicht weit vor dir ragt der Dschungel wie eine schwarzgrüne Mauer im Mondlicht auf. Aber zwischen dir und den ersten Bäumen befindet sich eine freie Fläche, und während du sie überquerst, wirst du in voller Sicht sein, denn der Mond beleuchtet das Terrain fast taghell. Und ganz in der Nähe hörst du die Stimmen der Gnome...
Was tust du?

Ein Versuch erscheint dir zu riskant, und du willst dich lieber verstecken, bis die Gnome wieder weitergezogen sind, dann lies weiter bei **296**
Du willst es trotzdem versuchen – bitte: **27**

275

Wieder überbrückt dein Geist in der Vision lange Zeiträume, aber diesmal werden deine Nerven leichter damit fertig.
Wie sich zeigt, übt die Sternenbestie selbst aus ihrem Kerker heraus noch einen verderblichen Einfluß aus, der auf Menschen viel stärker zu wirken scheint als auf die Goldenen. Im Verlauf zahlreicher Generationen werden sie kleiner, verlieren ihre Haare, und ihre Münder stulpen sich schnabelartig vor. Nun weißt du, daß die Gnome aus den Piraten hervorgegangen sind, die damals auf der Nebelinsel zurückblieben.
Der Einfluß der Sternenbestie erstreckt sich jedoch auch auf ihren Geist. Je mehr sie sich körperlich verwandeln, desto tiefer stürzen sie auch in ein Stadium der Barbarei zurück. Ihre Sprache beschränkt sich auf einige wenige Begriffe, sie lassen die Bauwerke der Goldenen verfallen und errichten sich ein primitives Dorf im Dschungel.
Ziehe einen Punkt von deiner Kampfkraft ab.
Wenn du weiterhin in der Vision bleiben willst: **300**
Du versuchst, dich aus der Vision zu lösen: **350**

276

Falls du das *Tschekal* erst gar nicht an dich genommen hast, ist es ein ziemliches Wunder, daß du es wirklich bis hierher geschafft hast. Ansonsten war es sehr klug von dir, die Klinge rechtzeitig ins Meer zu werfen. Den harten Gesetzen der Satai zufolge hättest du nämlich ansonsten dein Leben verwirkt, da niemand außer einem Satai selbst befugt ist, eine solche Waffe zu besitzen.
So jedoch verabschiedest du dich nach kurzer Zeit von Skar. Du erholst dich einige Tage lang und warnst die Einwohner von Larton noch einmal nachdrücklich vor der Nebelinsel. Nun weißt du ja, daß es sich bei den dort lauernden Gefahren keineswegs um reine Legenden handelt, sondern daß jeder, der die Insel betritt, einen grauenhaften Tod sterben wird, nachdem die Sternenbestie nun einmal frei ist. Auch in sämtlichen Nachbardörfern verkündest du deine Warnung.
Dann machst du dich auf eine lange Reise und hoffst, noch viele andere Abenteuer zu erleben. Während der ersten Zeit geht alles gut, sieht man mal davon ab, daß du des Nachts immer noch häufig von schlimmen Alpträumen gequält wirst. Stets kommt darin der steinerne Sarkophag vor, auf dessen Oberfläche das Relief der Sternenbestie eingraviert wurde. Aus leeren Augenhöhlen scheint sie dich anzustarren. Im Traum siehst du dich noch einmal die Rubine nehmen und in die Augenhöhlen einsetzen, wo sie sofort wie unter einem inneren Feuer in blutigem Glanz erglühen. Allmählich beginnst du zu begreifen, daß diese Rubine die Ursache für deine Alpträume sind. Sie haben die Sternenbestie gebannt, aber im Laufe der Zeit hat sich etwas von dem Bösen auch in ihnen selbst festgesetzt. Die bloße Berührung mit ihnen hat bereits gereicht,

daß etwas davon auch auf dich übergesprungen ist. Vorerst willst du das jedoch nicht wahrhaben, hoffst, daß alles nur ein Irrtum ist.
Lies weiter bei **354**

277

Jawohl, Lorn wäre stolz auf dich! Von deinen Schwertstreichen getroffen, bleibt die Gestalt mitten im Lauf getroffen stehen, als sei sie vor eine Wand gerannt, dann sackt sie langsam in sich zusammen, ein gräßliches Stöhnen ausstoßend, das schlimmer ist als alle Geräusche, die das Wesen bis jetzt von sich gegeben hat – denn es ist eindeutig das Stöhnen eines Menschen...
Mit einem Satz bist du bei der zusammengesunkenen Gestalt. Langsam drehst du sie herum, bis das Mondlicht voll auf ihr Gesicht fällt. Es ist von Feuer und Rauch geschwärzt, auf der Stirn ist eine Rißwunde, aus der Blut sikkert – aber das ist nichts gegen den Strom von Blut, der aus der zerfetzten Brust strömt und sich nun unter der Gestalt ausbreitet und deine Hände – deine Mörderhände – rot färbt.
Halb wahnsinnig vor Grauen begreifst du, daß du Marlik niedergemetzelt hast, dem es offenbar gelungen ist, sich verletzt ebenfalls aus dem Lager zu retten und hier zu verbergen. Du kennst ihn zwar erst ein paar Tage, und trotzdem ist er in dieser Zeit zu deinem Freund geworden.
Verständlicherweise erleidest du einen schlimmen Schock, der dich 4 Punkte deiner Nervenkraft kostet!
Falls du noch dazu in der Lage bist, gehe weiter zu **294**

278

Entschlossen steuerst du dein Floß in den rechten der vier Arme. Aber alsbald gabelt sich dieser wieder in ein Dutzend kleinerer Verästelungen, und du wählst blind eine davon, die sich dann auch wieder in Dutzende kleine, schlammige Äste aufteilt... Es dauert nicht lange, und du befindest dich mitten in einem Labyrinth aus Hunderten kleinen Wasserläufen und winzigen Seen. Über allem stehen dichte Wolken von Moskitos, die sich gierig auf dich stürzen. Zu allem Überfluß läuft dein Floß auch noch mitten in einem der kleinen Seen auf Grund, und so viel du auch stakst, du bekommst es nicht wieder von der Sandbank herunter, dazu ist das Wasser hier einfach zu flach.
Du beginnst zu überlegen, ob du das Floß nicht aufgeben und versuchen sollst, zum festen Ufer zu waten, da bemerkst du eine träge Bewegung ganz in der Nähe. Ein entsetzlicher Schreck durchzuckt dich. Dieses Deltagebiet ist total von Krokodilen verseucht! Und nicht nur du hast sie bemerkt, sie scheinen auch dich bemerkt zu haben, denn immer mehr scheinen dich zu belauern... Was nun?
Wenn du auf dem Floß bleiben willst: **298**
Wenn du versuchen willst, watend einen nicht von den Krokodilen besetzten Teil des Ufers zu erreichen: **298**

279

Tja, dann wirst du wohl noch einmal auf dein Schwert zurückgreifen müssen, wobei die Feinarbeit dich sowohl

Kraft wie auch Nerven kostet. Wieviel Punkte du jeweils verlierst, hängt von der Qualität deiner Klinge ab.

Tschekal: 2 Punkte Kampfkraft und 2 Punkte Nervenkraft

Familienschwert: 3 Punkte Kampfkraft und 3 Punkte Nervenkraft

Ziehe die Punkte ab, wenn du das Floß so stabil wie möglich bauen willst. Es bleibt dir aber auch die Möglichkeit, auf die Kerben zu verzichten und die Stämme einfach nur zusammenzubinden – allerdings leidet die Stabilität darunter.

Du schnitzt die Kerben – und liest weiter bei **292**

Du hast auch kein Schwert oder verzichtest darauf, es zu benutzen, schließlich bist du kein Zimmermann, und leider auch kein Biber. Stattdessen bindest du das Floß nur behelfsmäßig zusammen – ob es hält, erfährst du bei **336**

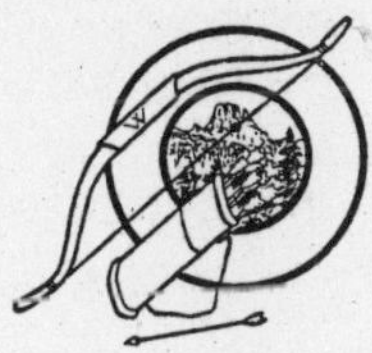

280

Wie gebannt starrst du das Amulett an, ohne noch etwas von dem wahrzunehmen, was rings um dich her geschieht. Aber du bringst es nicht über dich, es aus dem Leichnam herauszuschneiden und an dich zu nehmen; das käme dir zu sehr wie Leichenschändung vor, und überhaupt reicht deine Nervenkraft dazu nicht aus... Seltsame Visionen stürmen auf dich ein, doch sie bleiben wirr und ohne Sinn. Mühsam machst du einen Schritt zurück, und plötzlich wirst du wieder der Welt rings um dich gewahr.

Ohne dich erinnern zu können, wie du dorthin gekommen bist, findest du dich plötzlich am Eingang der Halle wieder. Nachdem du endlich aus deiner Benommenheit erwachst, fällt dein Blick auf deinen sich verringernden Lichtvorrat. Es wird immer dringender, einen Ausgang zu finden!

Was nun?

Du tastest dich längs der Wände der runden Halle, in der Hoffnung, irgendwo einen Ausgang zu finden: Weiter bei **151**

Du kehrst um und gehst den Gang zurück. Weiter bei **212**

281

Die Strömung treibt das Boot hinaus auf den Fluß. Ohne daß du großartig staken müßtest, wirst du flußabwärts getragen. Zufrieden läßt du dich auf dein schwankendes Gefährt sinken. Links und rechts von dir ziehen majestätisch die grünen Wände des Dschungels vorbei; Affen- und Vogelgeschrei dringt an dein Ohr. Du richtest dich auf eine ungestörte Fahrt ein – so läßt du dir das Abenteurerleben schon eher gefallen.

Es gefällt dir sogar so gut, daß dich die Ruhe und der Frieden fast schon stutzig machen sollten. Schließlich wollen die Autoren ja nicht, daß du vor lauter Harmonie und Langeweile einschläfst.

Wie sie das verhindern, erfährst du bei **28**

282

Mit vereinten Kräften und dem Mut der Verzweiflung stemmt ihr euch gegen das Ruder. Immer näher kommt ihr den Klippen, dann entdeckst du plötzlich eine schmale Lücke zwischen den Riffen. Eine letzte gewaltige Kraftanstrengung, dann schießt das Boot direkt durch die Lücke, in eine geschützte Bucht hinein. Schlagartig wird das Wasser ruhiger, und auch der Dunst hat sich hier vollständig gelichtet.

Vor euch liegt das Ziel der Reise, die Nebelinsel. Auf den ersten Blick macht sie eigentlich einen recht friedlichen Eindruck. Es gibt eine üppige Vegetation hier.

An einem geradezu paradiesisch anmutenden Sandstrand legt ihr an. Der Sand ist fast schneeweiß, dahinter beginnt dichter Wald.

Kaum hat das Boot jedoch festen Grund berührt, ändert sich dieser idyllische Eindruck. Ein körperloser, eisiger Hauch scheint deine Seele zu streifen und erfüllt dich mit einer so abgrundtiefen Furcht, wie du sie noch nie zuvor gespürt hast. Du spürst plötzlich, daß die Mythen, die diese Insel umgeben, weit mehr als nur bloße Legenden sind. *Etwas* lauert hier und wartet nur auf einen Narren, der verrückt genug ist, die Warnungen seines Verstandes in den Wind zu schlagen. Die verderbliche Magie dieses Ortes ist fast schon greifbar. Wenn es so etwas wie eine Hölle wirklich gibt, so kann es sich nur um die Nebelinsel handeln.

Selbst Lorn macht plötzlich ein sehr, sehr nachdenkliches Gesicht, als er aus dem Boot steigt. Auch seinen Begleitern ist anzusehen, daß sie am liebsten umkehren würden, nur von Ducs flachem Fischgesicht ist keinerlei Regung abzulesen.

Hast du Lorn eigentlich gebeten, ihn bei dieser Expedition begleiten zu dürfen?

Wenn ja, lies weiter bei **295**

Wenn nein, lies weiter bei **317**

283

Der Kampf tobt mit aller Härte, aber bald mußt du einsehen, daß du gegen dieses entsetzliche Geschöpf nicht die geringste Chance hast. Das Amulett auf deiner Brust beginnt zu glühen, es versengt dir die Haut. Der Schmerz ist so entsetzlich, daß er deine Konzentration durchbricht; du verlierst den Kontakt zur Magie des Amuletts und kannst nicht mehr anders, als es dir vom Hals zu reißen und es von dir zu schleudern.

Die Sternenbestie scheint so etwas wie einen zufriedenen Seufzer auszustoßen, als sei sie nun endgültig von einer lange erduldeten Qual befreit.

Mit einem Mal beginnen sich die Tentakeln der Bestie auf dich zuzubewegen. Du willst einen Schrei ausstoßen, willst dich mit einem wilden Satz irgendwohin in Sicherheit bringen, aber beides schaffst du nicht. Es ist, als ob das Monstrum dich mit einem hypnotischen Bann willfährig gemacht hätte. Vor Grauen fast irrsinnig, aber gleichzeitig zur Untätigkeit verdammt, schaust du zu, wie die Tentakel deine ungeschützte Brust berühren, in sie eindringen, sie auseinanderspalten. Weitere Tentakel tasten sich heran, klammern sich rechts und links in die schreckliche Wunde, die, so unglaublich es auch erscheinen mag, trotz allem nicht blutet, und dann ist das Ungeheuer plötzlich verschwunden, hat endgültig die Herrschaft über dich angetreten.

Das letzte, was du siehst, ist, wie deine Brust sich wieder schließt und dein Spiegelbild sich normalisiert, dann senkt sich Schwärze über dein Bewußtsein. Äußerlich siehst du wieder aus wie ein ganz normaler Mensch, aber in deinem Inneren...

Lies weiter bei **12**

284

Aber wohin willst du dich von hier aus wenden? Das Lager wird vermutlich immer noch von den Gnomen bewacht, dorthin kannst du nicht zurück – jedenfalls nicht auf dem Weg, den du gekommen bist. Gerade aus dieser Richtung hörst du nämlich das Schnattern von Gnomen, die sich rasch nähern.

Du gehst zurück zur Grabkammer – das heißt, falls du nicht gerade von dort kommst – um diese genauer in Augenschein zu nehmen: weiter bei **348**

Du dringst tiefer in die Ruinenstadt ein, um dich irgendwo zwischen den uralten Gemäuern zu verstecken, bis die Gnome wieder abgezogen sind: weiter bei **36**

Du fliehst in den Dschungel hinein: weiter bei **48**

285

Verzweifelt kämpfst du mit den schlammigen Fluten, aber gegen den schmutzigen Fluß hast du keine Chance. Er fließt nämlich nicht halb so träge, wie er aussieht... Du gehst unter, schluckst brackiges Wasser, kommst keuchend noch einmal hoch – dann zieht der Fluß dich endgültig hinab, und du erleidest den schrecklichen Tod durch Ertrinken. **ENDE**

286

Nach einer Weile wird deine Unruhe so groß, daß du entschlossen die Hütte verläßt. Vielleicht hilft dir ja ein klei-

ner Spaziergang in der frischen Nachtluft – der Tag war entsetzlich schwül und drückend, und auch jetzt ist die Luft in der Hütte noch so schwer, daß du dich regelrecht fiebrig fühlst.
Tatsächlich fühlst du dich im Freien gleich wohler. Du siehst Malik bzw. Duc am Feuer sitzen und winkst ihm kurz zu, bevor du deinen Spaziergang beginnst.
Lies weiter bei **297**

287

Da du erkennst, daß ihr den Gefahren dieser Insel höchstens gemeinsam gewachsen seid, bemühst du dich, dies auch den anderen bewußt zu machen. Sie sind ebenfalls nicht gerade begeistert davon, allein zu gehen, und bieten dir eine allerletzte Chance. Sie verlangen, als Preis für ihr Bleiben die beiden Rubinaugen zu bekommen, und du sollst sie ihnen geben. Du erschrickst und versuchst, ihnen das auszureden, da die beiden Edelsteine dir nicht geheuer sind, doch in diesem Fall ist die Gier der Männer größer als ihr Aberglaube. Da sie sich nicht umstimmen lassen, bist du...
bereit, ihren Wunsch zu erfüllen: lies weiter bei **149**
nicht dazu bereit und willst den Tempel nun doch notfalls ohne ihre Hilfe genauer untersuchen: lies weiter bei **323**
bereit, für heute abend nun doch auf weitere Untersuchungen zu verzichten und mit ihnen zum Lager zurückzukehren: lies weiter bei **157**

288

Als du direkt vor ihm stehst, durchfährt dich ein furchtbarer Schreck. Jetzt erst siehst du, daß dieser Duc nicht mehr viel Ähnlichkeit mit jenem hat, den du einmal gekannt

hast. Tiefe Wunden entstellen seine Brust und seinen Bauch, die eine Hälfte seines Gesichtes ist verbrannt, eines seiner Augen blind. Doch das alles ist nichts im Vergleich zu dem tiefen, ausgezackten Schnitt an der Seite seines Halses. Er ist so tief, daß sein Kopf beim Gehen hin- und herschaukelt, und seine Schuppen sind matt und braun von eingetrocknetem Blut geworden.
Kein Mensch – nicht einmal ein Quorrl! – kann mit einer solchen Verletzung noch leben! Und erst in diesem Augenblick wird dir bewußt, daß Duc bereits tot ist. Tot und dennoch am Leben erhalten von einer unbegreiflichen magischen Macht! Du hast einen Untoten vor dir – ein Wesen, das nicht mehr von dieser Welt ist.
Diese Erkenntnis ist so gräßlich, daß du 4 Nervenkraft-Punkte verlierst!
Falls du das überlebst, lies weiter bei **127**

289

Von deinem Schwertstreich getroffen, gerät die Gestalt sichtlich ins Torkeln. Dann sackt sie unmittelbar vor deinen Füßen zusammen, ein gräßliches Stöhnen ausstoßend, das schlimmer ist als alle Geräusche, die das Wesen bis jetzt von sich gegeben hat – denn es ist eindeutig das Stöhnen eines Menschen...
Mit einem Satz bist du bei der zusammengesunkenen Gestalt, über deren Lippen nun unzusammenhängende

Wort- und Satzfetzen dringen. Langsam drehst du sie herum, bis das Mondlicht voll auf ihr Gesicht fällt. Es ist von Feuer und Rauch geschwärzt, auf der Stirn ist eine Rißwunde, aus der Blut sickert – aber das ist nichts gegen den steten Strom von Blut, der aus der durchstochenen Brust strömt und deine Hände – deine Mörderhände! – rot färbt.

Halb wahnsinnig vor Grauen begreifst du, daß du Marlik niedergeschlagen hast, dem es offenbar gelungen ist, sich verletzt ebenfalls aus dem Lager zu retten und hier zu verbergen. Du kennst ihn zwar erst ein paar Tage, und trotzdem ist er in dieser Zeit zu deinem Freund geworden.

Verständlicherweise erleidest du einen schlimmen Schock und verlierst 3 Nervenkraft-Punkte!

Für den Fall, daß du noch dazu in der Lage bist, lies weiter bei **266**

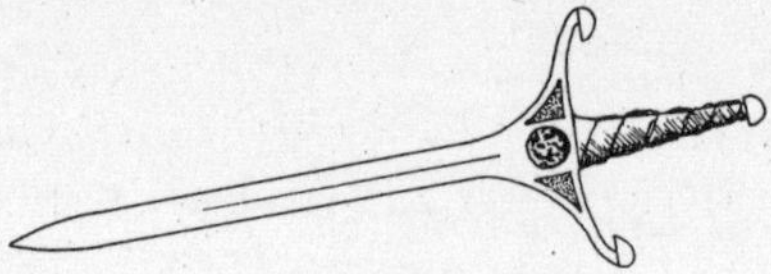

290

Die fremde Macht hat dich erreicht, und eine Woge aus purer Kraft hüllt dich ein, durchdringt jede Faser deines Körpers und scheint bis in die verborgensten Winkel deiner Seele schauen zu können.

Aber es ist nicht etwa die Sternenbestie, wie du einen Moment befürchtet hast, und erst nach Sekunden begreifst du, daß es die Kraft des Amuletts selbst ist, das auf unbegreifliche Art fast zu etwas wie einem Eigenleben erwacht ist. Du hast es aktiviert, indem du die Vision bis zu Ende verfolgt hast, und somit steigt deine magische Kraft auf

30. Notiere das in deinem Abenteuertagebuch!
»Fremder!« erklingt plötzlich eine ungeheuer machtvolle Stimme, obwohl kein Laut zu hören ist. Sie erklingt direkt in deinen Gedanken. »Ich spreche aus den Tiefen der Zeit zu dir. Ich bin der Wächter einer der furchtbarsten Kreaturen, die es jemals auf Enwor gegeben hat. Eine Bestie aus dem Gezücht der Sternengeborenen, die einst in Feuer gehüllt vom Himmel herabkamen. In furchtbaren Kämpfen gelang es uns, die Sternenbestie hierher zu verbannen. Was du erlebt hast, war eine Warnung, die dich erreicht hat, weil die Siegel aufgebrochen wurden und die Bestie nicht länger binden. Sie wird unvergleichliches Elend über die Welt bringen, wenn es ihr gelingt, von der Insel zu entkommen.
Das muß verhindert werden!
Ich kann dir dabei helfen, doch ich bin nicht allmächtig. Innerhalb meiner Grenzen aber kann ich dir Kraft und Geschicklichkeit verleihen. Nutze sie weise, aber eile dich, denn die Zeit drängt. Fremder! Ich spreche aus den Tiefen der Zeit zu ...«
Die Stimme verklingt. Im gleichen Moment fühlst du dich stark und erfrischt wie lange nicht mehr. Das Amulett hat deine Kräfte völlig regeneriert, auch Verletzungen, die deine Fähigkeiten beeinträchtigt haben, sind vollends ausgeheilt.
Sowohl deine Kampfkraft, deine Geschicklichkeit als auch deine Nervenkraft steigen um je 10 Punkte.
Dies ist das Ende der Vision. Du spürst, daß sie deine Kräfte nur dieses einzige Mal regenerieren kann. Solltest du später noch einmal die Möglichkeit erhalten, sie zu durchlaufen, so entscheide dich dagegen!
Lies weiter bei **310**

291

Ein paar wuchtige Schläge mit dem Schwert verschaffen dir Luft. Es gelingt dir, zwei der Gnome zu töten, der dritte ergreift entsetzt die Flucht, als er begreift, daß er keine Chance gegen dich hat.
Fragt sich nur, was du aus diesem Sieg machst... Schau mal nach unter **320**

292

Nach geraumer Zeit bist du mit deinem Werk endlich fertig. Als du das Floß hinaus in die schlammigen Fluten schiebst, merkst du auch, wie stabil deine Konstruktion ist – unabhängig davon, daß möglicherweise deine Bindungen nicht allzu fest sind.
Die Stabilität des Floßes hat sich um 2 Punkte erhöht; wenn du ein *geschickter Handwerker* bist, sogar um 5 Punkte.
Frohgemut nimmst du die Stange, die du zum Staken verwenden willst, und kletterst an Bord.
Lies weiter bei **281**

293

Tatsächlich, du hast eindeutig mehr Glück als Verstand, bedenkt man, daß du dich selbst in diese Lage hineinmanövriert hast. Wie im Traum gelingt es dir, aus dem Sumpf wieder herauszufinden und an deinen Ausgangspunkt zurückzukehren. Ein Marsch von insgesamt trotzdem 2

Meilen, und alles völlig umsonst... Zu allem Überfluß hat dieser Marsch auch noch enorme Kraft gekostet. Zieh dir so viele Punkte von deiner Kampfkraft ab, wie du im vorigen Kapitel gewürfelt hast, also 3, 4, 5 oder 6.
Außerdem sind deine Nerven durch dieses Abenteuer arg ramponiert.
Du verlierst 2 Nervenkraft-Punkte!
Was nun?
Wenn du nach Norden gehst, dann wende dich nach **71**
Wenn du nach Osten gehst: **256**
Du bleibst nach diesem vergeblichen Versuch lieber in dieser Gegend, versteckst dich im Dschungel und hoffst einfach, nicht gefunden zu werden: weiter bei **7**
Du kannst dich nach Westen auf den Weg zur Ruinenstadt machen, falls du seit dem Überfall nicht schon in der Grabkammer gewesen bist: weiter bei **80**

294

Du läßt den Körper deines von dir ermordeten Freundes wieder auf den Boden zurücksinken. Tränen strömen dir über das Gesicht, und du wirst von einem Schluchzen geschüttelt. Du bist – wenngleich unabsichtlich – nicht nur zum Mörder Marliks geworden, sondern hast auch den außer dir möglicherweise einzigen noch lebenden Menschen auf dieser verfluchten Insel getötet. Schlagartig kommt dir deine ungeheure Einsamkeit hier in der uralten Ruinenstadt inmitten des Dschungels zu Bewußtsein.
Und zu allem Überfluß hörst du jetzt auch noch erregte Stimmen und wildes Geschrei in nicht sehr großer Entfer-

nung. Anscheinend nähern sich die Gnome. Dein Blick fällt auf Marliks Leiche, und du siehst, daß er einen Bogen und einen Köcher trägt.

Du hast schon selbst Bogen und Köcher: weiter bei **301**

Wenn nicht, weiter bei **254**

295

Du erkennst jetzt, daß deine Bitte reichlich voreilig war, und bist heilfroh, daß er sie abgelehnt hat. Nicht mal die Aussicht auf noch so großen Reichtum könnte dich dazu bewegen, auch nur einen Fuß auf diese verfluchte Insel zu setzen.

Du erinnerst ihn noch einmal an das Versprechen, das er dir gegeben hat, und versicherst, daß du in vier Tagen wieder herkommen würdest, um ihn und seine Begleiter abzuholen. Dann läßt du dir vereinbarungsgemäß die ersten drei Goldstücke geben und verabschiedest dich hastig und voller Nervosität.

Du segelst direkt nach **159**

296

Vorsichtig pirschst du dich zurück zwischen die Ruinen, um dich irgendwo zwischen den gigantischen Blöcken zu verstecken – einer der größten Fehler, die du je gemacht hast, wie sich alsbald herausstellt, denn plötzlich stehst du inmitten einer ganzen Horde von Gnomen, die plötzlich wie aus dem Nichts aufgetaucht sind. Du bist den Bur-

schen genau in die Arme gelaufen. Sie glotzen dich genauso blöde an wie du sie, doch erholen sie sich schnell von ihrer Überraschung und spannen ihre Bögen...
Was dabei rauskommt, erfährst du, wenn du nach **160** *gehst*

297

Zunächst gehst du ein Stück am Strand entlang, ohne dich natürlich weit vom Lager zu entfernen. Dann umgehst du es in einem kleinen Bogen und näherst dich dem Dschungel. Alles macht einen harmlosen und friedlichen Eindruck. Gerade als du wieder zum Feuer zurückgehen willst, hörst du das Knacken eines trockenen Astes. Erschrocken fährst du herum. Gleich darauf stürmt eine ganze Horde kleinwüchsiger Gestalten aus dem Dickicht. Du stößt einen gellenden Warnschrei aus und stellst dich den Angreifern. Es handelt sich um bis auf einen Lendenschurz nackte Gnome von fast nachtschwarzer Hautfarbe, die dir kaum bis zur Brust reichen. Ihre Schädel sind völlig kahl. Ihre Münder sind hornartig verwachsen und erinnern fast an Papageienschnäbel, und ihre Augen scheinen im Dunkeln rötlich zu glühen...
Der schreckliche Anblick kostet dich 2 Nervenkraft Punkte!
Gleich darauf sind drei der Gnome über dir und reißen dich zu Boden. Die anderen rennen auf das Lager zu, ohne sich um dich zu kümmern, aber die drei machen dir auch allein schon genug Schwierigkeiten. Sie sind zwar nicht übermäßig stark und nur mit Messern bewaffnet, aber sie sind eben zu dritt, und ihre gemeinsame Kampfkraft liegt bei 24.
Deine Chancen, sie zu besiegen, wären natürlich höher, wenn du ein Schwert hättest – und es auch noch erreichen könntest. (Pfeil und Bogen dürften dir im Nahkampf

nichts nützen.) Andererseits müßtest du dafür kurzzeitig deine Verteidigung vernachlässigen, was auch nicht ohne Risiko ist.

Du versuchst trotzdem, nach dem Schwert zu greifen: lies weiter bei **308**

Du willst oder mußt waffenlos kämpfen: lies weiter bei **185**

298

Wie schon die gleichen Nummern andeuten, ist es völlig gleichgültig, was du nun tust. Die Krokodile haben dich schon längst umzingelt und kommen immer näher und näher. Sie scheinen äußerst großen Appetit auf einen einfältigen Fischer zu haben, der sich so bereitwillig selbst auf ihre Speisekarte setzt. Das letzte, was du in deinem Leben zu sehen bekommst, ist ein weit aufgerissener Rachen mit zwei Reihen mörderischer Zähne, die nach dir schnappen, dann ereilt dich das **ENDE**

299

Vor Anstrengung keuchend und schluchzend, mit dem Gefühl, dir unter der gewaltigen Last des Floßes den Rükken zerbrochen zu haben, schleppst du das Floß in einer unmenschlichen Anstrengung an den Stromschnellen vorbei und läßt es stromabwärts davon wieder zu Wasser. Diese Anstrengung kostet dich 5 Punkte deiner Kampfkraft, aber immerhin – du schaffst es. Während das Floß weitertreibt, liegst du halb bewußtlos darauf, kaum mehr

wahrnehmend, was um dich herum geschieht...
Vielleicht siehst du klarer, wenn du noch die Kraft hast, weiterzublättern nach **118**...

300

Immer stärker geraten die Gnome unter den Bann der Sternenbestie. Sie beginnen sie zu verehren, versuchen aber glücklicherweise nicht, sie zu befreien. Gelegentlich, wenn auch nur sehr selten, verschlägt es Fremde auf die Insel. Stets gelingt es den Gnomen, sie zu überwältigen, und anschließend bringen sie die Überlebenden der Bestie zum Opfer dar.
Ziehe einen Punkt von deiner Geschicklichkeit ab und entscheide wie üblich, ob du:
weiterhin in der Vision bleiben willst: **210**
oder lieber versuchen willst, dich aus ihr zu lösen: **350**

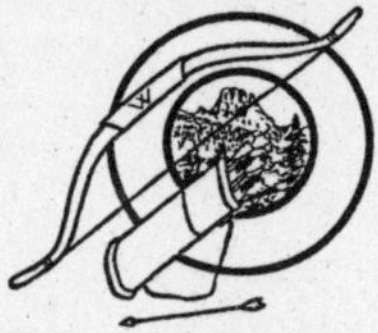

301

Hinter dir ertönt plötzlich ein aufgeregter Schrei. Du wirbelst herum. Ein ebenfalls mit einem Bogen bewaffneter Gnom ist am Rande des Platzes erschienen. Als er dich erblickt, reißt er die Waffe hoch und legt ohne zu zögern auf dich an – sein Motto scheint das gleiche zu sein wie deines: »Erst schießen, dann fragen.«
Was tust du?
Du versuchst, dich mit einem Satz im Eingang zur Grabkammer in Deckung zu bringen: **269**

Du reißt deinen eigenen Bogen hoch, um schneller zu schießen als dein Widersacher: **41**

302

Vorsichtig trittst du an die Tür der Hütte. Im vagen Licht entdeckst du verrottete Kisten, Fässer und andere Behältnisse – in einigen sind Waffen zu erkennen, die trotz ihres hohen Alters möglicherweise besser als deine gegenwärtigen sind: Schwerter, Bögen, Pfeile, Messer, Äxte und eine Menge anderer nützlicher Dinge.
Weniger nützlich, aber trotzdem äußerst schön anzublikken sind das Gold und die Edelsteine, die aus einer aufgeplatzten Kiste herausgequollen sind. Der reinste Piratenschatz.
Und nirgendwo die Spur einer Bedrohung...
Unter diesen Umständen betrittst du die Hütte – **342**
Du willst statt dessen doch lieber so schnell wie möglich von hier verschwinden – **215**

303

Das Floß ist noch viel schwerer, als du es dir in deinen schlimmsten Vorstellungen gemacht hast. Du bekommst es keine zehn Meter weit, da verlassen dich deine Kräfte, und du sinkst schluchzend nieder. Nein, so geht es nicht, Freund. Wofür hältst du dich? Für Sylvester Schwarzenegger? Den gibt's in deiner Welt nicht, und du hast auch keine Chance, auf Enwor sein entsprechendes Gegenstück zu werden.
Was nun?
Du marschierst doch durch den Sumpf, um zu versuchen, weiter flußabwärts ein neues Floß zu bauen: **259**
Du versuchst, die Stromschnellen doch zu durchschiffen: **343**

304

Pustekuchen – den gibt es leider nicht. So sehr du auch suchst, vom höhnischen Grinsen der Mumien begleitet – die kurze Zeit, die dir noch bleibt, bis auch die letzte Fakkel erlischt, wirst du in dieser gräßlichen Gesellschaft zubringen müssen.

Wenn du dazu allerdings keine Lust hast, kannst du deine Fackel freiwillig austreten und versuchen, über **66** *vielleicht doch noch herauszukommen . . .*

305

Also bleibt dir nur, flußabwärts am Ufer entlangzumarschieren.

Weiter bei **253**

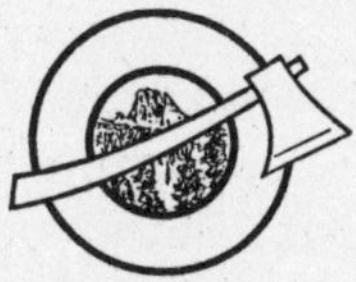

306

Mit fliegenden Fingern tastest du nach Marliks Bogen und Köcher. Da der Tote jedoch mit dem Rücken darauf liegt und blutüberströmt ist, sind auch deine Hände bald bis zum Handgelenk mit Blut besudelt, bis es dir endlich gelingt, ihn umzudrehen.

Dieses schreckliche Tun kostet dich 2 Nervenkraft-Punkte.

Du bekommst den Köcher in die Hand, aber befinden sich auch Pfeile darin? Jetzt kann dir nur noch dein Glück helfen . . . Der Köcher kann völlig leer sein, aber es besteht auch die Möglichkeit, daß er noch ganz voll ist. Würfle, um festzustellen, wieviel Pfeile sich noch darin befinden. Die Zahl der Würfelaugen *minus 1* entspricht der Zahl der Pfeile.

Ist der Köcher leer? Pech gehabt. Wie groß es ist, erfährst du bei: **316**
Sind noch ein oder mehrere Pfeile darin? Dann trage sie im Abenteuertagebuch ein und lies weiter bei **338**

307

Als ihr aus dem Tempel tretet, stehen die anderen Männer draußen in sicherem Abstand vom Eingang und schauen sich mißtrauisch um. Die Ruinenstadt liegt wie ein verlassenes Gräberfeld vor euch. Inzwischen ist der Mond aufgegangen und zaubert silberne Reflexe auf die Spitzen der Pfeile, die die Männer an die Bogensehnen gelegt haben. Nach ein paar Sekunden wird auch dir bewußt, was sie so beunruhigt. Es ist still, absolut totenstill. Von eurem eigenen Atmen abgesehen, ist nicht das mindeste Geräusch zu hören. Kein Vogel singt, es gibt keine Insekten, das Knacken von Zweigen und die anderen Laute der Waldtiere, die ihr auf eurem Weg hierher gehört habt, haben aufgehört. Es scheint, als ob alles Leben in weitem Umkreis zu existieren aufgehört hätte. Selbst das Wispern des Windes ist verstummt. Wie ein erstickendes Tuch hat sich die Stille über die Ruinenstadt ausgebreitet.
»Das bedeutet Unheil«, flüstert einer der Männer. »Laßt uns schnellstens von hier verschwinden.«
»Das können wir nicht einfach«, widerspricht ein anderer. »Wir müssen die Grabkammer verschließen. Irgend etwas Böses befindet sich darin und wird uns sonst holen.«
Nach kurzem Zögern schließen sich die anderen seiner Forderung an. Und du?
Du erklärst dich bereit, den Eingang verschließen zu lassen. Lies weiter bei **334**
Du weigerst dich: Lies weiter bei **321**

308

Um festzustellen, ob du das Schwert ziehen kannst, bevor deine Gegner dich niedergerungen haben, lege eine Geschicklichkeitsprobe ab! Die Gnome, die deine Bemühungen verhindern wollen, haben eine Geschicklichkeit von 17 Punkten.

Du gewinnst das Duell: lies weiter bei **243**

Du wirst nur zweiter Sieger: lies weiter bei **326**

309

Sehr klug von dir, die Klinge entweder gar nicht erst an dich genommen oder sie zumindest vor deiner Abreise von der Nebelinsel dort zurückgelassen zu haben. Den harten Gesetzen der Satai zufolge hättest du nämlich ansonsten dein Leben verwirkt.

So jedoch verabschiedet sich Skar recht bald von dir. Vor seinem Aufbruch kommt er noch bereitwillig für die Schulden seines toten Freundes auf und bezahlt dir aus eigener Tasche die Goldstücke, die Lorn dir für die Rückfahrt versprochen hat.

Hast du auf der Nebelinsel bereits die Rubine an dich genommen?

In diesem Fall lies weiter bei **322**

Wenn nicht, geht es weiter bei **355**

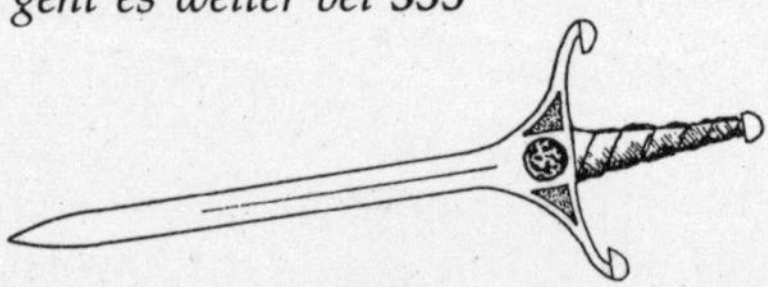

310

Es gelingt dir, dich aus der Vision zu lösen. Von welchem Ort aus hast du sie eigentlich begonnen?

Den Ruinen der Stadt: **340**

In dem unterirdischen Saal: **184**

311

Dir ist klar, daß es fast selbstmörderisch wäre, dich in das Kampfgetümmel im Lager zu stürzen. Nein, wenn du vielleicht eine Chance haben willst, dein eigenes Leben zu retten, bleibt dir nichts anderes übrig, als so rasch wie möglich von diesem Ort zu verschwinden. Aber wohin gehst du?

In den Dschungel? Der liegt in Richtung **48**

Oder willst du dicht am Waldrand den Strand entlang fliehen? In diesem Fall führt dich der Weg in Richtung **318**

312

Glück gehabt – der Pfeil zischt harmlos an dir vorbei. Du hechtest in die Grabkammer hinein, rollst dich ab und hörst hinter dir den schönsten Laut, den du dir in diesem Moment auch nur vorstellen kannst. Nein – ausnahmsweise nicht das Klimpern von Geld, sondern das peitschende Geräusch einer reißenden Bogensehne!

Lies weiter bei **45**

313

Langsam treibst du auf deinem Wrack von der Küste der Nebelinsel weg. Wie sich zeigt, ist es wirklich dicht, jedenfalls säuft es nicht direkt ab, und es dringt kaum Wasser herein.

Aber wird es dir wirklich gelingen, mit dem weitgehend zerfetzten Segel gegen die Strömung anzukommen? Dazu

wirst du eine ganze Menge Geschicklichkeit brauchen. Die Strömung setzt dir jedenfalls eine Schwierigkeit entgegen, die einer Geschicklichkeit von 24 Punkten entspricht.
Du schaffst es: **330**
Du schaffst es nicht: **143**

314

Hast du mit dem Floß am Ufer angelegt, oder bist du nicht ganz freiwillig an Land geschwommen?
Du hast angelegt und brauchst nur zu deinem Floß zurückzukehren? Es liegt in Kapitel **115**
Du bist geschwommen? Dann kannst du höchstens am Flußufer entlanglaufen und hoffen, daß dein Floß irgendwo angeschwemmt wurde. Versuch's mal bei **178**

315

Angesichts der drohend auf dich gerichteten Pfeilspitzen bleibt dir wohl auch kaum eine andere Wahl. Du nickst und fragst, was man von dir verlangt.
»Zunächst einmal, daß du dich nicht länger sträubst und mit uns zum Lager zurückkehrst«, antwortet der Mann. »Und dann dein Versprechen, daß du uns morgen früh sofort zum Festland zurücksegelst. Wir haben genug von dieser Insel. Es war ein Fehler, überhaupt herzukommen.«
Wenn du damit einverstanden bist, lies weiter bei **344**

Wenn du dieses Versprechen nicht geben willst, sondern den Männern nun doch lieber mit der Waffe Respekt beibringen willst, lies weiter bei **327**

316

Völlige Gefühlsleere breitet sich in dir aus, als du feststellst, daß Marlik auf seiner Flucht aus dem Lager bereits alle seine Pfeile verschossen hat. Und während du den nutzlosen Köcher noch in der Hand wiegst, hörst du hinter dir das aufgeregte Tuscheln der Gnome. Mit schweren, müden Bewegungen drehst du dich herum und erblickst ein gutes halbes Dutzend der kleinwüchsigen Gestalten. Sie halten Bögen in den Händen und leiden im Gegensatz zu dir keineswegs Mangel an Pfeilen.
Schon zischen die ersten heran und durchbohren dich. Du fällst rückwärts über den Leichnam deines Freundes, fast froh darüber, jetzt sterben zu müssen, denn dann mußt du wenigstens nicht mit der entsetzlichen Schuld weiterleben, ihn aus Versehen getötet zu haben...
Gleich darauf wird es schwarz um dich, denn dies ist dein
ENDE

317

Du erkennst jetzt, daß eine solche Bitte reichlich voreilig gewesen wäre, und bist heilfroh, daß du den Mund gehalten hast. Möglicherweise wäre Lorn sonst ja einverstanden gewesen...
Nicht mal die Aussicht auf noch so großen Reichtum könnte dich jedoch dazu bewegen, auch nur einen Fuß auf diese verfluchte Insel zu setzen.
Du versicherst ihm noch einmal, daß du in vier Tagen wieder herkommen würdest, um ihn und seine Begleiter ab-

zuholen. Dann läßt du dir verabredungsgemäß die erste Hälfte deines Lohns geben und verabschiedest dich hastig und voller Nervosität.

Du segelst direkt nach **159**

318

Es gelingt dir, im Schutz der Dunkelheit zu fliehen. Da man dich am Strand sofort entdecken würde, hältst du dich direkt am Rande des Dschungels. Dadurch wird es dir allerdings ebenfalls unmöglich, eventuelle Verfolger zu entdecken. Du glaubst zwar nicht, daß es welche gibt, aber völlig sicher bist du auch nicht.

Nach einiger Zeit stößt du auf die Bresche, die ihr auf dem Weg zur Ruinenstadt ins Unterholz geschlagen habt. Ein Stück entfernt endet der Strand vor einer steil aufragenden Felswand, die sich keinesfalls erklimmen läßt. Dir bleibt nur die Wahl, dem Pfad zur Ruinenstadt zu folgen, oder nun doch ohne bestimmtes Ziel in den Dschungel zu fliehen.

Du entscheidest dich für:

Den Dschungel: Lies weiter bei **48**

Den Pfad zur Ruinenstadt: Lies weiter bei **80**

319

Mit mächtigen Schwimmzügen erreichst du das Ufer, wo du erschöpft im Schlamm niedersinkst. Du bist zwar noch mal knapp mit dem Leben davongekommen, aber dafür

waren auch alle vorangegangenen Mühen umsonst. Das kommt davon, wenn man an der falschen Stelle spart. Dir wird nichts anderes übrig bleiben, als erneut ein Floß zu bauen, was natürlich besonders schwierig wird, wenn du deine Ausrüstung verloren hast.
Hast du eine Axt?
Wenn ja, weiter bei **67**
Wenn nein, weiter bei **82**

320

Als du dich von dem Kampf erholt hast und dich umblickst, siehst du, daß ein vager Feuerschein über dem Lager tanzt. Mehrere Hütten brennen. Überall huschen schattenhafte Gestalten umher, das Klirren von Waffen dringt bis zu dir herüber.
Und was noch viel schlimmer ist: Du siehst, daß dein Boot inzwischen zu einem Häufchen Asche verbrannt ist.
Diese Erkenntnis kostet dich 1 Punkt deiner Nervenkraft!
Was willst du nun tun?
Wenn du ins Lager rennst, um zu sehen, ob du noch etwas retten kannst, dann lies weiter bei **193**

Du beschließt, daß ein lebender Feigling allemal besser ist als ein toter Held, und schlägst lieber eine andere Richtung ein. Zum Beispiel die nach Kapitel **311**

321

»Allmählich reichen uns deine Mätzchen«, sagt einer der Männer. »Du spielst dich ja auf, als wärst du ein Halbgott. Auch wenn du uns befreit hast, sind wir noch längst nicht deine Sklaven. Wir haben keine Lust, wegen deiner Starrköpfigkeit alle zu sterben. Entweder wirst du jetzt vernünftig, oder du wirst es bereuen.«

Mit einem Mal sind drei Pfeilspitzen auf dich gerichtet. Du wirfst einen raschen Blick zu Duc und Marlik. Die beiden haben sich etwas abseits gestellt. Es ist unverkennbar, daß sie sich nicht einmischen werden. Von ihnen hast du keine Hilfe zu erwarten. Vielleicht hast du wirklich etwas übertrieben, die Männer so herumzukommandieren.

Wie verhältst du dich?

Du greifst nach deinem Schwert, um dich notfalls verteidigen zu können: Lies weiter bei **327**

Du gibst nach: Weiter bei **315**

322

Davon erwähnst du natürlich nichts, sondern steckst das Geld zufrieden ein. Die anderen schließen sich Skar an, und auch du bleibst nicht länger in Larton, wo man ohnehin nichts mehr von dir wissen will. In entgegengesetzten Richtungen verlaßt ihr das Dorf.

Du machst dich auf eine lange Reise und hoffst, noch viele andere Abenteuer zu erleben. Und das tust du auch, mehr, als du je geträumt hast. Während der ersten Zeit geht alles gut, sieht man mal davon ab, daß du des Nachts

häufig von schlimmen Alpträumen gequält wirst. Immer wieder kommt darin ein steinerner Sarkophag vor, auf dessen Oberfläche das Relief einer Kreatur eingraviert wurde, wie man sie sich schrecklicher kaum vorstellen kann. Ein oktopoides Monster mit einem aufgedunsenen Balg und viel zu vielen tentakelartigen Armen, die in fürchterlichen Scheren auslaufen. Aus leeren Augenhöhlen scheint es dich anzustarren. Im Traum siehst du dich die Rubine nehmen und in die Augenhöhlen einsetzen, wo sie sofort wie unter einem inneren Feuer in blutigem Glanz erglühen. Nun ahnst du, woher Lorn die Edelsteine hatte, und es ist völlig gleichgültig, ob du sie noch bei dir trägst. Die bloße Berührung mit ihnen hat bereits gereicht, daß etwas von dem ihnen innewohnenden Bösen auf dich übergesprungen ist. Vorerst willst du das jedoch nicht wahrhaben, hoffst, daß alles nur ein Irrtum ist.
Lies weiter bei **354**

323

»Nein«, erklärst du mit fester Stimme. »Es wäre Frevel, das Relief zu zerstören. Etwas ist hier wirklich nicht geheuer, und ich habe nicht die Absicht, Lorns Schicksal zu teilen. Die Rubine mögen wertvoll sein, aber sie sind auch gefährlich. Wenn ihr wollt, dann holt sie euch selbst.« Dazu ist nun allerdings auch keiner der Männer bereit. Deine Worte haben Eindruck auf sie gemacht, und sie sind nun noch entschlossener, sofort zu gehen.
Lies weiter bei **183**

324

Offensichtlich ist der kleine Gnom ein großer Schütze... Du spürst einen entsetzlichen Schmerz, als der Pfeil deinen rechten Oberarm streift und die Haut aufreißt. Blindlings torkelst du weiter und brichst schließlich zusammen. Hinter dir hörst du den peitschenden Laut einer reißenden Bogensehne... leider etwas zu spät. Trotzdem gibt dir das Geräusch die Kraft, dich noch einmal hochzustemmen und die Hand auf die Wunde zu pressen. Halb bewußtlos vor Schmerz reißt du ein Stück aus deinem Hemd und wickelst es um die stark blutende Wunde.

Aber die Verletzung behindert dich doch so stark, daß du dir 2 Kraft- und 2 Geschicklichkeitspunkte abziehen mußt!

Lies weiter bei **45**

325

Also – du bist nun wirklich oft genug gewarnt worden, oder? Und vielleicht hättest du besser darauf gehört, denn aus dem Kasten quillt etwas heraus... es ist eine Art lebendes Geschöpf, aber... irgend etwas in dir sträubt sich dagegen, dieses entsetzliche Ding als »Leben« zu bezeichnen. Falls du vorhin schon in den Kasten geschaut hast, mußt du nun feststellen, daß du nur einen Bruchteil des wahren Schreckens gesehen hast. Das Ding scheint ganz aus nachtschwarzem Chitin zu bestehen, mit wild um sich peitschenden Tentakelarmen und einem Leib, der trotz seiner Schwärze zugleich auch in den Farben des Wahnsinns zu glänzen scheint und sich in beständiger Veränderung befindet. Ein ekelerregender Gestank dringt in deine Nase.

Und die gräßlichen, blutroten Augen der Sternenbestie starren dich an!!!

Obwohl du nicht wirklich körperlich hier bist, ist der Anblick zu viel für dich. Du verlierst den Verstand, was es dir unmöglich macht, dich aus der Vision zu lösen. Mehr noch, dein Kontakt zur Gegenwart schwindet, und du spürst, wie du selbst über die Grenzen der Zeit hinweg von der Sternenbestie aufgesogen wirst – oder geschieht es etwa in der Gegenwart, wo die Bestie deinen hilflosen Körper entdeckt hat? Diese Frage wirst du wohl nie beantwortet bekommen, denn wie auch immer, dies ist jedenfalls dein schreckliches **ENDE**

326

Du tastest verzweifelt nach dem Schwert an deinem Gürtel, aber es gelingt dir in dem Getümmel nicht, es zu ziehen. Du wirst während des Kampfes also auf die Waffe verzichten müssen. Aber nicht nur das: während du nach dem Schwert tastest, vernachlässigst du deine Deckung derart, daß dich ein paar harte Faustschläge an den Kopf treffen, die dich einigermaßen benommen machen.

Ziehe deshalb 1 Punkt von deiner Kampfkraft ab, und geh dann nach **185**

327

Wütend läßt du die Hand auf den Knauf deines Schwertes fallen und ziehst die Waffe.

Eine wirklich pathetische Geste. Aber wen willst du damit schon beeindrucken? Oder hast du ernsthaft vor, gegen gleich drei Männer zu kämpfen, die mit Pfeilen auf dich zielen?

Du scheinst vergessen zu haben, was die Männer durchgemacht haben, und daß sie sich – ganz abgesehen von ihrer verständlichen Nervosität – kaum in der Verfassung

befinden, alle Konsequenzen ihres Tuns logisch zu durchdenken. Daß du nach deinem Schwert greifst, ist so ziemlich das falscheste, was du nur tun kannst, denn nun fühlen sie sich zusätzlich noch von dir bedroht.
Das letzte, was du siehst, sind drei silberne Schemen, die auf dich zurasen, dann spürst du nur noch einen grauenhaften, alles verschlingenden Schmerz. Dies ist dein
ENDE
Das hast du nun von deiner Sturheit!

328

Rasch weichst du einen Schritt zurück, so daß der erste Ansturm deines tobenden Gefährten ins Leere geht.
»Marlik!« schreist du verzweifelt. »Marlik, ich bin es! Verdammt, komm zu dir!«
Tatsächlich – beim Klang deiner Stimme bleibt Marlik wirklich einen Augenblick lang stehen. So etwas wie Erkennen scheint in seinen vom Wahnsinn verschleierten Augen zu flackern. Aber der Moment vergeht so rasch, wie er gekommen ist – Marlik stößt ein gräßliches Geheul aus, an dem nichts Menschliches mehr ist, und wirft sich auf dich.
Wieder versuchst du zurückzuweichen, aber diesmal bist du zu langsam. Marlik reißt dich von den Beinen. Aneinandergeklammert rollt ihr auf den Vorplatz hinaus.
Lies weiter bei **273**

329

Geschmeidig und blitzschnell wie eine Wildkatze gleitest du über die freie Fläche und tauchst in den Schatten des Waldes unter, bevor die Gnome da sind. Aufatmend bleibst du stehen und wischst dir den Schweiß von der Stirn. Puh, das war knapp – doch du hast es geschafft! Du bist im Dickicht untergetaucht und empfindest nichts als eine grenzenlose Erleichterung.

Lies weiter bei **62**

330

Jawohl, hier zeigt sich deine Meisterschaft. Wahrscheinlich würdest du es sogar schaffen, mit nur einem Taschentuch als Segel ein Boot an sein Ziel zu bringen. Du kreuzt erfolgreich gegen die Strömung, näherst dich immer mehr der Küste und legst schließlich in Larton an. *Wenn es etwas gibt, das du gerne noch über Bord werfen möchtest, bevor du das Boot verläßt, dann trenne dich jetzt davon!* Streiche es in diesem Fall aus deinem Abenteuertagebuch.

Kaum bist du an Land gestiegen, tritt dir bereits ein hochgewachsener, blonder Mann entgegen, der den Mantel und das Stirnband eines Satai trägt. Er stellt sich als Skar vor und erzählt, daß er von dieser Expedition seines alten Freundes Lorn gehört hätte und gekommen wäre, in der Hoffnung, ihn noch retten zu können.

»Die Errish haben mir von der Geschichte der Nebelinsel berichtet«, erklärt er. »Vor langer, langer Zeit tobte ein erbarmungsloser Krieg zwischen den Alten, den Ureinwohnern Enwors, und fremden Wesen. Diese kamen von den Sternen herab, um Enwor mit Hilfe gräßlicher Kreaturen zu erobern. Es gelang den Alten, eine dieser Sternenbestien auf die Nebelinsel zu verbannen und in einen tiefen

Schlaf zu versetzen. Jeder, der ihr begegnet, stirbt einen grausamen Tod, und deshalb muß ich Lorn warnen.«
Bedauernd teilst du ihm mit, daß er zu spät gekommen sei, und erzählst von Lorns Tod und den Ereignissen auf der Nebelinsel. Skars Gesicht zeigt deutlich, wie schmerzhaft diese Nachricht für ihn ist. Erst jetzt fällt sein Blick auf deinen Waffengürtel.
Bei der Gelegenheit: trägst du eigentlich Lorns *Tschekal* bei dir?

Wenn ja, lies weiter bei **251**
Wenn nein: **276**

331

Du wanderst und wanderst, was ganz schön an deiner Kraft zehrt – ziehe dir deshalb 2 Punkte von deiner Kampfkraft ab.
Aber die Anstrengung hat sich gelohnt. Schließlich erreichst du die Küste, einen ebenso paradiesisch anmutenden Sandstrand wie auf der anderen Seite, nur sind ihm hier glücklicherweise keine Riffe vorgelagert.
Lies weiter bei **70**

332

Offensichtlich ist der kleine Gnom ein großer Schütze... du spürst einen entsetzlichen Schmerz, als der Pfeil deinen Rücken trifft, torkelst blind weiter und brichst schließlich zusammen. Hinter dir hörst du den peitschenden Laut einer reißenden Bogensehne... leider etwas zu spät.

Dein Abenteuer hat ein zwar dramatisches, nichtsdestotrotz aber etwas vorzeitiges **ENDE** gefunden.

333

Während ihr in verbissener Umklammerung über den Boden rollt, erstarrt Marliks Körper plötzlich, und ein unmenschlicher Schrei entringt sich seiner Kehle. Dann erschlafft sein Griff, und Marlik bleibt schwer auf dir liegen. Du hebelst ihn hoch und entdeckst, daß dein Messer in seinem Leib steckt. Du hast gewonnen, aber auf welche Weise – du hast Marlik umgebracht! Du reißt ihn hoch, versuchst ihn durch Schütteln zum Leben zu erwecken, aber vergeblich – es ist ein Leichnam, den du da in deinen Armen hältst.

Angesichts deiner gräßlichen Tat verlierst du 4 Nervenkraft-Punkte.

Lies weiter bei **294**

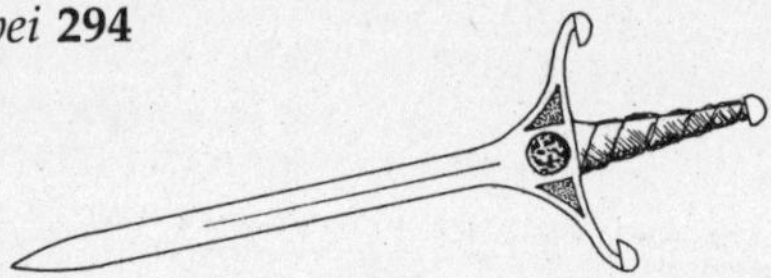

334

Da du nicht weißt, was für Reaktionen eine Weigerung nach sich ziehen würde, nickst du schließlich widerstrebend. Diese Stille ist auch dir unheimlich. Möglicherweise haben die Männer recht, und ihr habt wirklich irgendwelche bösen Mächte geweckt. Wenn es so ist, bezweifelst du zwar, daß sie sich durch ein paar Steine aufhalten lassen, doch zumindest kannst du deine Begleiter auf diese Art beruhigen.

»Na gut«, sagst du. »Das ist wohl eine Aufgabe für dich, Duc.« Ohne sichtbare Mühe packt der Quorrl einige Fels-

brocken und wuchtet sie vor den Eingang zur Grabkammer. Damit scheinen die Männer endlich zufrieden zu sein.
Lies weiter bei **18**

335

Kaum hast du ein paar Schritte hinaus auf die freie Fläche gemacht, da hörst du, wie hinter dir Pfeile aus Köchern gerissen und Bogensehnen gespannt werden.
Als du einen gehetzten Blick über die Schulter wirfst, siehst du, daß mindestens ein Dutzend Pfeilspitzen auf deinen Rücken gerichtet sind.
Was tust du?
Wenn du weiterlaufen willst, um zu versuchen, den Waldrand doch noch zu erreichen, dann lies weiter bei **194**
Willst du jedoch lieber stehenbleiben und dich auf Gnade oder Ungnade den Gnomen ergeben, auch wenn dich vielleicht Schreckliches erwartet, dann lies weiter bei **352**

336

Zwar sparst du damit eine Menge Kraft und Nerven, aber das Gebilde, das du nach einiger Zeit hinaus in die schlammigen Fluten schiebst, macht nicht gerade einen stabilen Eindruck. Trotzdem nimmst du die Stange, die du zum Staken zu verwenden gedenkst, und kletterst an Bord.
Mut hast du ja…
Lies weiter bei **349**

337

Trage nun den Kampf auf der Grundlage deiner derzeitigen Kampfkraft aus. (Zur Erinnerung: Deine Gegner haben zusammen 24 Kampfkraftpunkte.)

Du gewinnst: **291**

Du verlierst: **169**

338

Kaum hast du Bogen und Köcher an dich genommen – streiche dafür 2 (!) andere Gegenstände im Abenteuertagebuch –, als hinter dir plötzlich ein aufgeregter Schrei ertönt. Du wirbelst herum. Ein ebenfalls mit einem Bogen bewaffneter Gnom ist am Rande des Platzes erschienen. Als er dich erblickt, reißt er die Waffe hoch und legt ohne zu zögern auf dich an – sein Motto scheint das gleiche zu sein wie deines: »Erst schießen, dann fragen.«

Was tust du?

Du versuchst, dich mit einem Satz im Eingang zur Grabkammer in Deckung zu bringen: **269**

Du reißt deinen eigenen Bogen hoch, um schneller zu schießen als dein Widersacher: **41**

339

Wie ein Berserker kämpfst du um dein Leben, aber es nützt nichts – gegen eine hungrige Großkatze hast du ganz einfach keine Chance. Was für ein schrecklicher Tod, so von Zähnen und Klauen zerfleischt zu werden... und erst dieser entsetzliche Mundgeruch! **ENDE**

340

Benommen erwachst du aus der Vision, noch ganz im Banne dessen, was du erlebt hast. Rasch verfliegt diese

Benommenheit jedoch, als du feststellst, daß dich die Vision direkt auf den Platz vor dem Eingang des Tempels geführt hat.
Lies weiter bei **73**

341

Entschlossen wanderst du den rechten der vier Flußarme entlang. Aber alsbald gabelt sich dieser wieder in ein Dutzend kleinerer Verästelungen, und du wählst blind eine davon, die sich dann auch wieder in Dutzende kleine, schlammige Äste aufteilt... Es dauert nicht lange, und du befindest dich mitten in einem Labyrinth aus Hunderten kleinen Wasserläufen und winzigen Seen. Über allem stehen dichte Wolken von Moskitos, die sich gierig auf dich stürzen.

Du beginnst zu überlegen, ob du nicht umkehren und versuchen sollst, einen anderen Weg einzuschlagen, da bemerkst du eine träge Bewegung ganz in der Nähe. Ein entsetzlicher Schreck durchzuckt dich. Dieses Deltagebiet ist total von Krokodilen verseucht! Und nicht nur du hast sie bemerkt, sie scheinen auch dich bemerkt zu haben, denn immer mehr tauchen jetzt in deiner Nähe auf. Was nun?

Wenn du umkehren willst: **298**
Wenn du versuchen willst, weiterzuwaten, um auf diese Art dieses Gelände zu verlassen: **298**

342

In Gedanken schimpfst du dich selbst einen abergläubischen Trottel. Offenbar ist mit der Hütte jetzt, da du Duc – den untoten Duc – besiegt hast, alles in bester Ordnung; und was sollte dich auch dort drinnen bedrohen?

Entschlossen trittst du also ein. Aber sobald du deinen

Fuß über die Schwelle gesetzt hast, schlägt die Tür hinter dir zu, und du spürst, daß doch etwas in dem Raum nicht so ist, wie es sein sollte. Er scheint auf merkwürdige Weise enger zu sein, als er es eigentlich dürfte, ja, er scheint sogar von Augenblick zu Augenblick immer enger zu werden... die Wände scheinen auf dich zuzurücken... Und dann endlich begreifst du, daß die Hütte gar keine Hütte ist, sondern dein gefährlichster Gegner: die Sternenbestie! Mit ihrer unfaßbaren Magie hat sie nur die Illusion einer Hütte erzeugt, und du bist genauso in ihre Falle hineingetappt wie vor dir schon Duc.
Du wirbelst herum, um die Tür aufzureißen, aber sie ist mit ihrem Rahmen verwachsen, und die Klinke fühlt sich seltsam lebendig an, fast wie ein Tentakel, und sie schlingt sich gierig um deine Hand... Aus dieser Falle wird dich nicht einmal deine eigene schwache Magie wieder befreien können. Dir steht ein gräßlicher Tod bevor, und selbst dann wird für dich noch längst nicht alles überstanden sein. Du kannst dich darauf verlassen, daß du genau wie Duc ebenfalls als Untoter wieder auferstehen wirst...
Da du dich dann jedoch kaum noch für Rollenspielbücher interessieren dürftest, ist dies dein **ENDE**

343

Entschlossen stößt du dein Floß vom Ufer ab und lenkst es hinaus in die Mitte der Strömung. Im nächsten Augenblick fühlst du, wie dein Floß vorwärtsgerissen wird, und dann bist du auch schon mitten in den Stromschnellen. Paddele um dein Leben!

Beginne mit deinen verzweifelten Versuchen bei **186**

344

Da du dir lebhaft vorstellen kannst, was für Reaktionen eine Weigerung nach sich ziehen würde, nickst du schließlich widerstrebend. Ob du dieses Versprechen wirklich halten mußt, wird sich ja erst morgen entscheiden. Vielleicht überlegen die Männer es sich im hellen Tageslicht ja noch anders.

Jetzt kommt es erst einmal darauf an, schnell von hier wegzukommen. Diese Stille ist auch dir unheimlich. Möglicherweise haben die Männer recht, und ihr habt wirklich irgendwelche bösen Mächte geweckt. Wenn es so ist, bezweifelst du zwar, daß sie sich durch ein paar Steine aufhalten lassen, doch zumindest kannst du deine Begleiter auf diese Art beruhigen.

»Na gut«, sagst du. »Das ist wohl eine Aufgabe für dich, Duc.« Ohne sichtbare Mühe packt der Quorrl einige Felsbrocken und wuchtet sie vor den Eingang zur Grabkammer. Damit scheinen die Männer endlich zufrieden zu sein.

Lies weiter bei **18**

345

Trotz Marliks schier übermenschlichen Kräften gelingt es dir, ihn niederzuringen. Aber als du dich schwer atmend aufrichtest, um ihn mit einem letzten Faustschlag endgültig k. o. zu schlagen, windet er sich unter dir weg und hetzt blindlings davon, in die Ruinen hinein. Während du

noch schwer atmend dahockst, hörst du plötzlich das triumphierende Schnattern der Gnome, dann einen grauenhaften Todesschrei, und du weißt, was passiert ist – Marlik ist den Gnomen genau in die Arme gerannt und von diesen getötet worden!
Der Schock über den sicheren Tod deines Gefährten, des außer dir vielleicht einzigen Menschen auf der Insel, führt zu einem Verlust von 2 Nervenkraft-Punkten!
Wahrscheinlich wäre der Schock schlimmer ausgefallen, wenn du Zeit hättest, dir richtig bewußt zu machen, was gerade passiert ist. Aber im Augenblick erfüllt ein anderer Gedanke deinen Geist: Nichts wie weg von hier, bevor die Gnome da sind.
Aber wohin eigentlich?
Du stürmst in die Grabkammer: **45**
Du flüchtest weiter zwischen die Ruinen: **36**

346

Pech gehabt! Plötzlich verspürst du ein Kribbeln am Bein und dann einen schmerzhaften Stich. Mit einem Aufschrei torkelst du zurück und wischst den Skorpion von deiner Hose, der dich durch den Stoff hindurch gestochen hat. Aber das Gift beginnt schon zu wirken. Deine Bewegung ist fahrig und unsicher, und der Skorpion hat Zeit genug, sich an deiner Hand festzuklammern und erneut zuzustechen. Du brichst in die Knie. Das letzte, was du vernimmst, ist das Zischeln und Rasseln einer ganzen Armee von Skorpionen, die sich aus der Höhle wälzt und über dich herfällt... Dein letzter Gedanke ist, daß es we-

nigstens schnell gehen wird, bei der ungeheuren Menge giftiger Tiere.
Aber du hast dich ja schon ein paarmal getäuscht, seit dieses Abenteuer begonnen hat – oder? **ENDE**

347

Du suchst deine Ausrüstung zusammen, wirfst einen letzten Blick auf die tote Raubkatze und marschierst weiter. Nach 4 Meilen erreichst du einen Fluß.
Vergiß nicht, dir für diesen harten Marsch 4 Punkte deiner Kampfkraft abzuziehen!
Lies weiter bei: **55**

348

Auf der einen Seite hast du geradezu panische Angst davor – aber da ist auch *irgend etwas,* das dich fast magisch zur Grabkammer zurückzieht. Als du über den Vorplatz stolperst – den Weg findest du ohne Mühe, was dich eigentlich mißtrauisch machen sollte, denn die Ruinenstadt ist ein Labyrinth – schimpfst du dich selbst einen kompletten Idioten, ausgerechnet hierher zurückzukehren. Alles in dir schreit regelrecht danach, so schnell wie möglich wieder zu verschwinden.
Aber jetzt befindest du dich bereits bei **73**

349

Erst als du dich an Bord des schwankenden Gebildes befindest, merkst du, wie sehr die Stabilität deines Gefährts darunter leidet, daß die Seile frei über das Holz rutschen können, statt sicher in Kerben zu ruhen. Du mußt von der Stabilität des Floßes 2 Punkte abziehen (vergiß nicht, das in deinem Abenteuertagebuch einzutragen) und hoffen, daß dich dein unverschämtes Glück auch diesmal nicht im Stich läßt.

Übrigens: Solltest du dieses Abenteuer überleben, dann besorg dir mal ein Exemplar von Robinson Crusoe!

Wenn die Stabilität auf diese Weise auf Null sinkt **139**

Wenn sie trotzdem noch über Null liegt **281**

350

Um dich wieder aus deiner Vision zu lösen, mußt du auf der Basis deiner Kampfkraft und deiner Geschicklichkeit gegen sie ankämpfen, das heißt, daß du deine Punkte aus beiden Kategorien zusammenzählen kannst, natürlich *ohne* Bonuspunkte für Waffen oder ähnliches.

Vergiß nicht, daß du bei jedem Kapitel, das du dich in der Vision aufgehalten hast, einen Punkt verloren hast!!!

Die Vision hat eine Stärke von 35!

Trage den Kampf nach den Duellregeln aus!

Du gewinnst: **310**

Du verlierst: **356**

351

Entschlossen stellst du dich der Schattengestalt entgegen, da überschlagen sich die Ereignisse schon. Mit einem entsetzlichen Kreischen stürzt die Bestie auf dich los – und erst in diesem Moment erkennst du überhaupt, daß es sich um einen Menschen handelt. Und mehr noch – einen Menschen, den du *kennst*!

Vor Schreck bleibt dir fast das Herz stehen – es ist Marlik!

Aber ein Marlik, in dessen Augen der Wahnsinn flackert und dessen Gesicht zu einer Grimasse geworden ist, die kaum noch Ähnlichkeit mit dem Antlitz deines Gefährten hat.

Du erleidest einen Schock, der dich 2 Nervenkraft-Punkte kostet!

Verzweifelt rufst du seinen Namen, aber dein Aufschrei scheint das Wesen, das einmal Marlik gewesen ist, nur noch rasender zu machen.

Was tust du?

Du versuchst, beruhigend auf ihn einzureden: Weiter bei **328**

Du hast das Gefühl, daß es wahrscheinlich für euch beide besser wäre, wenn du den Tobenden erst einmal kampfunfähig machst, und versuchst ihn zu überwältigen: Weiter bei **273**

352

Hohnlachend schleppen dich die Gnome vorwärts. Als du dich doch noch kurz gegen ihren Griff aufbäumst, erhältst du einen wuchtigen Schlag in den Nacken, der dir die Besinnung raubt.

Du weißt nicht, wie lange du bewußtlos gewesen bist, als du wieder zu dir kommst. Mit Entsetzen erkennst du, daß du durch die Öffnung unter dem Sarkophag in der Grabkammer geschleppt wirst. Es geht einige Stufen in die Tiefe. Am Ende der Treppe schleudert man dich zu Boden und kettet dir die Füße zusammen. Aufgeregt schnatternd ziehen sich die Gnome zurück.

Jetzt begreifst du, was man mit dir vorhat: man will dich der Sternenbestie opfern. Von Grauen gepackt schreist du und zerrst an den Fesseln, doch die Gnome beachten dich gar nicht. Sie scheinen es plötzlich sehr eilig zu haben. Gleich darauf bist du allein, und Dunkelheit senkt sich über dich. Noch einmal zerrst du an den Ketten, aber sie sind viel zu stabil, um sie zu zerreißen. Mit viel Mühe kannst du dich auf die Füße quälen und gegen die Wand lehnen, doch die Fesseln sitzen so eng, daß du es nicht schaffst, auch nur ein paar Schritte zu machen.
Eine üble Situation und – ganz im Vertrauen – die Autoren dieses Abenteuers würden jetzt um keinen Preis der Welt mehr mit dir tauschen wollen!
Lies weiter bei **66**

353

Mit einem Stück Holz paddelst du ein Stück in Richtung Ufer, dann stehst du vorsichtig auf und beginnst zu staken. Erst jetzt hebst du wieder den Blick und schaust zum Ufer hinüber. Die winkende Gestalt ist nirgendwo mehr zu sehen. Hat lediglich der Morgendunst sie verschluckt, oder siehst du sie nur nicht mehr, weil gerade die Sonne aufgeht und dich blendet, oder... unheimlich, unheimlich!
Ob das Ganze vielleicht doch eine Falle ist?
Noch kannst du zurück...

Wenn du dich jetzt doch weitertreiben lassen willst, dann trägt dich die Strömung ins Kapitel **94**
Wenn du nach wie vor anlegen willst: **224**

354

Leider ist es kein Irrtum...
Seit deinen Abenteuern auf der Nebelinsel sind Wochen ins Land gegangen. Sicher – es war mehr als einmal haarscharf; eigentlich lebst du nur noch durch eine geradezu unwahrscheinliche Kombination von Glück und Zufällen und – zugegeben, dem richtigen Maß an Mut und klarem Denken.
Aber wie es nun einmal so im Leben ist – das Schlechte vergißt man rascher als das Gute. Du lebst, du hast auf deiner Reise wahrlich eine Menge zu erzählen, und du fühlst dich (auch wenn du es niemals offen zugeben würdest) ein bißchen als ziemlich großer Held. Schade nur, daß du bei den Schilderungen deiner Abenteuer meist hinter der Wirklichkeit zurückbleiben mußt. Im Gegensatz zu den meisten Reisenden mußt du kräftig *unter*treiben, denn – sei mal ehrlich – wer würde dir die Wahrheit schon glauben? So ganz glaubst du sie ja selbst noch nicht...
Nur die Alpträume machen dir zunehmend Sorgen.
Dazu kommt ein seltsames Gefühl in den Augen – fast ist es so, als schöben sich manchmal Schleier vor die Welt, als sähest du die Wirklichkeit anders, als sie wirklich ist...
Eines Abends, als du wieder einmal ein Zimmer in einer Herberge bezogen hast, sind diese Erscheinungen besonders schlimm. Du beschließt, am nächsten Tag endlich einen Heiler aufzusuchen und legst dich hin, um zu schlafen.

Aber du vermagst nicht einzuschlafen, weil sich immer, wenn du die Augen schließt, seltsame Bilder auf der Innenseite der Lider abzeichnen.
Und du – bei diesem Gedanken stockt dir schier der Atem, aber du erleidest *keinen* Nervenschock mehr – ja, du *kennst* diese Bilder:
Es ist das Monstrum, das du als Relief auf dem Sarkophag gesehen hast – die Sternenbestie...
Von plötzlicher Angst gepackt, springst du auf und trittst ans Fenster des Zimmers – und erstarrst, als du dein Spiegelbild in der Glasscheibe siehst.
Riesenhaft zeichnen sich deine Augen darin ab, und im Schwarz der Pupillen siehst du ganz deutlich die Bestie.
Und sie bewegt sich!!!
Da endlich begreifst du: Weder bist du der Sternenbestie entkommen, noch hast du sie bezwungen – sie lebt in dir weiter! Hättest du doch niemals einen Fuß auf die Nebelinsel gesetzt, und vor allem, hättest du niemals die Rubine berührt!
Eines Tages wird die Bestie endgültig aus dir hervorbrechen, wird Tod und Vernichtung über Enwor bringen – wenn du nicht...
Ja, wenn du nicht *was* tust? Gehe nach Kapitel sowieso, um zu sehen, was passiert? O nein, mein Freund, so leicht wird es dir diesmal wohl nicht gemacht werden. Die Glücksgöttin und die Autoren waren zwar auf deiner Seite, aber wer zum Teufel hat je behauptet, daß dieses Abenteuer *gut* ausginge, wenn du es nur schaffen würdest, die Nebelinsel wieder zu verlassen und irgendwie ans Festland zurückzukehren?
In diesem Augenblick fällt dein Blick auf das Schwert, das du auf den Tisch gelegt hast. Deine Hand tastet ganz auto-

matisch danach, ohne dein Zutun, fast wie ein Wesen, das über einen eigenen Willen verfügt…
Und dann wird dir klar, daß nicht einmal der Freitod ein Ausweg wäre. Du könntest höchstens dich selbst töten, nicht aber das Böse, was in dir ist. Dein Martyrium ist noch lange nicht vorbei. Es wird nie vorüber sein, niemals, nicht einmal nach deinem Tod, sondern dann beginnt es erst richtig…
Deinen entsetzlichen weiteren Leidensweg zu beschreiben, verbieten jedoch der Anstand und die Rücksicht auf die Nerven sensiblerer Leser. Falls du dich nicht zu ihnen zählst, darfst du jetzt gerne das Licht löschen und deinen schlimmsten überhaupt nur vorstellbaren Phantasien freien Lauf lassen.
Und auch denen, die zu schlimm sind, sie sich überhaupt nur vorzustellen, da sie der Wahrheit schon wesentlich näher kommen… **ENDE**

355

Die anderen schließen sich Skar an, und auch du bleibst nicht länger in Larton, wo man ohnehin nichts mehr von dir wissen will. In entgegengesetzten Richtungen verlaßt ihr das Dorf.
Du machst dich auf eine Reise, die dich durch ganz Enwor führt, und du bestehst viele, viele Abenteuer, wie du es dir immer erträumt hast. Damit haben die Geschehnisse um die Nebelinsel für dich den denkbar besten Ausgang genommen, und du hast allen Grund, stolz auf dich zu sein.
Da dein eigener Name für die Verhältnisse Enwors nicht besonders klangvoll ist, änderst du ihn kurzerhand in *Gord* um. Eines Tages triffst du Vela, eine der ehrwürdi-

gen Frauen von Elay, die gleich dir durch die Welt streift. Mit Freuden ist die Errish bereit, deine Dienste anzunehmen, und sie bringt dir sogar bei, wie man eine Rechse reitet. Wenige Wochen später erreicht ihr ein Dorf, dessen Bewohner sich von Vela Hilfe gegen die Dürre erhoffen. Dort lernst du auch ein junges Mädchen kennen, das dir als Kiina vorgestellt wird.
Aber das ist eine ganz andere Geschichte...
Wenn du daran Interesse hast, dann lies weiter in der Erzählung »Vela, die Hexe« in der Anthologie »Goldmann Fantasy Foliant 2« (Goldmann Taschenbuch 23823), herausgegeben von Thomas Le Blanc.

356

Trotz aller Kraftanstrengung gelingt es dir nicht, dich aus dem Sog der Vision zu lösen. Allerdings kannst du es zu einem späteren Zeitpunkt gern wieder versuchen – aber vergiß nicht, daß dich jedes Kapitel in der Vision jeweils wieder einen Punkt kostet!
Geh fürs erste wieder in das Kapitel zurück, aus dem du gekommen bist, und triff dort eine andere Entscheidung!

357

Mit einem etwas nervösen Lächeln verabschiedest du dich von dem Satai und kehrst zu deinen Freunden zurück. Mit der Nebelinsel willst du nun wirklich nichts zu tun haben.

Während der Nacht zieht ein Unwetter herauf. Als es sich nach zwei Tagen endlich legt, sind die Fremden zu deiner Erleichterung fort – leider jedoch nicht nur die Fremden, wie du recht bald feststellen mußt. Da niemand sie zu ihrem Ziel bringen wollte, sind sie auf eigene Faust losgesegelt, und sie haben sich ausgerechnet *dein* Boot dafür ausgesucht. Natürlich siehst du es niemals wieder. Da du deinen Lebensunterhalt mit Fischen verdient hast, sieht deine Zukunft jetzt ziemlich düster aus. Glücklicherweise ist einer deiner guten Freunde bereit, dich als Gehilfen zu beschäftigen.
Glücklicherweise? Nicht ganz, wie du bald merkst. Sein Boot ist schon reichlich alt und alles andere als übermäßig seetüchtig. Damit erlebst du in der Tat allerhand Aufregendes. Allein schon, es über Wasser zu halten, ist für dich Abenteuer genug. Bei einem Sturm kommt es schließlich, wie es kommen muß: Das Boot kentert. Damit hat nicht nur dein Leben, sondern auch dieses Abenteuer für dich ein

Ende

Eine ganz private Frage sei allerdings noch gestattet: Wozu hast du dir überhaupt dieses Buch gekauft, wenn es dir doch gar nicht darum geht, Abenteuer zu erleben? Das Rezept für die geheimen Liebestränke der Errish findest du hier jedenfalls ganz bestimmt *nicht*!

Aber immerhin – du hast statt eines ganzen Buches eine hoffentlich lehrreiche Kurzgeschichte über die Feigheit gelesen.

Und du kannst mit Recht den Ruhm für dich in Anspruch nehmen, dieses Spiel in absoluter Weltrekordzeit hinter dich gebracht zu haben.

Herzlichen Glückwunsch!

Zur Eisinsel des Dronte
CALGAR
TONOPAH
SPOKANE
Kohon-West
EUREKA
RIAMOND
DIE GROSSE EBENE
VALKO
DENWAR
TAL DER DRACHEN
TORMON-GEBIRGE
Orkala
CEDAMOR
Drachenland
ELAY
WESTLICHE WÜSTE
KOOR-EYL
TUSCO
SANANG
ANCHOR
Larn
Sora
ARETTO
Freiberland
IRAPUANO
Westmeer

Kh'arna
ÜRGOUN
COMBAT
NONAKESH
Tuan
WOLAN
Nebelmeer
BEL-ISHTAR
BESH
GORK
IKNE
Besh-Ikne
Endor
FESTE ENDOR
ELT
CABAN
SEE VON CORDZ
BERG DER GÖTTER
Die verbotenen Inseln
CORDZ-ROO
Corvz
Der endlose Ozean

Das Abenteuertagebuch

KAMPFKRAFT: ______________________________

____

____

____

____

____

GESCHICKLICHKEIT: ______________________________

____

____

____

____

____

NERVENKRAFT: ______________________________

____

____

Das Abenteuertagebuch

ACHTUNG: SOLLTE DEINE NERVENKRAFT JEMALS AUF >0< SINKEN, BITTE SOFORT IN KAPITEL 13 WEITERLESEN!

MAGISCHE FÄHIGKEITEN:

BESONDERE EIGENSCHAFTEN:

1

2

3

Das Abenteuertagebuch

AUSRÜSTUNGSGEGENSTÄNDE, DIE DU BEI DIR FÜHRST

(MAXIMAL 5): ____________________

1 ____________________

2 ____________________

3 ____________________

4 ____________________

5 ____________________

ANZAHL DER PFEILE (WENN EIN KÖCHER ZU DEINER AUSRÜSTUNG GEHÖRT)

1 2 3 4 5 6

SCHLUCKE GEWÜRZWEIN (WENN EINE FLASCHE GEWÜRZWEIN ZU DEINER AUSRÜSTUNG GEHÖRT)

1 2 3 4 5 6 7 8 9 10 11 12

BISSEN STOCKFISCH (WENN DER PROVIANTBEUTEL MIT STOCKFISCH ZU DEINER AUSRÜSTUNG GEHÖRT)

1 2 3 4 5 6 7 8 9 10 11 12

Das Abenteuertagebuch

HALTBARKEIT DES FLOSSES: ______________________

____

DEIN LICHTVORRAT (MAXIMAL 5 FACKELN á 12 FLÄMMCHEN)

1

2

3

4

5

ACHTUNG: WENN DU KEIN LICHT MEHR HAST, SOFORT IN KAPITEL 66 WEITERLESEN!